质量效应仙女座：启动

[美]N. K. 杰米辛 [美]麦克·华尔特斯 著
由美 译

新 星 出 版 社 NEW STAR PRESS

图书在版编目（CIP）数据

质量效应仙女座：启动 /（美）N. K. 杰米辛，（美）麦克 · 华尔特斯著；由美译 . —北京：新星出版社，2019.5

ISBN 978-7-5133-3544-7

Ⅰ . ①质… Ⅱ . ① N… ②麦… ③由… Ⅲ . ①科学幻想小说－美国－现代 Ⅳ . ① I712.45

中国版本图书馆 CIP 数据核字（2019）第 054949 号

质量效应仙女座：启动

[美] N. K. 杰米辛　[美] 麦克 · 华尔特斯 著　由美 译

责任编辑：汪　欣
责任印制：李珊珊

出版发行：新星出版社
出 版 人：马汝军
社　　址：北京市西城区车公庄大街丙3号楼　100044
网　　址：www.newstarpress.com
电　　话：010-88310888
传　　真：010-65270449
法律顾问：北京市岳成律师事务所

读者服务：010-88310811　service@newstarpress.com
邮购地址：北京市西城区车公庄大街丙 3 号楼　100044

印　　刷：北京美图印务有限公司
开　　本：910mm × 1230mm　1/32
印　　张：7.5
字　　数：180千字
版　　次：2019年5月第一版　2019年5月第一次印刷
书　　号：ISBN 978-7-5133-3544-7
定　　价：45.00元

次元书馆

出版统筹：贾　骥
　　　　　宋　凯
出版监制：张泰亚
特约编辑：陈雅君
美术编辑：张　慧

首播日期 2184 年 1 月 1 日

仙女座计划招募广告标题：

“加入我们”

内罗毕中央广告公司拍摄记录

特效：海伯利安号方舟的照片与仙女座星系的照片叠加在一起。（纳姆迪，我们有特写镜头的使用许可吗？你知道这些私人资助项目的德行。）

配乐：鼓舞人心的曲子。根据每一个外联网 IP 地址调整当地营销风格。

编辑组 1：我们可以用电影《瓦妮娅》的配乐吗？

编辑组 2：不行。你喝高了吗？我们想要的是“鼓舞人心”，而不是“咱们去搞外星人吧。”

编辑组 1：嘿，那不是很鼓舞人心嘛！

旁白：我们是旅者，不断前行，偶尔回首往事。我们形单影只，但也团结一心。我们别无选择，只能努力尝试。因为我们的好奇心永不满足，因为我们一旦停止探索，就会丧失活力。你可以成为那个探索者。我们告别过往，最后一次回首，你知道无论身在何方，我们都与你并肩同行。（这段不错。用女低音，追求最大的感染力，要听起来坚韧。）

黑屏上显示开拓团的标志：

点击了解更多，现在就报名！

第一章

“总有那么一刻，熟悉的东西会变得陌生。”科拉诵念着沙莉萨·瑟里斯的话语，环顾塔马约之点空间站熙熙攘攘的码头区。“看着自己的手，你最终会注意到纹理的变化、指甲的生长和疤痕的消退，注意到手上有五个指头而不是三个。”

还有哪个时刻比现在更能让人对这番话产生共鸣吗？即使有，科拉也不记得了。毕竟，她本应对此情此景熟悉万分：从前跟着星联部队在各太空站轮岗的时候，她曾下船上岸数百次；在那之前，她家的飞船上也常有货物装卸；她甚至曾造访过从太阳系前往银河系的门户——塔马约之点，那是一次经济型的旅行套餐，不过细节她已经记不太清了。这些年来她到过的港口太多了。她见过太多挤挤挨挨的人群以完全相同的方式推推搡搡、絮絮叨叨……可是不知怎的，她总觉得眼前这群人哪儿都不对劲。很熟悉，又有点儿奇怪。

穿梭班机的影子投在泊位附近的装卸区上，科拉就站在这里——

居高临下，视野良好，既不挡着其他旅客的路，又可以看到繁忙的步行区——她发觉自己正越发着迷地注视着四年来她见到的第一批人类。人类在大群体中的行为方式有一种与生俱来的特异之处，不是吗？不过眼前的人群并不完全由人类构成；她那双受过猎手训练的眼睛，立即从纷乱的动作中捕捉到两个哈纳人如舞蹈般缓慢地滑行而过。那儿还有一个塞拉睿人，一动不动地站着，正在检查万用仪上的什么东西。但吸引她注意力的是数百个人类个体：有的跑着去赶下一趟穿梭班机；有的和货运人员争论不休；有的和一小群抗议者一起举着标语牌，喊着什么口号；还有的人大声招呼同伴、手足或者祖父母，说："嘿，这家咖啡馆有真正的虾，不是那种蛋白质仿制的垃圾。"

科拉知道，阿莎丽人会以同样的步伐移动，彼此之间保持明显的距离。她在哪儿读到过，阿莎丽人的礼仪是给彼此留出足够的个人空间，避免彼此干扰。而突锐群体的成年人往往步调一致，这可能是多年来义务兵役制的习惯使然。出于同样的原因，克洛根人则有意抵制列队行走的习惯，因为当他们步伐整齐时，就会本能地开始寻找一位军阀或战斗大师来带领他们冲锋。你要花很长时间才能穿过一群克洛根人，因为他们中的许多人会突然停下来，无缘无故地站在原地——不妨任凭他们这么干，如果试图干预，就有可能在临时军队之间引发一场波及全站、长达数天的争斗。

至少这些行为都是有原因的，不像人类。

正想着这些的时候，科拉的目光捕捉到了上百个小小的行为片段。人类会在行走时中途停下来，查看万用仪上的信息；他们会来回踱步，踮着脚尖弹跳，或是靠在墙上；当前面的人走得慢时，他们会恼火，然后加速前进，以便领先，尽管拥挤的人群意味着谁也走不了多远。她始终警惕地注意着他们，因为若是换作其他种族的人群，这些古怪的行为看上去都很可疑，像是潜在的威胁。但她处处都得留心，因为他们并不是威胁。

他们只是人类——完完全全的一团乱麻。

而她只是需要重新适应这场面。最后，科拉把背包搭在肩上，走下台阶。她叹了一口气，打起精神，走进人群中。

“哈珀中尉？科拉·哈珀？”

这声音出乎意料地在科拉身边响起，把她吓了一跳，她险些在身周放出一个异能屏障，但还是迅速地控制住了自己的反应。科拉转过身来，只见一个身材高挑、皮肤黝黑的女人正望着自己，带着礼貌而大方的微笑。不妙。科拉皱了皱眉头，立刻重新评估情况。之前在瑟熙亚星时，指挥官妮西拉·特科什曾训练她进行快速的威胁评估和应对，那可不是白练的。这里或许到处都是假警报，但科拉确信自己的直觉在这件事上是正确的——那个女人的微笑有些不对头。

“有事吗？”科拉答道，试图让自己听起来不那么警惕，但还是失败了。

“我就知道是你！”那女人容光焕发，伸出一只手，科拉不由自主地拉住握了握——她的肌肉始终记得本地的风俗，即便她的思绪还停留在阿莎丽人的国度。

“我在这儿等了一下午了，就想跟你聊聊。你的班机晚点了。”

“去帕尼萨中继站的线路堵得厉害，”科拉说道，心中暗忖：*大姐，你是谁啊？*但科拉的礼貌寒暄几乎是自动的，毕竟四年来她一直把自己视为人类的使节。“抱歉让您久等了。您想跟我说什么？还没请教您怎么称呼？”

“我是卡利莎·宾特·悉南·阿尔－吉拉尼。”女人的笑容越发灿烂，牙都露了出来。然后——搞啥？一架无人摄影机从她身后飘了出来，猛地将一束耀眼的灯光聚焦在科拉的脸上。她眯起眼睛瞥了一眼，而阿尔－吉拉尼继续滔滔不绝：“这里是韦斯特隆德新闻。您介意回答几个问题吗，哈珀中尉？不会耽误您太久的。”

“我，呃——”科拉已经很多年没有接受过任何应付媒体的训练了，上次还是在去往瑟熙亚之前，而且从那以后她就再没有接受过采访。阿莎丽人觉得其他种族的人去她们那儿求学之类的事情没有什么特别的新闻价值。“行吧。”

“太好了。我看得出你有点不太适应，很抱歉。咱们先从轻松的话题聊起吧？”阿尔－吉拉尼瞥了一眼无人机，设备闪着红灯，表示已经开始摄像，女记者满意地点了点头。“您回到太阳系了，哈珀中尉，那么您之前在瑟熙亚待了四年，是参加了星联的女武神计划吧？”她看了看小数据板。“引用官方说法，‘为了加强人类和阿莎丽人之间的外交纽带，提高人类生物异能训练的质量——’”

“是的。”科拉甫一出口便心头一紧。她不是故意打断对方的，打断人类女性或者非双性种族成员是很不礼貌的行为。可她以前听过太多次女武神计划的概要，听得耳朵都起茧子了，而且她想赶紧结束这次采访，但这种情绪很难掩饰。“嗯，我是说，也不完全对。我所在的突击队以瑟熙亚为基地，但我们在整个阿莎丽空间执行任务。”

“塔林巾帼团，没错，妮西拉·特科什是指挥官，她是经历过七十场战斗的老兵，樗树战役和阿尔塔围城战的幸存者。在这样一位杰出的阿莎丽指挥官手下工作是什么感觉？”

科拉稍稍放松了一些，思考该如何回答。*那段经历令人兴奋……也很可怕。*妮西拉以前从未与人类并肩战斗过，对人类的所有了解都来自数据文件和二十多年前的外联网文章。这位指挥官训练科拉的理念基本上可以归结为“*你看起来像个阿莎丽人，所以我要像对待阿莎*

丽人一样对待你”。科拉别无选择，只能配合。

这意味着她要进行好几个小时的额外体能训练，还要在训练结束后学习有关生物异能和哲学的古代文献。她甚至还要学习如何用瑟熙亚本地的食材烹饪，这样她才不会饿着自己——阿莎丽人一日两餐。这是科拉所知的要求最高、最危险的训练……她珍惜自己度过的每一分钟。但是，要如何将所有这些总结成一句话在新闻上播呢？

“感觉特别棒。”她喃喃地回答，然后在心里抽了自己一个大嘴巴。

阿尔－吉拉尼似乎并没有注意到她的口才有多差劲，继续询问道：“唔……有传言说，您甚至没有达到阿莎丽突击队员的最低标准，您对此有什么说法？还听说他们为您制定了一套新的、更宽松的标准，大致相当于阿莎丽儿童的训练标准？”

啥？科拉瞪着记者反驳道：“这些话……没有一句是真的。”有几项最低标准她确实尝试了几次才通过，但是所有考核她最终都达标了。

“不是真的吗？还有关于您已经‘本土化’的传言呢？只吃瑟熙亚的食物，只穿阿莎丽人生产的衣服，使用阿马利的高端定制异能增幅器？”

阿尔－吉拉尼的脸上仍然挂着之前那种开朗、友好的笑容，但她的友好举止显然都是狗屎。这让科拉恨得牙痒痒——这是她情绪开始失控的一个明显迹象。不知何故，她的异能生理反馈往往从牙根开始。

“我和我的战友们一起吃饭，一起穿衣。”她厉声说道，“我吃穿都像她们，因为军事单位的每一个人都是这么干的。食物就是食物，衣服就是衣服。阿莎丽人的衣服我穿着也很合身，所以如果没必要的话，我为什么非得花大价钱从人类空间往那儿运东西呢？您非说这是‘本地化’那就这么说好了，但这个项目的关键就是提供一种沉浸式体验。”她又补充了一句：“这个问题提得不公平。”但就在她喘口气的当儿，阿尔－吉拉尼又麻利地把下一句话塞了进来。

“沉浸在一个外星人的社会里，当然了。”阿尔－吉拉尼说，还若有所思地点了点头。“但是，您在完成女武神计划后就从离开了星盟军队，这意味着地球人在您训练上的投资没有得到回报。我知道您已经把眼光放到更宏大更美好的事情上了——仙女座开拓计划，是吗？”

科拉咬紧牙关。她退出军队是因为服役期满了，仅此而已。她还延期过一次，因为妮西拉要求她在第一期结束后再为塔林巾帼团服务两年，而且科拉也高高兴兴地同意了。但第二期结束时，妮西拉并未再次向科拉提出同样的要求，而是坚持说，现在是科拉尝试新事物的时候了，科拉接受了对方的建议。大多数陆战队员都会听从指挥官的意见，只要他们尊重自己的上司。但现在阿尔－吉拉尼显然想编造一个故事。科拉必须尽快弄清楚那是个什么样的故事，否则自己又会措手不及。

这个记者的目的到底是什么？污蔑阿莎丽人吗？还是抹黑女武神计划的背后人物？

“是的，”科拉尽量保持语气礼貌，“其实还是特科什指挥官本人推荐的。”

“哦，当然了！”阿尔－吉拉尼的脸亮了起来，科拉绝望地回忆起她当初接受过的媒体训练：*绝不主动提供对方没问的信息。*女记者继续说道：“一个外星人向仙女座开拓团这样的组织推荐您这样的士兵，这是完全合理的。”这几乎是当头一棒——*什么叫像我这样的士兵？*而阿尔－吉拉尼还在滔滔不绝地抛出尖锐的问题。“您知道开拓团的主要支持者，企业家珍恩·嘉森被指滥用投资者资金、瞒报盈利、资助非法研究吗？”

“哦，这个——”科拉赶紧打住。难道是关于这个？关于嘉森？开拓团？那阿尔－吉拉尼为什么要伏击科拉呢？“我不知道，阿尔－吉拉尼女士，我不知道。如果这些是指控的话，我想您应该也不太清楚吧。”

“您别这么紧张，中尉。我只是问问而已。”

我又成了一头狡猾的太空母牛了，科拉暗忖。“您问完了吗，阿尔－吉拉尼女士？我还得去赶飞船。”

“还有最后一个问题。”女记者又瞥了一眼她的数据板，科拉确信这只是装装样子而已，阿尔－吉拉尼非常清楚她自己准备问什么。“仙女座开拓计划自诩复古，想回到当年，那时地球上的人类认为自己在宇宙中是孤独的，他们勇敢地向未知世界进军，纯粹是为了探险而探险。”她回头瞥了一眼无人机，低声发出指令。“这里暂停。搜索以下素材：二十世纪阿波罗计划的发射实况，第一次接触前飞船航行的图像，开拓团新闻发布会上披露的海伯利安号方舟的照片。这些都拼接在一起，配乐要选……我不知道。选择一首又老式又晦涩的曲子。比如加拿大电子摇滚什么的，随便啦。”

无人机的灯闪了两下表示确认，科拉眨了眨眼睛赶走残影，阿尔－吉拉尼又开始对她说话。“但是，考虑到该项目准备在仙女座中安置更多的外星种族殖民地——特别是阿莎丽、塞拉睿和我们以前的敌人突锐——而且考虑到该项目倾向于雇用您这样对人类利益的忠诚度值得怀疑的人员——”

科拉被彻底惹恼了。怒火在脑中闪耀着白光，在双眼后方猛烈地搏动，然后蔓延至全身，暗能量朦胧的蓝光倾泻而出。阿尔－吉拉尼惊恐地睁大了眼睛，这也许是科拉在她脸上看到的第一个真实的神情。这种恐惧是完全有道理的，毕竟能粉碎她身体每根骨头的力量现在正毫无束缚地在科拉的皮肤上流动。

但是，异能光焰只是阿莎丽人表达愤怒的方式——就像克洛根人用头顶撞，突锐叩响下颌，或者人类和巴塔瑞人握紧拳头。四年的阿莎丽沉浸式学习使科拉养成了这个习惯。问题是，尽管人类能够毫无困难地识别出其他种族的威吓姿态——某些肢体语言确实是普世通用的——但很少有人类能发出异能光焰，更不用说像阿莎丽人那样得心应手地使用了。那些有能力发光的人类通常也无法良好地控制。

阿尔－吉拉尼脱口而出："好吧，这些素材应该够用了。谢谢您的时间，中尉！"然后匆忙逃离，科拉这才意识到自己在人类空间使用了错误的肢体语言。

科拉知道自己把事情弄得更糟了。阿尔－吉拉尼肯定会把她外显的愤怒作为她已经"外星化"的进一步证据。现在那位女记者还可以暗示，雇用科拉这种"忠诚度值得怀疑的人员"进一步证明了仙女座开拓计划的腐败，这显然一直是她的切入角度。

这下可好了。今天科拉正要去仙女座开拓团报到，开始上班。而她刚刚帮着记者在外联网上把新东家抹黑了一把。

* * *

科拉坐在咖啡馆里，吃着用真虾做的炸虾三明治，思考自己退役后因失业而陷入贫困的生活。这时抗议者们走了进来。

科拉刚才见过这群人举着标语牌在步行区的人群中叫嚷，她瞥了一眼就没再留心。她在另一个星球上生活了四年，不管这些人因什么而愤怒，她都不在乎。她也并不介意在咖啡馆里见到他们，因为此刻他们既没有叫喊也没有挥舞标语牌。愤怒的人也得吃饭，不是吗？所以她不再注意他们了。

后来，当科拉有时间反思当天自己犯下的错误时，她隐约记得听到抗议者们突然安静下来，互相耳语。当时她正开始怀疑所谓"真虾"

实际上是各种霍莱逊星的昆虫，它们味道很好，但有轻微的通便作用。她和任何一个在特拉弗斯空间长大的孩子一样，吃过各种诡异的蛋白质，最糟糕的那种至今仍留在她的记忆中——一道阴影落在科拉的餐桌上。

“刚才韦斯特隆德新闻预告片里那个是你吧，”一个男人说道，“这个星期要播出的专题报道，披露仙女座计划的。”

哦，他们当然已经开始宣传了。科拉忍住叹息，抬头看向他。男人二十来岁，又高又瘦，橙黄色皮肤。许多出生在行星上的人为了避免皮肤在太空中显得过于苍白，都会服用补充剂。他穿着一套游客级质量的环境防护服。仿佛万一塔马约之点的质量效应场失效，这套衣服就能拯救他似的！

更重要的是，这个男人站得太近了，正试图威逼她。科拉故意又咬了一口三明治，对这种人没必要讲礼貌。她一边嚼一边说：“也许预告片里那人是我。不知道，我还没看。怎么了？”

“你替仙女座开拓团卖命，身为人类却和外星人一起工作。”

照这样下去她没到手的饭碗就快砸了，但那也是她自己的事情，与旁人无关。

“我再说一遍：怎么了？”

那家伙不喜欢她的冷淡态度。他猛地弯下腰，砰的一声将手拍在科拉的餐桌上，把她没吃完的半块三明治最上层的面包掀到了一旁，指责道：“你是地球的叛徒！”

科拉故意小心翼翼地把面包放回原处，把餐盘从那人身边挪开，以防他吐唾沫。

“你是想说‘人类的叛徒’吧？”

“什么？”

“我可从来没把地球当成家。星盟目前有几十块殖民地，数百座空间站，在一千多条航线上有贸易利益，还在大多数非人类行星上设置了外交前哨站。其他地方也有人类，比如诺维利亚这样的私人企业，以及欧米伽和神堡这样的种族杂居地。所以，如果你真的想骂我叛徒，你最好记住，人类早就不等于地球了。得有五十年了吧？”那男人困惑地望着她，越发生气。“当然，如果你记得这一点，你也必须要记住，合作探索有助于人类——”

她没料到男人会推她。他看起来固执、褊狭、讨人厌，但还不至于蠢到与一个全副武装的女人动手。如果科拉预料到会有暴力，她本可以在心理和生理上都做好准备，稳稳承受住这一记推搡。

但她毫无防备。男人在身高上占了优势，一下子把科拉的椅子往后推了老远，她甚至双脚离地，椅子差点儿掀翻。科拉没有经受住这一推，于是精神立刻从非战斗状态进入了战斗状态——遇到突如其来的暴力就应该这样反应，妮西拉就是这么训练她的。这就是科拉和其他巾帼团成员在过去四年里所经历的，她们在上百场冲突中出生入死，而眼前这位岁月静好的蠢蛋是永远也不会了解的。生存意味着必须立即做出反应。花时间思考可能会让你丧命。

这就是阿莎丽女猎手的行事方式。

所以，在双脚落地之前，科拉身上的暗能量已经燃烧了起来，异能屏障霎时升起，速度之快令空气都噼啪作响。男人大叫一声，把手缩了回去，虽然他那点儿力量并不会触发异能力场的反伤机制。他毕竟不是敌人射出的枪弹。尽管如此，男人皮肤上的静电还是与科拉力场外围不断闪烁的光焰擦出了火花，在能量鞘上产生了微小的涟漪效应。她站起身时，感觉到自己的头发在电磁微风中飘动。男人双眼圆睁，跌跌撞撞地向后退去，科拉清楚地知道他为何而恐惧。

我们是活生生的武器，我们是女猎手。妮西拉低沉柔和的嗓音又在她的脑海里回荡。你们的种族才刚刚开始理解零号元素能做什么，质量效应到底是什么，暗能量有什么潜力，但是，你来到瑟熙亚是为了像我们阿莎丽人一样学习，所以我会倾囊相授。我们只被意志的引力所束缚。你，科拉，是有机力量与合成力量融合打磨的顶峰。只在你必须战斗的时候才去战斗；可一旦战斗，就要警告你的敌人这将是一场噩梦。这只是出于礼貌，然后你再把他们撕成碎片。

科拉不会真的对那个男人痛下杀手，不过这确实是多年训练的目的。她的自控力很强，如果她真在咖啡馆的墙上搞出一片血肉模糊，那也是她深思熟虑之后的决定，而非迎敌时的条件反射。科拉正打算给那男人上上课，告诉他对全副武装的陌生人保持礼貌有什么好处时，一只手出现在她的视线范围内，优雅地滑过，把她从预备战斗的紧张状态中拉了出来。另一片异能力场轻轻地撞击着她的力场，这是战士之间的礼貌问候。

“嘿，小妹妹。”一个熟悉又令人安慰的声音传入耳畔，科拉立刻眨眨眼睛驱散了屏障，转过头来，盯着眼前这张开朗顽皮的绿松石色面孔。“这是私人聚会吗，还是说我们都可以跳舞？”

科拉真想拥抱眼前这个高大的阿莎丽人。

“伊加拉！”伊加拉·梅诺里斯，妮西拉·特科什的前任副手，塔林巾帼团的成员，也是少数几个真正被科拉视为朋友的阿莎丽人之一。“老天啊，你在这儿干什么呢？”

“让你远离麻烦啊，还能有别的事儿吗？”

看见科拉已经平静下来，伊加拉松开了她，露齿而笑。科拉回头瞥了一眼那个推她的男人，他已经往后退了一两步。虽然她的眼神温和，但那人还是又退缩了几步。科拉注意到男人的两个同伴也走到了他身边，但他们似乎都想把他从危险中拉出来，而不是给他壮声势。

科拉并不责怪他们。尽管伊加拉的少女期还没结束，但她的身形比一般的阿莎丽人更魁梧——她当然很漂亮，但个子更高，肌肉更发达，还总是端着一副威严的姿态，这架势就像一个警告。伊加拉一直都是突击队员，科拉曾看到她在异能战斗中胜过好几位主母。

这都不重要了。推她的那个男人不重要了，那个女记者卡利莎·宾特·悉南·阿尔－吉拉尼也不重要了。科拉只觉得高兴，她终于再次遇到了文明人。“咱们走吧。”她如释重负地说道，伊加拉也随和地应了一声。两人离开了咖啡馆，而那个好战的男人和他的朋友们仍目瞪口呆地留在原地。

他们穿过人群，科拉领着伊加拉走向去往仙女座开拓团总部的穿梭班机。伊加拉显然只是跟着科拉散步。她说自己只是途经太阳系，与妮西拉分道扬镳后，她决定去伊利姆组建自己的佣兵小队。这并不奇怪，人人都觉得伊加拉最终会自己创业，少女期的阿莎丽人一旦学会了哪门手艺，往往会自己单干。妮西拉也对伊加拉的新事业表示了支持和祝福。

然后是科拉的发言，她吃惊地发现自己正滔滔不绝地讲述离开阿莎丽空间后发生的一切。班机上有位乘客不断找各种理由碰她的屁股，直到她威胁要让对方丧失生殖能力为止。海关有位工作人员饶有兴致问她在瑟熙亚的这些年里有没有和阿莎丽人上过床。“关你屁事。”科拉带着尖锐的微笑回答那个女人。还有那段灾难般的新闻采访。最糟糕的是，科拉不过是再次回到了自己的人类同胞中，就立刻遇到了各种烦心事。

“我们就是一团糟。”她脱口而出。“我以前从没觉得人类还是原始物种，可我们真的实在是……”她叹了口气，揉揉眼睛，咬紧牙关。

这时一位旅客撞到了她的肩膀，含糊地道歉之后又撞到别人。最后，科拉深吸了一口气。“老天啊。听我说了些什么。我居然在发牢骚。”

伊加拉笑了。“是有一点儿。听着，你只是感受到了一些文化冲击。”她耸了耸宽阔的肩膀。“可是，把某个仇外者吓得尿裤子是最好的处理方式吗？我不确定。不过你现在的感受很正常。我曾在帕拉文待过二十年。”她似乎有点儿脸红。“当时我以为自己找到了‘真命天子’。总之，刚回家的时候，我总是觉得奇怪，为什么眼前的面孔都是蓝色的而不是银色的？为什么没有人愿意谈论战术或公共服务？我总是觉得瑟熙亚有问题。花了好几个星期才从重新适应。你也会再次适应的。”

科拉当然知道是这样，但有其他人的确认是件好事。走到穿梭班机的泊位对接管前，她停了下来。离登机还有二十分钟，不过也许工作人员会让她早点儿上去，这样她还能睡一小会儿。

“谢谢你。”她最后说道，因为她迫切需要跟人聊聊这些事情。“我知道人们总是说银河系很小，但没想到咱们居然真能遇见。我要开始相信你们的神了，你出现得太是时候了。”

伊加拉愉快地哼了一声，友好地戳了戳科拉的肩膀，转身走开了。“尽量不要引起任何跨种族冲突，”她回头喊道，“记住，我们教过你，你可以做得更好！”

* * *

忒亚空间站有年头了。档案里说这是一个古老的奎利低轨道空间站。数百年前，这座空间站在奎利人与桀斯的战争中遭到破坏，成为一片被遗弃的废墟。几年前，仙女座开拓团从一群沃勒人手中买下了它。

奎利人的建筑始终如此惊人。尽管它一定有许多年未处于质量效应的保护之下，船体却没有瑕疵。从外表看去，这也完全不像一座二手空间站。走廊干净通风，基础设施符合神堡标准，一切都像新的一样闪闪发光。不过，这个地方还是有点儿不对劲。建筑比例很特殊——仿佛它的美学特征是由一群思维完全不同的头脑所决定的。数学就是数学，工程就是工程，但人类并不会把一切都放置得略倾斜，也不会在每根管道旁都装饰金银丝工艺的植物图案和流水纹样。

当科拉透过空间站的一扇舷窗向外凝视时，她不禁注意到透明的碳纤维“玻璃”有些微微凸起，焦点偏离中心，巧妙地将观察者的目光吸引回空间站内，而不是望向恒星和银河系的方向。人类会想仰望星空；而古老的奎利人则想提醒自己，在群星之间生活全仰赖可靠的硬件和能干的人才。

科拉转过身来，再次仔细端详那个即将成为她的新指挥官的男人。好吧，是上司，因为开拓团不是军队；这是另一种奇怪的感觉。他们站在一个拱形房间的中央，屋里有一个架子从地板直伸到天花板，平台、终端和服务器节点都围绕着架子放置，十分怪异。这让科拉联想到了天然的蜂巢：能高效地利用空间，但看起来让人不太舒服。现在他正站在最高层的平台上忙着，一边用单手轻敲界面，一边透过固定的电动目镜盯着什么东西。

科拉对他问过好之后就一直站在房间里。当时他说“稍等”，然后十分钟过去了，科拉开始怀疑他是不是忘了自己还在这里。

亚利克·莱德，她查过关于此人的资料，前星联陆战队员，实打实的 N7 毕业生。人类在火星上发现了普洛仙文明的遗迹后不久，他应征入伍。就和当时的许多年轻人一样，他急切地想亲身体验人类的下一次量子飞跃。莱德成功了，他还和乔恩·格里瑟姆一起首次成功穿越了卡戎质量中继站！不过，不太光彩的是，后来他被军队开除了，档案中竟然没有说明原因。

他花了几年时间重新塑造自己，在实践中精通了异族控制论、人工语言学和其他几门科拉连名字都说不上来的学科。他有两个孩子，都已经成年；他最近成了鳏夫。对于一个五十多岁的男人来说，莱德保养得很好——头发灰白，不算太瘦，但也没有明显的肚腩。他依旧穿得像个退役的军人：有很多口袋的卡其裤；突击队员毛衣，袖子卷起。

没有科学狂人的明显征兆……但那种气质就在他身上，科拉几乎能闻到。

“久等了。”莱德突然发话，把她吓了一跳。原来他没把她忘了。不过莱德的目光始终没离开目镜。“我正在调整一个运行中的动态直觉处理矩阵。很棘手。”

“直觉嘛，不是都很棘手吗？”科拉说道，隐约觉得自己在退役后的职业选择上没有做出正确的决定，她环顾四周，试图驱散这种想法。

科拉只是试着闲聊，她并不指望莱德接话茬。确实，他又沉默了一会儿，继续敲击界面，眼睛盯着目镜。然后他停了下来，靠在椅背上活动肩膀，直到颈椎发出咔咔的响声——他下方数米处的科拉甚至都能听到那声音。

“嗯，那得看情况。一个虚拟智能的直觉是好是坏？坏直觉很简单。举个例子：你就完全缺乏一种警告自己的本能，这种直觉会告诉你，你是不是被记者涮了。”

他妈的。科拉叹了口气，勉强引起了他的注意。最好先把这事儿讲清楚。“对不起，长官。”她说道，“当时我猝不及防，下次不会了。”

“我知道你下次不会了。”莱德揉了揉后脖颈，站起身来，沿着台阶走到下一个平台。“开拓团承受不起那种新闻压力。和记者交谈时，你应该让你自己以及任何与你有关联的人听起来都像后中继站时代的贝内迪克特·阿诺德。如果做不到这一点，下次就说句‘无可奉告’

赶紧离开吧。”

这番话气得科拉咬紧牙关，不过她知道自己活该。

“遵命，长官。”

莱德在平台上站定，第一次皱着眉头俯视科拉。“我们二人已经都不是陆战队员了，哈珀女士，而且我以前也不是什么‘长官’。你这么称呼我，让我觉得自己很老了。”

“哈珀女士”这个称谓也让她不由得一哆嗦。“我更喜欢被称为‘中尉’。我努力工作才赢得了这个军衔，即使它已经不再适用了。或者您可以直接叫我哈珀。”她意味深长地停了一下，“彼此尊敬不是军人的唯一职责……长官。”

听闻此言，莱德不以为然地轻轻哼了一声道：“或许吧。不过，我还是宁愿你用实际行动尊重我，而不仅仅是表面的虚礼。比如，我注意到你没对我敬礼，尽管我的职位比你高。”

科拉强忍住皱眉的冲动。她不知道该怎么看待这个人。他不断地挑衅她，退让，然后又从另一个角度进攻。然而他似乎并没有敌意，更像是在……评估自己。

“敬礼主要是人类的礼仪，”科拉说道，“这个习惯我已经丢了。”

莱德皱了皱眉问道：“你离开的这段时间里，还忘了什么？”

他肯定是在挑衅，也许是想和她针锋相对？“我忘记了与一个几乎没有直觉能力的种族交谈是多么令人沮丧。有些问题任何一个阿莎丽人只要看看你就知道答案了，但人类总是要兜圈子，而且还自以为这么做很聪明。”

莱德的表情没有变化，但她看到他的面孔略略有些僵硬。

“还有……”她打起精神，继续发话，“我忘了人类对真相是多么敏感，忘了他们多么不愿意直截了当。有时候，什么都不说比说对了更好。”她确实没有处理好记者的采访，她也不介意承认这一点。“但是，我没有忘记我曾经是一名陆战队员。我会尊敬我的上司，即使他们还没有真正赢得这份尊敬，长官。”

莱德摇了摇头，令科拉吃惊的是，他看上去有些困惑。然后，莱德倚着平台的栏杆，声音变得柔和起来。

“中尉，即便你做好了准备，阿尔－吉拉尼也不好对付。我曾见过她碾压好几个五星上将，那可不是趁他们返回人类空间第一天的伏击。”

“或许吧，长官——或许吧。”科拉忍住了咬紧牙关的冲动，“不过，我还是让仙女座开拓计划很难看，我要为此道歉。”

“要抹黑开拓团，需要不止一篇明显带有偏见的新闻报道。不幸的是，你在塔马约之点遇到的只是一场持久战的先锋官。”莱德叹了口气，“哈珀，你知道我们在这儿干什么吗？”

“就是档案里和外联网上说的那些。没什么特别的。”

“那你跟我说说呗。”

这是个测验吗，看看她有没有做功课？科拉再次忍住了咬牙切齿的冲动，好吧，陪你玩。

“好。我们的想法是去仙女座星系——离我们最近的星系，寻找一些宜居星球，建立据点，也许与能与当地的种族接触，或者建立殖民地之间的贸易。”她耸耸肩，“最初这个项目是由一个人类团队发起的，但随着发展势头越来越大，其他种族也加入了。现在各种族都直接参与探索。出发日期定在六个月后。”

“没错。”莱德转身走下台阶，终于和她站在同一块地板上。“但这并不是我真正想知道的。这个项目将花费你六个世纪的时间，把你带到二百五十万光年之外，你将会远离你所熟知的一切，远离你所爱之人。告诉我，你为什么要参加这样的项目？可别说什么‘人类对探索未知的热爱’。”他翻了个白眼，“这句话在市场营销的时候听起来很棒，或许对于荷尔蒙多于理智的年轻人来说也是如此。这只是一个美好的理想。但古代的探险者通常是想顺利返程的，最好还能衣锦还乡。”

“甚至乔恩·格里瑟姆代表人类首次穿越质量中继站的时候，他也只是在服从命令。我知道这一点，当时我就在他的队伍里。人人都认为他很勇敢，他确实勇敢，但他只想着赶紧回家看女儿。”莱德摇摇头，“你又为什么决定跳进这个没有回头路的未知世界呢？”

科拉深吸一口气，她之前就害怕被问到这个。“我没什么理由。”

莱德眨眨眼，眉头紧蹙，疑问道：“那你来这儿干什么？”

“是妮西拉·特科什让我来的。”

莱德交叉双臂，微微转动一只脚踝。“你从前的指挥官说什么，你就做什么？”他摇摇头，一脸难以置信的表情。“我收到了特科什的推荐信，邀请你来这儿是因为你的履历给我留下了深刻的印象……但我现在并不觉得你很厉害，哈珀。我为什么要聘用你，而不是一个发自内心想从事这份工作的人？”

“恕我直言，这有什么要紧的？”科拉问道，尽量不让自己听起来像是在强辩，“我不知道这和我将来的工作有什么关系。不管怎样，我都会竭尽全力。”

莱德终于迎面站在科拉跟前，不再显得那么趾高气扬，甚至有些无精打采——也许那是疲惫所致。她仔细打量了他一番，对他的印象有所改观。莱德的头发有点儿凌乱，好像每当感到沮丧或疲惫时，他总是会用手捋头发。

他开始在科拉面前踱步，依旧端着双臂。

“我们有竞争对手，哈珀。其他企业不愿意冒我们的风险，却想得到我们的技术和我们的投资方。你在塔马约被记者设伏，是因为你显然不知道这些事情——但你本应该知道的，既然你要把余生都奉献给这个项目。我总不能手把手教你这些事情吧；你需要自己提前防备，而你显然没有做到。”

这是上司的合理期望，科拉提醒自己，尽管她的牙齿又开始因紧张而发痒。显然亚利克·莱德是那种喜欢坦诚厌恶扯淡的老板。显然他是个学霸，不管有没有 N7 背景；他喜欢大声思考，但仍然看重简洁，而不是冗长的细节。这些特点都很适合科拉。是时候决定要不要真的为这个家伙工作了一段时间了——大约六百年。

“我没预料到在塔马约之点会发生那样的事，因为我从不同的角度来看待这份工作。”她说道，“我出生在一艘货运飞船上，而不是行星上。我是一个在特拉弗斯空间长大的孩子。为了生存，我们每天都要冒着未知的风险，所以对我来说，这项工作既不新鲜也不迷人。后来我又和阿莎丽人相处了四年，在那里，这个开拓计划被视为……”她想找个好听点儿的说法，又放弃了。“一个形象工程。银河系的人什么场面没见过，一个刚开始太空遨游的小种族不过是想用这种方式攒点儿人气。一些阿莎丽人也加入进来，只是因为这事儿很有趣。总有些主母在寻找满意的方式来结束自己的生命，也不乏有‘年轻而理想主义’的少女。但说实话，银河系的大多数人都顾不上关注这项开拓计划。它在这里有新闻价值……在外面可没有。所以我根本没想到会遇见记者。”

莱德放慢了脚步，似乎正在消化这些信息。“好吧。这……也有道理。从不同的角度来看问题，这是有价值的。但这仍不能回答我的问题：为什么我要雇用一个没有任何愿景的人？我怎么知道你不会因为无聊而中途放弃这个项目呢？我需要一个领导者，而不是跟随者。”他摇摇头，“妮西拉决定推荐你来这儿的时候，是怎么跟你说的？”

科拉噘起嘴唇，沉思着，深深呼出一口气。还是说实话吧。“妮西拉说……这个开拓计划听起来像是一场能让我找到目标的冒险，”科拉坦诚地说，“她说我待在瑟熙亚是浪费时间，甚至待在星联里也是浪费时间。毕竟我的寿命太短，无法成为一个真正的阿莎丽女猎手——人类还是太害怕异能者，即便是水平一般的他们都不知道该如何对待，更不用说像我这样异能充沛的了。”她耸耸肩。莱德眯起了眼睛——是在评判她吗，还是在怀疑她？他竟如此看不上自己，真叫科拉痛心。

她在背后握紧双手，放松身体，抬起下巴，步步为营地续道：“妮西拉觉得这个项目可能足够与众不同，足够灵活，知道该如何对待像我这样的人。所以，既然您确信这趟仙女座之旅势在必行……您觉得我为什么应该在这里呢，长官？”

莱德停下脚步，面对着她，脸上流露出真诚的惊讶之色，这是科拉见到他以来的第一次。然后他勉强地笑了笑。“用我的问题反问我，嗯？那好吧。”他移开目光，思索片刻，说道，“我们一定会去。到了现在这个阶段，我们已全情投入……除非每艘方舟发射时都发生灾难性的故障——统计上是不可能的——没有什么能阻止我们出发。我们必须得去。”

科拉眨眨眼，难掩疑惑。“我不理解，为什么我们必须把一个价值千万亿级信用点的项目投到另一个星系去。”

他被逗乐了。“千万亿级……我们别无选择，哈珀。项目中的任何人都别无选择，真的，尤其是人类。”他深吸一口气，“自人类发现自己在宇宙中并不孤单以来，几十年已经过去了。从那时起，我们几乎对所有事物的理解和认识都有了爆炸性的增长。但咱们这个银河系……一切都已经被摸透了。我们不需要再去探索、发现、培育。即便是为数不多的我们仍需要的东西，也可以从其他种族那里借鉴学习。我们还是猿类的时候，他们就已经掌握那些技术了。”他压低声音，放慢了语速。

“人类在受到挑战时才会蓬勃发展。当我们为某个目标奋斗时，我们才会成长。在一个一切都已经替我们决定好的星系里，我们如何能成长？”他微微蹙眉，悲伤地笑了一声，又开始踱步。“到那儿去可不容易，哈珀。站稳脚跟，蓬勃生长——只有这样我们才能充分发挥我们族群的潜力。”科拉看着他踱步，不知道该做何感想。他听起来像是对议会略有怨言，或许是对人类的地位有所不满？

“如果您是希望人类能进一步发展，议会和其他种族可以给我们提供很多机会，”科拉反驳道，“我很清楚这一点。”

“他们当然可以给人类一些机会。”他朝科拉摆摆手以示反对，“即便在开拓团里也是各种族合作，但仙女座是一个公平的游戏场，在那里，人类将有机会……不，不是有机会，是必须在那种迫切且持续不断的压力下去发现和适应。我们别无选择，必须前进，必须取得成功。唯有适者能生存，每个种族都要关注自己的需求。”

科拉不太喜欢这番话里暗含的意思，她评论道：“这听起来不像是‘合作’，更像是公开竞赛——像一场看谁会胜出的赛跑。”

莱德停下脚步，他似乎也在琢磨这个问题。

“对，也不对，”他说，“议会在银河系做得很好，其他种族也很文明。但这种和平……我们所处的整个银河系社会……是建立在几个世纪的教训、错误和战争的基础上的，你我从未曾经历。这种和平不是我们自己挣来的，而是被赐予的。有些人可能称之为乌托邦；所有的启蒙都没有经过任何斗争。但是人类需要奋斗。当最大的成就和挑战摆在我们面前时，人类才会处于最佳状态。”

“这我倒是不反对。”科拉似乎开始明白他的意思了。尽管如此，她还是觉得有些地方说不通。她斗胆问道：“但是，如果我们需要的只是奋斗，为什么不干脆在银河系最偏远的地方建立一个殖民地呢？一样远离议会的控制，完全依靠我们自己。”

莱德顿了顿，然后……居然笑了？

他在沉思吗，还是有些阴郁？科拉读不懂他。

“相信我，我考虑过这个主意，”莱德答道，“如果开拓团没找上我，我可能已经着手那么做了。”他转身走到一个控制台前。“但是他们找到了我。现在咱们俩都在这里，即将踏上一段将再次把人类置于创新和发明前沿的征程。”

他陷入沉默，科拉局促地动了动，拿不准他是否还要继续说下去。一秒钟后，莱德拨动开关，一颗行星的影像出现在二人之间。

“看看这个。”他用手旋转那幅全息图，“这是我们的目标——黄金世界。我们所掌握的信息表明，这个星球拥有人类生命所必需的基本要素。但我们并不敢完全确定，除非亲自踏上这片土地。

“即使它真的具备起始条件，即便一切都按计划进行……我们也得花上几十年才能把它建成我们的家园。每一天都会给我们带来成长、扩张、演化的机会。但是……也有栽跟头的可能性。也许会失败。”他直起身子。“我们在未来几十年里做出的每一个决定，都将左右我们的生死。”

科拉注视着旋转的星球。“您认为……”她斟酌了一下才继续说，“您相信，到最后，人类会……变得更好。我们会因此变得更好？”

莱德关闭演示，转过身来面对她。“是的。我想特科什派你来是因为她也有同样的看法。阿莎丽人倾向于从长远考虑，这是可以理解的。

如果她认为你能帮上忙，而且你也会因此成长……”他摊开双手，“我想咱们俩都应该听她的。”

“我基本上总是听她的，长官。”

“我明白。所以……”他端起双臂，“你没有加入开拓团的动机吗？咱们来看看，能不能给你找点儿动机。”

科拉点点头，慢慢消化他的话。扩张、探索、适应——或者死亡。想到这一点，她隐约觉得胃里有些揪了起来，一想到刺激的事情她就会这样。不过这是莱德的动机。

虽然有趣，但那毕竟不是自己的动机。

“我要加入开拓团，”她说，“理由——至少目前的理由——和我之前在瑟熙亚待了四年的理由一样：因为说到底，崇高的理想没那么重要。必须有人为了实现它们而承担那些苦差事。”这是科拉的母亲经常说的话，母亲忍受着那些垃圾工作、垃圾食品，用强力胶带和美好愿望把废铜烂铁粘成一架飞行器，乘坐着它在漫长的岁月里穿梭。科拉耸了耸肩。“也许我就是其中之一。”

莱德凝视着她，沉思了许久。“这也算是一种动机吧。”他的声音中带着一丝苦笑。“让咱们看看这点儿理由够不够支撑你走下去。如果你真的想让理想成为现实，哈珀……我有一个活儿要交给你。”

阿尔－吉拉尼专题调查下期预告：仙女座计划……大起底！

播出时间：协调世界时 2184 年 12 月 27 日，周日，18：46

仙女座开拓计划是古怪而富有的发明家珍恩·嘉森的新宠项目，目标是在离我们最近的星系中建立立足点。听起来是一个既浪漫又刺激的科学项目，那么真相到底如何呢？我们将追踪投资款项的流动，以揭露其中的贪腐现象和道德疑点，这些问题可能威胁到您的投资以及银河系文明的未来！

为此我们特意联系到了星联前中尉科拉·哈珀。哈珀是一位异能者，在星联服役时有着一波三折的经历，最近刚刚被仙女座开拓计划聘用。两个神堡标准日之后，敬请收看科拉·哈珀的独家专访。

韦斯特隆德新闻，一如既往地挖掘真相。

第二章

科拉走出气闸时，伊加拉友好地拉着她的前臂说道："接到你电话的时候我真的很高兴，当时我已经开始厌倦你们这个小小的太阳系了。欢迎加入！来见见我们的队员吧。"

在之前的视频通话中，伊加拉告诉科拉，几年前她买了一艘编外的小型阿莎丽驱逐舰，并加以翻新，用的是她三百年来在巾帼团服役攒下的钱。她把飞船命名为"无畏号"。她的船员都是前突击队员和其他专家，这些人都是她在近几十年的工作中结交的。其中三个是阿莎丽人，穿着黑色的突击队服，精瘦强壮。科拉跟她们不相识，而她们轮番打量科拉，其中一人冷淡地点点头，也许是表示尊敬。此外还有一位打哈欠的突锐女性、一位科拉见过的最矮小的克洛根人以及两个身量瘦削的奎利男性，两人服装和身材非常都相似，科拉希望自己不用记住哪个是哪个。

"特娅·纳米尔，班宁·特丹，还有莱莉·特恩。"伊加拉指着三个阿莎丽人逐一介绍，“班宁是我们的工兵。大约一百年前，她和巾帼团的成员们一起出过任务，当年要是没有她，我们就都死在那次任务里了。”科拉朝她点点头；班宁得意地笑了笑，对科拉挤挤眼睛。“特娅和莱莉是我们团队的力量所在——”伊加拉继续说道。

“只是团队的部分力量。”克洛根人插口道，像是觉得自己被冒犯了。对于一个克洛根人来说，他真的块头不大——仅比科拉高出一点点，尽管他比科拉要重上好几百磅。也许他时常因此被忽视吧。

“对，你也是强有力的队员。”伊加拉抬抬下巴示意克洛根人，“约尔加·奇伊，我们的飞行员和无人机侦察专家。”奇伊双臂环胸，看起来仍然很不满；伊加拉无奈地翻了翻眼睛。“对不起，奇伊，对不起，我忘了。你还负责重型武器，在我们需要的时候。”

奇伊终于满意了点点头，放松地说道：“这么直说多好。”

“奥克塔维亚·苏兰。”突锐人没等伊加拉介绍就自报家门。她伸出一只纤细的手，科拉有些吃惊地握住并轻轻摇了摇。奥克塔维亚一定研究过人类的问候习俗，因为科拉听说突锐人不太喜欢握手，天生长着利爪的种族往往都是这样。“我是研究员。”她补充道。

科拉扬起眉毛，诧异道：“啊，你们还有研究员。”

伊加拉轻咳了一下，以掩盖笑声。奥克塔维亚带着一种酷酷的调皮神情看向伊加拉。“奥克塔维亚是我们的信息经纪人，”伊加拉说道，“总体上只是负责琐碎杂务——但当我们需要深挖什么秘密或散布虚假信息时，找她准没错。”

“好棒！”科拉由衷地称赞道。信息经纪人往往是自由职业者，所以伊加拉一定给苏兰开了相当多的工资，让她全职在一个刚创业的佣兵公司工作。显然，伊加拉三百年来的明智投资得到了丰厚的经济回报。

“这两位是我们最新的成员，”伊加拉冲那两个奎利人点点头，“哈农米拉和石卢米拉，都出生在‘奎布奎布’号上——”

“我让你别提这茬儿的。”石卢米拉（也有可能是哈农米拉）不满地说道。

伊加拉笑着解释：“但是这个名字真的超搞笑。”

“大伙儿看看，这就是银河系最文明的种族。”奥克塔维亚面无表情，用夸张花哨的动作介绍伊加拉，“以她们的同情心、优雅和魅力而闻名。”

“咋地啦？我们本来就是。”

科拉强忍住笑意。她在一艘人人都认识彼此的小型家族飞船上长大，从来不善于结交新朋友。不过和伊加拉的团队在一起，她觉得很自在。

“很高兴认识你们大家。”

“梅诺里斯说你是来招人的，而不是要人伙。”奇伊说道，端起双臂，上下打量科拉。“不过，你看起来自己就能对付。我是说，我觉得你行。”他突然眯起眼睛。“你们人类看起来都有点像太空猴子，但至少你不像它们那样骨瘦如柴——”

莱莉无奈地用手揉脸抱怨道：“奇伊，我们讨论过这个问题的。不要拿人类和没有智能的灵长类动物相比较。我跟你说过，记得吗？”

“我说的是太空猴子！它们不是——哦，见鬼，它们也是吗？我只是把它们当零食。”

“妮西拉·特科什愿意亲自担保哈珀的突击队员经验。”伊加拉说道，她趁莱莉没来得及反驳，赶紧打断了两人的抬杠。“就我个人而言，哈珀是我愿意以命相托的唯一人类。”

科拉吃惊得直眨眼睛。当然，她曾与伊加拉并肩作战，巾帼团的每个成员都是如此。她没想到伊加拉对自己的评价如此之高。她脸微微一红，对奇伊说："实际上我既是你们的客户，也是额外人手。"应科拉的要求，开拓团已经把费用转入伊加拉·梅诺里斯的账户。"这次我也跟你们一起行动。"

"唔。那么任务是什么呢？"

她还以为他们永远不会问呢。

* * *

表面看来，莱德交给她的任务很简单。一个竞争对手侵入了他们的系统，窃取了对仙女座计划至关重要的数据。尽管他们可以直接无视这起盗窃事件，但选择将之找回有两个主要原因。

首先，这些数据可能引发潜在的风险：先进的VI技术会吸引很多不必要的注意；如此规模的丑闻可能会导致各艘方舟甚至联结堡号枢纽站的发射推迟。第二，也是更重要的一点——除了盗走数据拷贝，黑客还损坏了开拓团手头的数据副本。莱德说，重建遗留下来的数据可能需要几个月甚至更长时间。

或者……科拉可以把它偷回来。当然莱德没有用"偷"这个词，他只说"获取"。但每次他说到这儿的时候，都带着"我们心知肚明"的微笑，所以科拉觉得还是实话实说的好。

所以这个任务实际上很复杂，还有很多潜在的危险，莱德要求科拉与某种特殊的开拓团VI相连接。在带科拉参观完忒亚空间站，大步流星返回办公室的路上，莱德向科拉解释道："你会发现这款VI与大多同类产品不太一样，它是为开拓团量身定制的，具有高度自适应性。它需要与湿件整合使用，而你没有接口，所以我们需要做一些更改。你会发现它很有用，这点儿麻烦是值得的。"

"湿件整合？"她停了下来，"你是说要在我的大脑上动手术？哪门子的VI需要这么用？"

面对科拉的怒容，莱德笑了笑，好像早就预料到了她的反应。“实验版。你已经不是我们的第一只小白鼠了。”令科拉吃惊的是，莱德拍了拍自己的脑袋。“只是一个植入物而已，中尉。不会比你植入 L3 接口时更糟。而且这也是探路者团队成员的标准配置。我需要知道你能不能应付。”

科拉对往脑子里装更多科技产品并没什么兴趣。尽管如此，她还是同意了。手术就在忒亚空间站的小型医疗室里进行，安装过程比她预想的要轻松。

他们需要一切有助于完成这次任务的东西。

* * *

“技术数据所在的空间站属于一家叫作‘家园集团’的公司。”科拉向伊加拉的团队解释道。

他们聚在*无畏号*狭窄的货舱里，因为飞船不够大，没有简报室。其他人在板条箱和维修桌上坐着，科拉站着，用万用仪投射出目标的影像：一座大型空间站，设计显然是试图模仿神堡，不过它的对接环周围有好几十个小平台，而不是五大平台，整体布局看上去就像一朵花。它看起来也远不如神堡稳固，但这是意料之中的；谁也没有普洛仙人那样的建筑水平。

“家园集团是私人和政府合营的，”她继续说道，“在地球轨道卫星有限许可证下运营。请注意，‘政府’并不是指星联。”外星人总是认为星联就是人类政府，而地球是一个统一的政治实体。为了让所有在场的人都搞清楚，她补充道：“星联只是地球上最大的国家联盟——大约占总国家数量的十分之一，这是真的。这座空间站的幕后支持者是一个由小型非星联国家组成的联合体。”

“这有什么要紧的？”奇伊皱着眉头问道，“在我们克洛根人的母星图岑卡，每个氏族都为所欲为，但只有占统治地位的氏族能驾驶托姆卡战车。要是另一个氏族不服气，他们可以选择大杀四方，成为新的统治者。很高兴听到你们人类也同样文明。”

伊加拉沉声抱怨：“非星联政府搅和进来，这不是什么好事吧？”科拉还没来得及回答奇伊，她就发问了，“我觉得这不太妙。”

“看上去是不太妙。”科拉承认道。这确实和伊加拉想的一样糟糕。星联在太空电梯和轨道空域权方面颇具权势，他们早在几十年前就向地球上的各个政府施压，要求停止发放绕地轨道许可证。如今这座空间站居然能得到批准，背后的政治势力必然相当庞大。

“他们笼络了几个政客，”科拉继续说，“当然了，神堡议会里没人听说过他们，但按照地球的标准，这些都是惹不起的大人物。我们尽量不要被抓获，否则这将给他们提供一个好机会，把小范围的企业间谍活动变成星际大事件。”

“可不嘛，你不是最讨厌这样了嘛。”奥克塔维亚拖长了调子说道。

开拓团 VI 把细节传送给科拉，科拉再转述给伊加拉的团队。

这座由家园集团建造的空间站叫作“远方之家”。相较于遥远的、由大殖民集团投资的行星级项目，远方之家号被宣传为一个安全、本土、适用于小型企业的替代品，广告语是“足不出户，远离尘嚣”。地球家庭可以以根本不低廉的价格在空间站的私人或半私人平台上购买一栋小房子。他们可以拥有几英亩的草坪，可以观赏地球缓缓升起的永恒美景，可以使用世上最先进的 VI 以及用于家庭管理、教育和娱乐的设备……

总之，在地球人口超过一百亿之前，富裕人口通过搬到市郊而获得的所有便利都可以在远方之家号上找到。

这个级别的有钱人自然也负担得起顶级的安保系统。“主要是高端机甲。”开拓团VI用柔和的、男女莫辨的声音在科拉的耳机中说道。在瑟熙亚的那四年，她已学会在任何性别不明的情况下都假定对方是女性，不过莱德好几次在提到这个VI时都称之为“他”，所以她正试着将之设想为男性。“有装甲，能应对标准能量武器，运行由合成洞见公司出品的安睡系列安保VI。与其他同类产品相比，这款VI有非常快速的响应矩阵，以及企业级的网络战防御套件，此外还有一些重型机械、炮塔等杀伤性武器；我正在将完整目录下载到您的万用仪。也有理由相信，还有一支小型的人类准军事部队驻扎在远方之家号上，处理船只靠港和登船／海关手续。”

在谈到远方之家号的VI时，开拓团VI的声音里似乎有一丝轻蔑。还是说，这是科拉想象出来的？

不管怎样，科拉不得不承认这是一场艰巨的挑战。用高科技手段“重获”被盗数据——这并不是科拉离开星联时设想的职业生涯下一步。

但话说回来，她在塔林巾帼团执行的任务也并非全都光明磊落。而且在开拓团，如果他们成功完成任务，她似乎不用写那么多文字报告。

“我希望活儿做得麻利一点儿，”提供了大量情报后，科拉提出要求，“进去，出来，别拖泥带水。首要目标是取回东西，次要目标是尽量避免双方伤亡。这些人只是在做他们分内的工作，没必要杀死或弄残他们。”

伊加拉补充道：“咱们挣的这笔钱也不多，不够我把你们的死讯一一通知到家属的。”

“要过这么多障碍，还不许我们搞出人命？”奥克塔维亚从尖牙间吹响口哨。在她身后，几名队员打开自己的万用仪，仔细地查看示意图和火力清单，其中几人还在窃窃私语：“我确实喜欢挑战，但是这回哟……”

“真的希望这番游历我能活着回来。”哈农（或是石卢）说道，不安地拨弄着防护服上的一处密封条，直到他兄弟带着习以为常的神情把那只手拉开。

“我真的应该多收你一些钱。”伊加拉喃喃地说。

“重新谈价钱太晚了。”科拉笑着对她说。

“那你想要取回的‘东西’是什么呢？”伊加拉问道。

“我不知道。”

“你不知道？”

科拉叹了口气。几个小时前她也问过莱德同样的问题。“这是我们一个关键系统的专有代码，”他回答说，“等你把它拿回来，我再告诉你具体细节。”她不喜欢瞒着伊加拉，但告诉她也无济于事。

“我们以前击中过多少根本不知道是什么的目标？”科拉反问道。

伊加拉长叹一声。“很多。但是你要知道，这种见不得人的交易正是我退出突击队的原因之一。”

“我理解。”科拉说。她真的理解。她还不确定自己是否喜欢亚利克·莱德，更不确定他对自己隐瞒了多少，但她相信莱德不会随随便便令她置于险境。于是……她叹了口气，擦去空中的全息图，坐到一个板条箱上。“不过，该干的活儿还是得干。幸运的是，我已经有行动计划了。不知道你们的演技怎么样？”

* * *

近距离观察时，远方之家号比在示意图中看起来要大得多。

它实际上也没那么脆弱。当他们的穿梭机倾斜着靠近时，科拉看到了由碳纳米丝构成的网状结构，它们被用以加固空间站的分支平台及其圆形枢纽。然而，它依旧保持着居民们想要的精致外表。

她在空中瞥见的每个平台都是一个小小的绿色世界：在几乎看不

见的质量效应场下方，有树林、宽阔的草坪、湖泊，甚至还有一些高尔夫球场。那些“小房子”都是四处扩张、层层叠叠的大厦，有些甚至比科拉从小生活的货船还要大。其中一个平台的中心枢纽边缘甚至建有一座小山，山上有一套小小的滑雪缆车。山顶已经穿透了质量效应场的包膜，他们是如何让雪粘在山顶上的？科拉想不明白。

“你说什么？”远方之家号的飞行控制中心通过穿梭机通信系统与他们通话。这是一个年轻男人的声音，听起来很恼火。“零号元素转换器检查？”

“你不是已经听见了吗？”伊加拉厉声说道。他们都认为她最适合扮演这个角色。“我们已经把验证信息发给你了。我说过了，这是惯例，对于加入议会的种族，每一处使用二级或以上驱动核心的设施都必须接受检查。”

“我明白，可是你为什么不提前把航行计划报入系统——”

“你不明白‘突击检查’是什么意思吗？”她不容置辩地打断了他的话，“老实说，如果你们人类懒得像文明种族那样好好阅读安全条例，那可不是我的错。难怪星联的舰船出了这么多的驱动核心事故！”

“哦，那个——”年轻人叹了口气，“好的。你们的验证信息通过了。正在发送降落坐标。”

伊加拉咧嘴一笑，切断了通信，奇伊稳稳地驾驶着穿梭机，准备降落。

远方之家号上的一切都依赖于部分政府的资金。有了政府的投资，自然就有政府的监管，还有一长串的官方检查，苏兰指出这些检查为他们提供了混入的途径。现在他们扮演的检查组隶属于一个规模虽小但颇具影响力的议会下属机构，该机构最出名的事件是曾经对一家巴塔瑞人的炼油厂进行了史无前例的九千次违规罚款。巴塔瑞人曾试图贿赂巡查员，但他显然不吃这一套。

在奎利双胞胎兄弟的帮助下，苏兰为他们伪造了身份，并侵入了该机构外联网站点的后端，插入了在任务结束后会自动消失的虚假人事档案。

穿梭机降落在枢纽的起降平台上，走出机舱的有科拉、伊加拉、特娅和哈农——哈农的护面板右上角有一处磨损，科拉以此区分他们兄弟二人。奇伊留在穿梭机上——“没道理一开始就把他们吓出屎来。”他带着一丝自豪解释道——其他人则留在无畏号上远程观看，这很简单，因为远方之家号上的大部分通信频道都是不加密的。空间站的防御系统主要保护居民的财产不受骗子、黑客等人的侵害，而不是防范那些亲自出现的小偷。

然而这项任务的其他环节都不容易，更糟糕的是，由于巡查员这一设定不会携带武器，所以整个任务将不得不在没有武器的情况下完成。因此伊加拉谨慎地挑选了行动团队，要求小组成员要么能现场制造武器，比如双胞胎的无人机，要么本人就是活的武器。

他们踏上登陆区修剪齐整的柔软草坪时，附近行政大楼的一扇门滑开了，走出来一位神情焦虑、身穿整洁西装的拉丁裔老人。“欢迎来到远方之家号。”他说话时并未露出笑容。人类老者上下打量了他们一番，显然是认为他们不像合格的巡查员。他们穿着便服——简单的商务黑衬衫和裤子，试图显得着装相对统一——但还是没有达到对方行政人员所期待的职业标准。

老人的目光使科拉如芒在背。在过去的四年里，她几乎天天穿着盔甲；没有它，她觉得自己赤身露体，感觉异常奇怪。

“需要很长时间吗？”他问道。

“那得看您的了。”特娅说道，话语中带着真诚友好的魅力，对方不由得眨了眨眼睛。“我这儿有一些问题。在我的小组进行检查时，您能回答一下吗？”她从万用仪上调出一系列问题。奥克塔维亚和双胞胎编造出一份颇具挑战性的问卷，上面有五十多个问题。即使他草率回答，也至少要花一个小时。足够他们完成任务的了。

“等一下，”那人皱着眉头转过身，看向正四散开来的伊加拉、哈农和科拉。“我们不能让你的人到处闲逛——”

“我们会待在行政区域内，当然还有你们的枢纽驱动核心区。”特娅平静地走过来挡住他的视线。她在这部分渗透行动中扮演负责人的角色。“我向您保证，我的手下都是有经验的专业人士。检查不会太久的。现在，先生——对不起，我还没请教您怎么称呼。”

科拉溜进了行政楼，离开了那人的视线。“特娅看起来做得很好。”开拓团VI在科拉的耳机中说道。她眼前是一间开放式办公室，另几位行政人员坐在工作站和办公桌前。有些人带着无聊的好奇神色打量她，像客服一般笑得彬彬有礼；其余的人大都不理睬她。看到他们对自己不感兴趣，科拉放下心来，把万用仪设置为导航模式。屏幕上闪现出通往数据中心的路径和剩余距离，她朝着那个方向走去。从其他远方之家号的工作人员身边走过时，她表现出一副忙碌而冷漠的样子。

“有意思。”VI说道。科拉眨眨眼。这并不是VI第一次主动发表评论；她猜测莱德用了一个自视甚高的人格矩阵来编程。但这一次，VI听起来真的很兴奋。“哈、哈、哈珀中尉，我正在通过感官输入数据监控您的进展。刚才您回头看的时候，有没有注意到那个人的脖子？”

感官什么玩意儿？还有，VI怎么结巴了？但科拉被那个问题吸引了注意力。她停了下来，假装系鞋带，尽量使动作显得随意些，然后环顾四周。过了一会儿她才意识到VI指的是一个她刚刚路过的男人。

那人穿着一套灰色的西装，领子遮住了她想观察的部位。“嗯，嗯。”科拉装作清嗓子，发出含糊的声音。

“您可以默念，”VI说，“就好像阅读的时候在脑子里念单词，但不动嘴唇。我能以百分之七十的精确度解释微小的无意识肌肉调整。请注意，这只是一个实验性功能，可能无法在我的标准或商业代码库中实现。”

哎呀，你可真厉害啊，她暗忖。

“凑、凑、凑合吧。”

科拉眨眨眼。她真的要夸夸莱德，竟然在VI的语气中设置了一丝自嘲，她还要提醒自己，如果不想让VI来玩读心那一套，就不要默念自己的想法。可她现在就正在默念。先不管了——

“你想让我看到什么？”

“他脖子后面有个新添的微创疤痕。”

科拉皱了皱眉，不由思绪万千。十八岁时，她的脖子后面植入了异能增幅器接口，陈年的微创疤痕现在还在——一块光滑的、均匀得不自然的皮肤，在看起来与周围皮肤融合得很好，但触摸上去质地略有不同。最先进的显微外科治疗技术能造出正常皮肤的所有色素变化和细微缺陷，但没有多少人承受得起那个价格。令人惊讶的是，VI居然看出来了……

“他是异能者吗？”

“在一个成年之后才被确认的异能者体内植入基本的L1接口，虽然是完全有可能的，”VI在她的耳边说道，“但只能用于有限的非战斗用途。为了这点儿好处而做侵入性手术，这不太正常。”

没错，科拉就是这么想的。人们可以做其他植入物手术——比如皮下通信植入物，用微小电荷收紧皮肤的美容植入物——但大多数不会安装在脑干附近。她继续往前走，免得引起怀疑。

“请容我多说一句，”VI继续说道，“疤痕的大小和性质表明，这是一种更具侵入性的非医疗目的手术。也许是更极端的增强器？”

科拉的万用仪在皮肤上发出轻微的震动，以引起她的注意；由于忙着跟VI谈话，她错过了一个去往数据中心的岔路口。她有些气恼，转身朝正确的方向走去。“是挺有趣的，但是这跟任务有关系吗？”

“没有，中尉。害您分心了，我向您道、道、道、歉。”

她皱起了眉头问道：“你怎么结巴了？”

“微反馈干扰了我的量子文本语音集成协议。在实验允许范围内。没、没、没什么好担心的。”

毕竟还在测试，好吧。她呼出一口气。“行吧，尽你所能坚持下去。”

VI沉默了。

数据中心被两层加密和一扇气密门保护着，但双胞胎从计划阶段就开始研究破解方法。对于任何获得公共资金的项目，政府检查人员都有超驰钥匙，尽管这种钥匙是出了名的难复制。“但是一位优雅的黑客看起来就像一把钥匙。”石卢如是说——所以现在科拉取出了万用仪，开始操作他们专门设计的黑客程序。不一会儿，沉重的圆门开始像扩张的瞳孔一般从中心处开启。

疑虑突然涌上科拉的心头。

这也太容易了吧。

然后她立即压下这种想法，因为视频和全息小说中的角色总是会感慨“太容易了”，然后所有的东西都伸出了可怕的触手。

不，任务还没有结束呢。不管怎样，精锐的团队本来就应该让事情变得容易些。这是妮西拉一遍又一遍灌输给塔林巾帼们的东西：做好赴死的准备，然后再计划其他情况。阿莎丽人叱咤银河系靠的并不是冲动。

但这些想法就像VI的闲谈一样令人分心，容易招致危险。科拉咬紧牙关，转到团队专用通信频段。“数据中心的门已经开了。石卢，刚才的黑客程序跑完之后有什么安全警报吗？”

“没有。”奎利人说道，他说话时声音很低，以防科拉附近的人听见。“我侵入了远方之家号的少数几个安全通信系统，现在我们已经在空间站的防火墙内了。哈农在监控通话。目前为止，一切顺利。”

科拉不必要地对自己点点头，朝数据中心内走去。“收到。请报告其他情况。”

“奇伊已经申请并获得了为穿梭机加油的许可，他正在加油。”奥克塔维亚的声音加入了通话，“这里的行政主管正在回答我们的调查问卷，五十四个问题已经答到第十二个了；特娅正在对他提出的问题打马虎眼。伊加拉已经在远方之家号准军事部队的前方作战区附近就位。她正在装作检查电源控制的情况，结果发现了一个显著的波动。这些人真的应该多清理清理他们的零号元素发射器。”

“很高兴我们真的帮上忙了。”科拉笑着回答。这意味着一旦他们的诡计被识破，伊加拉将立即对最危险的防御者发起攻击。

“哈农米拉真的在检查零号元素转换器，并以我们的伪装身份提交了一份报告，说空间站的定期维护做得很差。站内通信显示行政主管的助理正在阅读这份报告。关键预算批准人和决策者之间的电子邮件和信息频率增加了三成，而且两名股东刚刚登录。”

“哈农这招不错，这会彻底分散他们的注意力。”科拉微笑着在数据中心内行走。

房间里安静昏暗，只有一堆堆高高耸立的量子服务器，它们在处理不断流动的数据时发出蓝光，使得像远方之家号这样的大型空间站能够正常工作。因为很少有人进入，只有科拉前方几米处的地板照明被激活。

她想要找的服务器阵列在房间的后部，与其他阵列稍微分开一些。他们获得的情报显示，这台服务器的电网与其他设备不同，这颇令人吃惊。对方一定已经查明了这些数据有多危险，因此才会以这种方式将其孤立起来。

“告诉伊加拉我要开始下载了。”她对VI说道。莱德想要的代码包太大，无法存储在一台万用仪上。他给了她一个寻回数据的脚本，这个脚本将把目标数据直接传送到穿梭机的存储系统中，同时把远方之家号服务器上的备份删除。在行动模拟中，这是整个任务最危险的环节——如果莱德的脚本不够灵活或适应性不够强，远方之家号的VI很有可能检测到未经授权的入侵。

她蹲在服务器阵列旁边，这样万一有人进入数据中心，她也不会立即被看到。接着，她开始运行莱德的检索脚本。当服务器开始响应时，阵列发出微弱嗡鸣。

“没有警报。”开拓团VI鬼鬼祟祟的声音在她耳中响起。要不是一时紧张，她真会笑出声来。

那么远方之家号的VI还没有注意到。科拉稍稍放松了一下。“特娅的那些问题该快点儿结束了。”她一边喃喃地说，一边看着万用仪上滚动的读数……这些是尧字节，不是泽字节。这该死的代码包到底是什么？这也太大了吧。

然后，下载终于完成了——其实没花多长时间，科拉松了一口气，站起身关闭了她的万用仪。

“中尉。”VI柔和的声音突然变得匆忙而尖锐，“我觉得有个问题。”

“有警报？”

“没有。但是——”她的万用仪屏幕从下载示数变成了外联网浏览器。页面上是科拉的军人证件大头照。这张照片是四年前拍摄的，就在她去瑟熙亚参加女武神计划之前。她正莫名其妙地看着，照片变成了一张她面孔的近照，由于镜头靠得太近，她的脸显得有些模糊，背景是——见鬼啊——塔马约之点上熙熙攘攘的人群和店铺。

是吉拉尼的采访。科拉的脸旁边是一个耸人听闻的大字标题：**星联曾经最好的军人，现在成了公司雇用的枪手？**

“现在？”科拉嘟囔道，“她偏偏选现在播这段采访？这下可好了。”她转过身，开始沿着脚下明亮的路径走出数据中心。然后，她的脚步慢了下来，因为一个新的可怕想法出现在脑海里。“完了，完了。VI，远方之家号 VI 的面部识别功能整合了外联网数据吗？”

刺耳的电喇叭声突然响起，地板上的灯光也变成了红色。“二号数据中心出现未授权人员。”远方之家号的 VI 开始报警。

“整合了。”开拓团 VI 回答，“您、您、您——”声音暂停了片刻，她似乎能听见 VI 抑制结巴的时候发出咔嗒一声。

“您赶紧跑。”

第三章

科拉全速冲刺，但门已经开始向中心闭合了。想象，她咬牙切齿地告诉自己，想象你的皮肤向外膨胀——

阿莎丽女猎手经过训练可以投射出一个很大的球状屏障，用来加固防御或减慢敌人的速度。科拉很快就学会了——尽管据妮西拉说，这是二十来岁的阿莎丽儿童的标准技能。不过，如果科拉能再坚持练习一百年左右，她也许真的能精通。

幸运的是，眼下的情况不需要她具有大师级的屏障施放术。

她从门洞中间跳过去时，能量在她的周围形成了一个半透明的球体。门没有夹住她——那场面可不好看——而是撞在了球体上，发出一阵吱吱嘎嘎的声响，因为发动机试图强行运转。一眨眼间，科拉已经通过了，她滚地起身，收了屏障，门从她身后嘶嘶地关上了。

“VI，导航。”她一边跑一边气喘吁吁地说。她剧烈地喘息着。施放那道屏障消耗了她很多体力，尽管屏障只维持了一小会儿。如果有更多的时间来准备，来集中精力，她可以做得更有效率，但匆忙之中她无法收放自如，反而耗费了大量精力。使用异能的关键就在于集中注意力。她拍拍口袋，摸出一个能量棒，边跑边吃。“打开侦察地图，告诉我返回穿梭机最近的路线。访问苏兰的通信补丁，指引我绕过可能出现的阻力。”

“完成。向右拐进入楼梯井，快。”VI说道。科拉看见了一扇门，她一头钻进去，反身把门关严。

“现在呢？”

“别动”。

“别动？”

“嘘——”

科拉咬紧牙关，不再说话。三次呼吸之后，她听到走廊里传来喊叫声，接着是朝她刚来的方向跑去的脚步声，很沉重，听着像是六七双军靴发出的声响。是一支准军事巡逻队。片刻之后，他们走远了。

“您可以恢复刚才的路线了，”VI说，“我会尽量让您少面对冲突。”

好险，好险。“谢谢。”科拉说道。这已是她的习惯，虽然VI——莱德称之为“他”——和她的万用仪一样，根本不在乎用户的感谢，但当她继续沿着走廊小跑时，很难完全没有感激之情。“苏兰！其他人还好吗？”

“除了特娅和伊加拉，所有人都回到穿梭机上了。”奥克塔维亚·苏兰答道，“特娅正在接受行政主管和安全人员的询问，他们问她是否知道检查团队里藏匿了一名来自竞争对手的企业间谍。还没有人对她动武……目前是这样。”

不妙。

科拉正要说话，VI严厉地打断了她。“敌方机甲正从前面走廊的交汇处靠近，九点钟方向。小心，中尉。”

她猛地停了下来，紧贴在墙上，飞快地朝拐角处瞥了一眼，想看清目标。四台装备着重型机枪的机甲组成的小队正迅速靠近。这种型号没有非致命选项，看来远方之家号的人并不想活捉她。非常不妙。

科拉集中精神，花了好一会儿才造出一个奇点——在手心上方，旋转，压缩——但毕竟造出来了。她咧嘴一笑，把奇点送向走廊，故意让它缓缓滑行。奇点落在了四台机甲之间，猛地把它们吸了进去，又把它们抛向空中，只见一堆杂乱的金属四肢在空中乱飘，还发出机器人特有的啾啾的抗议声。

科拉从墙后探出头来，准备处理奇点，却觉得有什么东西在视野边缘移动。头顶上方！她吓得猛地往后一跳，仰头望向走廊的拱形天花板——

见鬼了。

一个穿着实验室大褂的女人正向她跑过来。

走的是天花板……

她手脚并用，像马一样疾驰，而且显然动作很快。重力靴可不是这样工作的，尤其是在空间站的标准重力条件下。科拉见过会滑翔或漂浮的阿莎丽异能者，但眼前这位完全不同。

正当她不知所措之时，VI结结巴巴地说道：“是聚、聚、聚焦磁性，那女人红细胞中的铁离子带着静电。”

那女人停了下来，拔出手枪，笨拙地弓起身子瞄准科拉。先别管她是怎么爬上去的了。科拉暗自咒骂一声，伸手放出异能向她抓去，暗暗希望对方并没有吸附得太牢固，因为自己的能量已经不太够了。所幸这招奏效了，科拉把尖叫的女人从天花板上拽了下来，使出足以压碎骨头的力道把她扔到了附近的墙上。看见那女人倒地呻吟，科拉总算松了一口气。

“中尉，”VI的语气似乎有些吃惊，“她脖子上也有同样的伤疤。”女人仍躺在那儿，伺服传动系统似乎在努力移动她的四肢，声音传到了科拉耳中。“我不太确定她是不是人。”

“是啊，我也不太确定。”科拉表示同意，她听见机器在拆解女人的四肢。

该走了。她再次奔跑起来。

“那是什么鬼东西？”她边跑边默念。这种沟通方式很方便，不影响呼吸；在连续三次使用异能之后，她已经喘不过气了。而且如果她出声说话，立刻就会引得警报齐鸣。她从一些房间的玻璃墙旁跑过，看到屋里的行政人员都盯着她，还从办公桌前站起身来对她指指点点，但他们显然不是战斗人员。接着，她又听到异能战斗、爆炸和喊叫声从前方的穿梭机着陆台上传来。

显然，特娅已经不想再装作和颜悦色了。

伊加拉到底在哪儿？

“我认为我最初的假设是错误的。”开拓团VI突然在耳畔说道。

我谢谢你啊。“怎么错了？”

“那个生物体不是有机的。或者更准确地说，不是完全有机的。我检测到一层合成外骨骼，被包裹在有机材料与合成材料的混合物中。那是一个增强的神经机械人。”

“你确定吗？”科拉在消化最后那句话，脑子飞快地转着。远方之家号怎么会搞神经机械技术？

“未经全面分析，我无法确定，但鉴于现有证据，这很有可能。”

“你直说‘确定’或‘不确定’就可以了。”

“明白。”

VI干巴巴的语调里蕴藏着有趣的信息，但科拉没有时间琢磨这个，她的气息平复了一些，于是加快了脚步。从行政楼出来的时候，科拉终于看到了伊加拉，她正向一群身穿甲衣的人——远方之家号的准军事部队——发射冲击波脉冲。太好了。伊加拉把他们打得落花流水，而且替科拉吸引了足够的火力。

这时科拉突然意识到VI刚才的言外之意，她脚下一软险些绊倒。

"等等……谁在控制那个赛博格？你是说那个女人、那个赛博格、那个东西，它会自主行动？"

"不太可能。更有可能是远程控制，通过空间站的VI。"

"那么，我们之前注意到的那些奇怪的植入物——它们和空间站VI是连在一起的，全天候在线？那么空间站VI一定运行了某种后台进程来控制这些东西。"

"是的。石、石、石卢米拉一直在监控空间站内的信息传输。他注意到了异常载波信号，虽然不能确定其目的。基于此，我推断这里有数十名人员几乎一直在与站方VI谈保持网络联系。"开拓团VI停顿了一下，科拉觉得它似乎有话不吐不快。"中尉，我认为远方之家号的VI不只是一个虚拟智能。"

"你在开玩笑吧。"这听起来实在不妙啊。它能够管理空间站，执行复杂的计算以控制好几个赛博格。如果它不是虚拟智能，那只有一种可能性了。"你是说这些人在搞人工智能，还有神经机械？他们疯了吗？"

片刻停顿之后，开拓团VI做出了回应："我不清楚他们的精神状态，中尉。"

她的脑子里不仅有一个结巴的VI，这个VI还和亚利克·莱德一样喜欢冷嘲热讽。对于这句嘲讽，她决定不予回答。VI又补充说："远方之家号 VI 刚刚成功地屏蔽了所有站外通信。不幸的是，我不是专攻网络安全的。尝、尝、尝试重新配置。”

我还没穿盔甲，科拉痛苦地想。如果他们真的是在与 AI 打交道，那么 VI 是无法与之抗衡的。我们得离开这里。

科拉全速奔跑，猛冲过着陆台。她和特娅同时跑到了穿梭机前。科拉挥手叫特娅进去，然后站在敞开的舱门内，伸长脖子等着伊加拉。

“我们得起飞了。”驾驶舱里的奇伊喊道，“更多准军事人员正赶过来，这次还带着重型武器！”

“伊加拉来了。”科拉回头喊道。她可以看到大个子阿莎丽人正在奔跑。没有追兵——该死的，有。科拉咒骂一声，眼见一架机械化的无人机直直冲向伊加拉，可以听见它正在蓄能准备齐射。

“他们之所以还没有把我们炸飞，唯一原因就是他们没预料到。”特娅气喘吁吁地倒在一张缓冲椅上。双胞胎中的一个递给她一根能量棒，她感激地接过。

科拉必须集中注意力。伊加拉正好在她和目标之间。她发出一声轻嘶，把精神集中在无人机上，再聚焦于无人机的关键装置，她的身体开始闪光。

能量仿似沿着细线流泻。转移……虹吸而出……

一股蓝色的能量冲击波击中了无人机。幸运的是，这架机械没有任何防护装置，爆炸之后，火花和金属碎屑像大雨一般泼溅。不幸的是，伊加拉对此毫无准备，她被重重地弹到墙上。当她再次跌跌撞撞向前走的时候，科拉冲上前抓住她的胳膊，把她引向穿梭机。

哈农米拉急忙钻出来，架住伊加拉的另一侧肩膀。他们登上了已经发动的穿梭机，奇伊砰的一声关上了舱门，舱门引擎在加速度的作用下发出呻吟声。

在科拉听到指示真空密封的哔哔声之前，穿梭机已快速驶向空间站的质量效应场包膜。在科拉的催促下，伊加拉沉入缓冲椅子中，喘着粗气。

“该死的。这不是我想要的退场方式，被一群雇用来的陆战队员拖垮了。谢谢你，孩子。”

科拉也松了一口气，然后站起来，环顾四周。所有人都上来了，没有明显的外伤。还行。“奇伊，一旦我们离开通信屏蔽区域，就开始把数据传送回无畏号。”

“再稍等一会儿。”奇伊回答。尽管装有惯性阻尼器，科拉还是觉得穿梭机向右倾斜得很厉害。这就意味着奇伊刚刚转了个弯。如果他们在战斗机里的话，现在已经被压扁了。科拉再次渴望穿上盔甲，她跌跌撞撞地走到驾驶舱，发现奇伊面前的仪器上闪烁着警示灯。

“反航天器防御系统？”奥克塔维亚·苏兰检索到的障碍列表里没有这一项啊。不过出发之前他们没料到的事情多了：比如远方之家号其实是由一个凶狠的AI控制的，比如他们会遇到拥有理论级能力的赛博格。

“不值一提。”奇伊说着，手从控制台上掠过，按下了一个贴着写有“**统统干掉**”标签的按钮。“那地方是个房地产项目，不是军事设施。他们唯一的防御武器就是清理垃圾的能源武器，建筑级的。确实能损坏穿梭机，不过我刚刚把它们炸了。”他叹了口气，显然对缺乏挑战性到失望。“启动超光速引擎。”

科拉茫然地摇了摇头。穿梭机的引擎加速运转，她看着远方之家号在传感器屏幕上迅速缩小，最终完全消失。然后她叹了口气，揉揉眼睛，感到肾上腺素盈满了身体。“大伙儿干得不错。我现在就可以穿上盔甲了。”

“嗯？”奇伊抬头瞥了她一眼，“现在穿？为什么？任务结束了。”

“减压。”

奇伊咯咯地笑了。“哦，没错。那我也穿上吧。”

科拉点点头，朝储物柜走去，熟练地穿上一体化网格太空服和陶瓷护板。在过去的十年里，她大部分时间都穿着盔甲，当她出了封闭的空间站或走出飞船气闸时，不穿盔甲她就觉得不对劲。伊加拉也穿上了盔甲，可能是出于同样的原因。她和科拉互相点头示意，科拉不禁想起了她们一起执行过的十几个其他任务——没有一次像今天这样出了大差错。

远方之家号的整个渗透任务简直一团糟，而这都是她的错。她应该考虑到吉拉尼的采访可能会播出，所以应该让双胞胎构建一个面部识别扰码器以防万一。她应该自己研究远方之家号的情报，而不是完全依赖苏兰，因为这位信息经纪人显然遗漏了一些东西。她还应该多问莱德几个问题。

远方之家号的防卫措施有点儿太多了。竟然还有人工智能和超人类增强体之类的技术？这对于一个简单的渗透攫取任务来说，是有点儿过分了。

伊加拉拍了拍她肩部护板，然后在科拉跳起来的时候把手抽了回去。“欸，放松，孩子。任务已经结束了，记得吗？”

科拉深吸了一口气。不知怎的，她平静不下来。

“对不起。”

伊加拉一脸同情地安慰道：“你已经有一段时间没自己出任务了，不是吗？这更像是你和你那个小朋友一起搞的小团队行动。”

科拉有气无力地笑了，不过她想，按照阿莎丽人的标准，巾帼团的另一位成员、她最要好的朋友雅娜，也和自己一样只是个宝宝，雅娜才几个世纪大。“是的，我们在诺斯阿斯特拉出过任务。但她是负责人，而且一切顺利。”

“嗯。”伊加拉歪着头，扬起眉毛。“你们俩很搭，不管是出任务的时候还是平时。”

“可不嘛，我们——噢。”科拉脸红了。每当谈话涉及阿莎丽少女时，阿莎丽人通常会往那个方面想。“我们不是那种关系啦。”

“真的吗？可惜了。你们在一起很可爱。两个小坏蛋。”伊加拉咧嘴笑着。“听着，孩子，总有意外的事情发生。只要没有人丧命就好，这是底线。”

“咱们是走运。”科拉低声说，并不想让每个人都听到。不过这是毫无意义的。每个人都知道他们这回有多幸运。

“是的。有时靠运气的情况也会发生。但是，如果你的团队成员都业务过硬，那么就更有可能交好运。”伊加拉友好地摇摇她，从她身边走过安顿下来。

这确实让科拉感觉好多了，她深吸了一口气，提醒自己任务已经完成，而且成功了。没有伤亡，没有追击……她没有理由感觉紧张，她的神经过于紧绷了。她转过身来面对大家，手靠在舱壁上。

“我一到忒亚空间站就会要求给你们奖金。我不敢现在就夸口有多少，但这是你们应得的。伊加拉确实有一支很好的佣兵队伍。”大家高兴地低语着。大大的笑容算作是对科拉的回答。

* * *

余下的航程一路平安无事。无畏号停靠在火星轨道上，尽管火星此时在太阳的另一侧。出于安全考虑，伊加拉要求它停在轨道平面下方，这里相对偏僻，不在快递船和货船航线上。随着穿梭机逐渐接近，飞船闪光的银色船体越来越清晰，伊加拉也走进驾驶舱，透过科拉身后的舷窗向外张望。

“穿梭机呼叫无畏号。我们不在的时候，你们不孤独吧？”

“欢迎回来，”苏兰拖着调子回答，“我们控制住了自己的绝望之情。每个人都安然无恙吗？”

“是啊，但我差点儿把指甲弄坏了。”

听到这句话科拉心里哆嗦了一下，觉得这在批评自己。伊加拉注意到她脸上的表情，无奈地翻了翻眼睛。“孩子，你记得多替我们美言几句就行了。新开业的雇用兵公司挺困难的。”

科拉虚弱地笑了笑，苏拉发信说她会在货舱与他们会合，然后关闭了通信系统。

货舱是开放港口型的，本质就是船舷上的一个大洞穴，靠一个质量效应场笼住增压的空气。穿梭机着陆时，科拉发出一声长长的沉重的叹息，摩擦着她的后脖颈。紧张感并没有消失，现在她还觉得头痛。

“哈、哈、哈珀中尉。”是开拓团 VI 在说话。科拉皱了皱眉头，她忘记 VI 还在——但它是与自己链接在一起的，而不像大多数 VI 那样与某个特定的地点链接在一起。“您看起来异常紧张。我能帮上忙吗？”

就连 VI 都注意到了。“我不知道。”她默念道。伊加拉和其他人都认为她是个一碰就奓毛的孩子，这已经够糟糕的了；科拉不想和一个其他人都听不见的 VI 出声说话，以免让他们认为她还疯了。但 VI 是对的；她无法让自己放松下来，这已经成了一个问题。“我控制不住。就是觉得有什么东西不对劲。”

“你想让我把任、任、任务成功的消息通知开拓团吗？”

这说不定有帮助。“好的，”她说，“把我们的预计到达时间也告诉他们。哦，还有，开拓团 VI——”她打了个磕巴，“见鬼，真拗口。”

“其实我不是开拓团的VI。”他的语气近乎自嘲，“我是模拟自适应矩阵，实验版本，由亚利克·莱德创建，供探路者和预备探路者使用。您最好把我当作私人VI。”

实验版本。这就难怪了。还有……什么叫“预备探路者”？等她回去后，得叫莱德好好解释一下。“模拟自适应矩阵实验版，缩写是SAM-E。”她试探性地说道。“就叫你‘萨姆-E’吧。好啦，决定了。刚才说到哪儿了——你能从系统通信浮标上接收到信号，是吗？设法进入外联网，看看远方之家号有没有把这件事情播出去，有没有确认——”

“中尉，”萨姆-E的声音突然尖锐起来，使科拉越发紧张，“我刚刚扫描了通信浮标记录，包括任务期间无畏号与行动团队的万用仪之间的信息传输记录。”她的VI似乎有些犹豫，可VI是不会犹豫的。科拉皱着眉头。“有件麻烦事您应该知道。”

科拉还在纳闷，莱德什么时候给这东西编了程，让它能表达出担忧的语气？

“什么？”她被最后那句话弄得不知所措，这次连默念都忘了。她摸了摸自己的耳朵，好让其他人知道她不是在自言自语。他们又把头扭了回去，耸耸肩，失去了兴趣。

萨姆-E的紧张语气更明显了。“在韦斯特隆德新闻官网播出阿尔-吉拉尼采访前的大约三分钟，有一个信号从您的行动现场团队发送到了无畏号上。这是一种有模式的噪声，被设计成类似普通信号回跳的声音，这意味着空间站周围的屏蔽区域让它通过了。做得很好，不过请恕我补充——”

科拉的嘴里发干。伊加拉没有理由在行动中打开秘密通信通道。没有说得过去的好理由。队员们开始排成一队离开穿梭机，有的在呻吟，有的在伸展身体。伊加拉正在和奇伊说话，是关于尽快把飞船开到中继站的事情。

忒亚空间站就在太阳系内，为什么伊加拉要去中继站？

“说重点吧，萨姆－E。”科拉看着他们，喃喃地说。她起了一身鸡皮疙瘩。不知怎的，她知道自己不会喜欢萨姆－E要说的话。

“我相信阿尔－吉拉尼女士的采访并不是碰巧在那个时段播出的。有人授意新闻网在那个时候播出——就在您成功取回数据的瞬间，他们按要求上线了采访。”因为取回数据之后她就没有利用价值了，科拉意识到这点之后，感觉自己的血都凉了。“那个人就是伊加拉·梅诺里斯。”

格林尼治标准时间 2184 年 12 月 29 日，23：00

晚间新闻六十秒

但有传言称，一艘不明的巨型飞船卷入了菲尔主星殖民地消失案。议会的媒体关系办公室敦促银河系公民在传播阴谋论谣言之前进行事实核查。

另一方面，家园集团股价今日大跌，此前有消息称某竞争对手成功突破其安保防线。家园集团发言人艾琳·阿玛迪姆表示，该公司已承诺增加一百万信用点预算，以改善安保情况。她还向股东保证，远方之家号——家园集团系列空间站地产项目中的旗舰卫星——居民没有受到安保防线失守的干扰，甚至没有觉察到此事。

在地球上的悉尼市，一项古老的运动正在获得新生，那就是板球。板球比赛的规则类似于异能球，虽然运动员中没有异能者。这项古老的人类运动是……

第四章

走出穿梭机后，科拉停了下来。她突然痛苦地意识到，就在几米之外，伊加拉也莫名其妙地停了下来。然后，奥克塔维亚·苏兰从一条货运通道里一路小跑到机库，漫不经心地往她的手枪里装干扰弹——非常适合击破异能屏障，而且速度很快。

完蛋。完蛋。完蛋。

“这是什么意思？”科拉注视着伊加拉，尽管枪在苏兰手里。但伊加拉是管事的，而科拉曾毫无保留地信任对方。这简直是对科拉背后捅刀。

“不是针对你，孩子。”伊加拉一声长叹，然后转过身来，异能力场开始微微发光。“我现在是一个自己创业的商人。启动成本是个大问题。你能理解的。”

其他人也停下脚步，转过身来各自就位，包围了科拉。奇伊叹了口气，转身背对着她，走向电梯，去往驾驶舱所在的航行甲板。除了伊加拉和奇伊，其他人都没有表现出任何愧疚。苏兰有些恼怒地朝伊加拉使眼色，像是觉得拖得太久了，然后终于从枪套里抽出了手枪。

如果他们一拥而上，自己就没什么机会了，但科拉别无选择，只能试一试。“你差点儿把我们都害死了。”她对伊加拉说道，同时瞥向其他人，希望他们能听出她的言外之意。*你们真的想追随这样一个置团队安危于不顾的佣兵头子吗？今天她如此轻易就背叛了我，明天也能一样出卖你们。*“我在空间站遇到了诡异的事情。如果他们像对待我一样对你们所有人穷追猛打——”

“那我们也会没事的。”伊加拉打断了她的话。另外两个阿莎丽人班宁和莱莉这时也进入了对接舱，迅速把武器分发给奎利双胞胎和特娅。“其他人离我都不远，出事了我们也可以互相帮助。只有你独自深入虎穴，这是故意安排的。本以为他们会把你解决掉，我就不用亲自动手了。”她的目光游移了片刻，然后咬紧牙关。“看来不能指望一群拿工资的小丫头做一个真正女人的工作。”

科拉喉头发紧。她现在又累又饿，而且手无寸铁，根本无法与一支由前突击队员和战斗专家组成的队伍作战。*动动脑子！*一定有办法脱困。但机库里无处可躲，即使她能从机库里逃出去，这艘小型驱逐舰上也没有地方藏身——八个雇用兵都拿枪指着她。伊加拉没在穿梭机上动手，原因很明显：穿梭机空间太狭窄，打起来很容易破坏船内关键系统，可能导致他们搁浅或曝尸太空。

而在这里，伊加拉可以在几乎完全安全的情况下杀死她。

这意味着无论科拉想说什么，她都得加快速度。“为什么不直接在空间站朝我开枪，或者干脆把我抛下？为什么要装模作样？”接着她又想到了一件事，“你为什么会出现在塔马约之点？之前我听说你打算去开普勒边缘创业。议会管辖的空间太平淡了，我记得你说过……”

该死的。科拉只怪自己太蠢了。“伊加拉，是谁安排你在那儿‘偶然遇见’我的？谁想搞到这项技术？如果你认为值得拿新招募的团队去冒险，那他们一定会付给你很多很多钱吧。”

听闻此言，苏兰抽搐了一下，皱着眉头看向伊加拉。特娅把目光从科拉身上移到伊加拉，又立刻移回来。哈农米拉瞥了他兄弟一眼。他们的枪都没动，但科拉知道自己已经说动他们了。

她需要说得再快一点儿。

伊加拉恼怒地答道：“这不关你的事，孩子。在我们离开空间站之前，我没有杀你，因为我的状态不对；无人机炸毁时几乎把我震晕了。你刚刚救了我的命。我还不是一个十足的浑蛋。”她的表情扭曲了。“我根本不该对你心软——”

这句话还没说完，伊加拉就已用力发出一股冲击波，而科拉也在施放异能屏障的时候闪身躲避。屏障承受冲击，减弱了一些，几乎是同时，她也瑟缩了一下；有人险些击中她的腹部。只是一件能量武器，苏兰发了一枚射弹，没打中她，射中了舱壁，发出砰砰的回声。

石卢米拉站在科拉和一堆板条箱之间，那些板条箱可以用作掩护，尽管它们离货舱的出口已经近得有些危险。如果她掉出去，货舱的质量效应场不会接住她，而她就会失去空气和热量。因此，货舱那一部分的地板上画着排排黄线以示警告。

科拉别无选择。她朝那个方向跑去，用肩部把石卢撞到一边，这一撞还额外使了一点儿异能。石卢大叫倒地，枪也脱手了，但科拉没时间去捡。又有一枪打中了科拉的后背，她的屏障已无法承受更多的冲击。

科拉朝他们扔了一个奇点，但奇点没有聚焦，作用很弱。她很虚弱，他们知道这一点。这招为她赢得了一点儿时间，她躲到板条箱后，但这只意味着他们最终会把她逼出来。她宁愿死在掩体后面，也不愿死在空旷之处。

特娅沿着货运通道放出压制火力，以阻止科拉从那里逃跑。在枪炮声中，苏兰大声喊叫，要求哈农米拉别管他倒下的兄弟，绕到穿梭机后面从另一侧包围科拉。伊加拉或是另一个阿莎丽人想把板条箱扔到一边去，但科拉已经扩展了异能屏障，把板条箱也包了进去，且不管这么做能有多大益处，也不管自己还能撑多久。

科拉忍住了恐惧，蹲在地上环顾四周，想看看这部分区域的货物里有没有什么东西可以救她——武器、工具、任何东西！有三个板条箱是开着的，但她一眼就看出里面没什么有用的东西。右旋氨基酸营养膏、狙击步枪改装组件——如果她有狙击步枪就太棒了，还有人类/阿莎丽备用装甲组件……

她心头一紧，发疯似的猛踢板条箱，直到箱子砰一声翻了过去，里面的东西都掉了出来。护腕、护胸板、有明科技生产的高端大腿护板。都是她之前从没想到的东西。还有……

天哪，简直太棒了。

一个头盔。

“伊加拉，如果你还想准时到达会面地点的话，两分钟后启动超光速引擎。”奇伊通过飞船的通信系统说道，“如果暂不启动请告诉我。否则你还有两分钟把她扔进太空。”

特娅突然停止了射击。在突如其来的寂静中，伊加拉喊道：“放弃吧，孩子。你无处可去，你知道的。投降吧，我把你卖给巴塔瑞人。好死不如赖活着，对吧？”

科拉满脸痛苦，她伸出一条腿钩住头盔的边缘，把它拉得更近。所有头盔都有标准的太空服密封接口。这个头盔的封口是蓝色，而她的盔甲是黑色接口。装备不相配是很不专业的，但将死之人顾不上挑三拣四了。

“我知道您在想什么，中尉，但我不建议您采取这样的行动。”萨姆－E对着她的耳朵说，“我们目前离货运航线和常规的太阳系内交通流还有很远的距离。您太空服上的求救应答器广播不了多远。”

科拉只能忽略这一点。她别无选择。为了拖延时间，她喊道：“妮西拉要是知道你的所作所为，一定会杀了你的，伊加拉。她迟早会知道真相的，你心里很清楚。她会用那种‘妈妈’的眼神盯着你，就是你以前最讨厌的那种眼神。然后她会一枪把你干掉。”科拉一边说，一边戴上头盔，祈祷它没有坏，也没有失灵。运气不错：警示器亮了绿灯。头盔很好。她的盔甲现在是密封的了，可以抵御真空。

“他们不会放我走的，”她低声对萨姆－E说，“伊加拉不会冒险把我交给奴隶贩子。因为我很可能说服他们，让他们向开拓团要赎金换我的命。她这么说是为了骗我出去，然后她就能更容易地杀了我。如果我留在这艘飞船上，必死无疑。”

“还有三十秒。”奇伊通过飞船的通信系统说道。

“我明白了。”萨姆－E短暂地停顿了一下，“等你准备好了，气闸门就会打开。”VI说完便陷入了沉默。科拉皱了皱眉，在那一刻感到莫名的失落。她期待的是什么？最后一刻的救援？依靠VI她也只能得到这样的答复。

“嗯，”伊加拉决绝地说，“下次见到妮西拉之前，我得先把说谎的本领提高一些。”她举起双手，准备投出一股纯净的异能之力，那足以粉碎科拉的屏障和掩护。

“下次你先见到的会是我。”科拉咬牙切齿地起誓。

然后，她啪的一声收起了屏障，用尽最后一点力气，直奔货舱的气闸。她只听到一声试探性的射击，仿佛她的前战友们都震惊了，甚至没想到要开枪。

她一冲到跟前，货舱门就滑开了。科拉穿过之后，门再次急速关闭，同时气闸内开始减压。几秒钟之内，她就被毫不留情地从飞船后部弹射了出去，彻底摆脱了无畏号。她看到飞船引擎因即将启动的超光速飞行而越发明亮地燃烧。

片刻之后，飞船疾驰而去，留下科拉漂浮在太空中，她是这方圆亿里内的唯一生物。

别慌，她立刻提醒自己。遗憾的是，自己并不愿意听从这个建议。

她把注意力集中于呼吸，任气息喷在这顶不配套的头盔的面板上。被星芒点缀的黑暗笼罩着她。她试着根据太阳的位置判断方向，但失败了；她旋转得很慢，但不受控制。如果没有忘记轨道力学基本训练的话，她可以看到一个稍大的、朝向太阳方向的斑点，那很可能就是地球。但它依旧无穷小，遥远得不可思议。她突然产生了一种非理性的冲动，想要拍打双臂，朝那个方向“飞”。

她突然觉得听到另一个声音很重要。“萨姆－E，请告诉我你还在这儿。”

“我当然在这儿，中尉。”VI的声音就在她耳边，轻柔而平静。“我和您的联系是通过亚利克·莱德给您做的植入手术实现的。除非您把脑袋丢了，不然我就一直跟您在一起。”

“说得对。”科拉笑了，身体颤得厉害。她使劲咽了口唾沫，努力控制自己的呼吸。“好吧。你还在和开拓团的控制中心联系，对吗？”

“没、没、没——”科拉从来没有像现在这样讨厌VI的口吃。萨姆－E自己似乎也很生气。“没、没错……不过我已经有一段时间没有收到空间站的答复了。但是，按照您的要求，我已把任务成功的消息和您的预计到达时间通知了开拓团。信息里还包含了我们的坐标，以及您……被弹出来的时间。”

科拉听见自己粗重的喘息声在头盔中回荡。“你能不能重新发个信息，让他们知道我们遇到了一些麻烦？”

“已经发送。不过我说了，目前没有收到任何回复。”科拉的希望破灭了。“开拓团会定期检查我提供的更新，但不会持续监控。目前距离海伯利安号方舟发射仅剩六个月了，大多数人都很忙。”

特别是亚利克·莱德。他们第一次见面时，他甚至没时间把眼睛从屏幕上移开来跟科拉打招呼。

“这下可好了。”

“不过，”萨姆－E 补充说，“在存放我节点的房间，有一个温度控制器是我现在就可以访问的。”

虽然不该抱太大希望，但她还是有所期待。“然后呢？”

“一段时间后，房间会过热。”萨姆－E 说道。科拉失望地呻吟。“这应该会触发警报，提醒技术人员。在这种情况下，根据标准程序，会有人对我的系统日志进行全面审查。”

科拉闭上眼睛。这不能算作求救信号，但对任何看到日志的人来说都是一个清晰的信号。

“萨姆－E，如果你有嘴，我就会吻你。”

萨姆－E 回答说：“如果我有嘴，中尉，我会很荣幸的。”听这语气，难道一个无形的声音也会脸红害羞吗？接着，VI 换上了警告的语气：“不能保证一定会有人注意到那个经过修正的预计到达时间，中尉。我们获救的概率是——”

“老天啊，我不想知道。”

“——好的，中尉。当然，所有这一切都是基于这样一个假设，即无畏号不会返回追杀您。”

还是要回到这个问题上。“我觉得伊加拉懒得这么做。”科拉说。伊加拉向来没什么耐心，况且在浩瀚的太空里找一个人就像海底捞针，不值得花这份时间和精力。不过话说回来，她以前还觉得伊加拉很可靠呢，所以关于这个阿莎丽人，她又知道些什么呢？

“她大概会觉得‘流放太空’就等于‘死亡’。她的判断很可能是对的。”

“是的。我确实提醒过您，这么做不太明智。”

“反对无效。”跟VI抬杠也有好处，什么状态都比惊慌失措强。“我也做了计算，天平两端是百分之百的死亡与微乎其微的生存机会。你是一个VI，你也应该知道怎么选择更合理。”

萨姆－E停顿了一下，科拉将之解读为吃惊。她可能只是把自己的想法投射到了VI身上。“在我看来，”萨姆－E慢吞吞地说，“对那些要经历死亡的人来说，临死时的感、感、感受也很重要。我曾听到有人说要死于熊熊烈焰或枪林弹雨之中。比起因太空服氧气回收系统断电导致的窒息而死，那些不是更好的选择吗？”

问得好。对于VI来说，这是一种异常复杂的思维方式。科拉皱起了眉头质疑道：“呵，莱德说你很特别。你到底有多特别？”

现在VI的语气很谨慎。“我不明白这个问题，中尉。”

“好嘛，萨姆－E，你刚才还在思考死亡的意义，现在这个问题反倒不理解了？真是个方便的借口。”

科拉本能地感觉到，这一切都是相互关联的，尽管她不太明白其中的原因。萨姆－E惊人的老练程度，她在远方之家号上看到的奇怪的“增强体”，莱德命令她找回的代码包，甚至还有伊加拉的背叛。对于一支刚成立的佣兵小队来说，背叛客户并不是什么好主意。科拉已经付给伊加拉一笔可观的费用，所以开拓团肯定会将资金浪费和一名工作人员死亡的消息公之于众。这种恶名一旦建立起来就几乎无法摆脱。伊加拉花了几个世纪为自己打造的未来就这么毁于一旦，而她这么干唯一的原因只可能是钱——有人付给她足够多的钱，多到令她甘愿放弃一切。

*总有一天，我会把万用刀捅进她肚子里，问问她值不值得。*科拉抿着嘴唇，神情决绝，尽量不让自己觉得这是一个空洞的誓言。

“我不明白的是，”她试着忘记刚才的恐惧和现在的愤怒，“这到底是为什么。付钱给伊加拉的人一定知道远方之家号上有那个代码包，也一定知道我的事，所以才会把伊加拉安排在塔马约，好让我碰到她。于是我需要帮助时就会想到雇用她。可是那个人为什么不直接雇用伊加拉窃取代码呢？为什么要搞这种诡计？”这说明此事背后的动机不仅仅是贪婪或企业竞争；而是有人心怀恶意，要混淆视听。一个不愿透露身份的人想破坏仙女座计划，或是想除掉莱德。又或者是……除掉科拉本人？

不可能。科拉在外星社会待了四年，已完全脱离了政治和琐碎的人类生活。谁会对这样一个女人怀有如此大的恨意呢？对方一定是针对莱德或仙女座计划，或两者兼而有之。伊加拉和科拉只是附带损害。

“莱德让我找回的VI代码包到底是什么？”科拉问道。这就是关键。“那个代码能干什么？”

“恐怕我回答不了您的问题，中尉。出于安全和知识产权保护的原因，我被设置了一个行为阻断模块，以阻止我回答此类问题。我很抱歉。”

“嗯……”思考这一团乱麻至少能让科拉集中精力，冷静下来。她无事可做，唯有等待，希望有人能发现预计到达时间的奇怪之处，然后派船来调查，一切都必须在科拉的生命维持系统耗尽之前。“远方之家号使用的增强功能需要与人工智能整合才能工作。而我刚从那里偷回了一个巨大的代码包——一种比 VI 更复杂的东西。萨姆 -E……开拓团也在搞人工智能吗？”

萨姆 -E 听起来显然很不自在。“我希望您不要问我这样的问题，中尉。”

还有科拉的“个人 VI”，这个萨姆 -E 有时尖酸刻薄，有时又会顾左右而言他，表现得完全不像 VI。它并不是第一个采用先进的自然语言行为模拟器的 VI；高端的 VI 通常会模拟“人格”，而这些“人格”实际上只是精心设计的反应协议。这些 VI 应该像科拉的万用仪一样没有思考和感受能力。

不过……萨姆 -E 似乎不是这样。科拉渐渐萌生了一种令她生厌的怀疑情绪。

“我还希望自己从没离开阿莎丽空间呢，”她回答说，“我们不能只得到自己想要的东西，萨姆 -E。回答我刚才的问题。”

“恐怕不行，中尉，”萨姆 -E 说，“我被设置了一个行为阻断模块——”

“好吧，好吧，我明白了。”突然，科拉累了。经过漫长的一天之后，她终于平静下来。她惊讶地发现，像这样漫无目的地漂着是多么放松。她沉默了一会儿，凝视星空，在想这是不是她练习冥想的好机会，因为妮西拉一直说冥想能提高她的异能专注力。科拉向来不太懂得自我反省，但现在是开始养成这一习惯的最佳时机。

“萨姆 -E？”

“有什么事，中尉？”

“你错了。我想好怎么死了。”她不会等着窒息而死。最好把头盔拆下来，让真空把她吸走。至少这是她能主动选择的，这个念头让她欣慰。“很平和。我喜欢那种安静的感觉。”

“您没怎么体验过安静的感觉吗？”萨姆－E似乎在思考，或是在查阅她的服役记录。“啊。难怪，您很年轻的时候就应征加入了星联军队——”

“不，不，入伍对我来说就意味着安静。营房内没有引擎噪声。”科拉耸了耸肩，她不知道萨姆－E能否察觉到这个动作，能否理解这个动作的含义。“我是在货运飞船上长大的。只有我和我父母，但家族飞船上没有隐私可言。我过去常常躲在小缝隙里，躲在货舱位里，好获得暂时独处的机会。在我意识到自己是个异能者之后，独处时我才有机会好好思考，好好摸索自己的能力。那是很危险的做法。如果我的异能失去控制导致货物移位，有些沉重的物品足以把我压成肉泥。但是我很幸运。”她眨了眨眼睛，“该死的，我竟然唠叨个没完了。”

“我明白了。那么，生时的环境决定了一个人喜欢哪种死法吗？”

他们居然聊到这个话题上了？“我怎么会知道。我只有一次生命，这是我第一次有机会选择可能的死法。”是极有可能的死法。但她不能让自己放弃希望。“萨姆－E，我聊不动了，我一整天都在全力使用异能。我需要打个盹。如果死亡或救援即将到来，请叫醒我。”

“好的，中尉。”

“还有……萨姆－E？”

“怎么了？”

科拉闭上眼睛，想让自己放松下来。出乎她的意料之外，这很容易。“我很高兴你和我在一起，这样我……你明白的，这样我就不是一个人了。”这样说很愚蠢，也很尴尬。但这是事实。“在我的生命中，没有多少人可以……算了，我就想说之前那句。”

又是一阵沉默，时间长到科拉以为萨姆 -E 可能不理她了。这是个不合理的想法，真的；如果萨姆 -E 只是一个 VI，那么科拉实际上是在自言自语。但科拉愿意用她最后一个小时的氧气打赌，萨姆 -E 不仅仅是 VI。

终于，萨姆 -E 轻声回答："我很荣幸能陪着您，中尉。请好好休息。"

阿马利儿童日历

条目：2184 年 12 月 31 日

如果你的人类朋友今天午夜突然兴高采烈地唱起歌来，请不要惊讶！对于地球上一半的人来说，今天代表着一年的结束和新一年的开始，是值得庆祝的。对于生活在外太空的人类和地球上的另一半人口来说，今天无关紧要，而他们的新年会在另一个时间到来。哦，人类多么奇怪啊！

趣味时刻：午夜之前，猜猜你的人类朋友会不会突然尖叫起来！

第五章

即便萨姆－E坚持不懈的叫喊声没把科拉逼疯，头盔里的哔哔声也能做到这一点。“哈珀中尉，请醒一醒。哈珀中尉。”

科拉的头很疼。她立即认出了这种感觉——异能增幅器反馈和静电积聚。她呻吟了一声，头更疼了，随即挣扎着完全清醒过来，尽管她懒得睁开眼睛。

“死亡即将到来的时候再叫醒我，萨姆－E，我之前跟你说得很清楚。”

“您说的是死亡或者救援，中尉。一架穿梭机正在接近。”

这句话引起了科拉的注意。她睁开眼，环顾四周，看到一架小型的远程穿梭机从向阳的黑暗中飞出，向她飞来，不由得屏住了呼吸。她从未见过比这更美的东西。

“好吧，我们得想办法亲吻这个奇迹，萨姆－E。”

VI用合成的语音揶揄道：“我相信您知道，中尉，虚拟智能是虚、虚、虚拟的。我没有用于亲吻的嘴。”

科拉向穿梭机挥舞双臂，尽管这完全没有必要。穿梭机的远程传感器能发现她，不过对救援人员挥手的感觉很好。“这句话是抬杠吗？你贫不贫？虚拟智能也不应该耍贫嘴吧。”

“不是，中尉。我只是陈述事实。”

“嗯。好吧，我会找到办法吻你的。”她起誓道，脸上绽放出大大的笑容，“记住我的话。”

* * *

十二个小时、三千万里、两次中继跃迁之后，科拉在全息投影仪里来回踱步，面前是亚利克·莱德微光闪烁的投影。

“萨姆－E说你需要多休息，中尉。”莱德说道。他的投影一动不动，与躁动不安的科拉形成鲜明的对比。她觉得这是对他们迄今为止工作关系的一种象征，但她太累了，也太生气了，无法思考。“你正处于热量不足、睡眠不足的状态，已经被压力产生的神经毒素淹没了。等你缓过来了再汇报。”

“生时何必久睡，死后自会长眠。”科拉狠狠地说。然后她停了下来，深吸一口气。当然了，莱德是对的。逐渐磨损的自控力说明了她有多累。“对不起。”

莱德摇摇头。“我想你现在来报到是有原因的。我已经读了你关于远方之家号的报告，你的VI也确认了你的账户资金。”

善良的老萨姆－E啊，居然趁她在穿梭机上打盹的时候打她的小报告——当时她已吃光了开拓团工作人员携带的所有能量棒。现在她又回到了开始的地方：塔马约之点。在这里，她用开拓团的资金在空间站的直接线路上购买了半小时的加密通信，连上了系统通信浮标。这没有量子纠缠通信器那么好使——科拉也是听其他人说的，她钱不够，级别也不够，从没用过量子纠缠通信——但是VI调整了视觉和音频效果，足以模拟实时通信。因此，当科拉停下来，交叉双臂面对莱德时，她感到了一种恰如其分的对抗感。很好。

“我需要知道我到底在做什么。”她说，“什么样的VI会如此有价值，又有谁想搞到它。”

莱德挪动了一下。他的脸是由蓝白色光线蚀刻出来的，而不是有血有肉的大活人，所以很难看清表情，但科拉觉得他似乎很不安。“你真的需要知道这些吗？”

这算是什么问题？科拉咬紧牙关。“如果我知道半个银河系都在争夺这个‘代码包’，我可能就不会找雇用兵了。我会想办法自己搞定。”

“那你很可能成功不了。找雇用兵是正确的选择，哈珀。你现在很生气，因为梅诺里斯背叛了你，而你自认为有办法阻止此事发生。”

没错，科拉确实很生气，而莱德正试着用精神科大夫的心理分析招数来分散她的注意力。“我在远方之家号上也遇到了阻力，”她说，“有一个女人竟然沿着天花板跑过来朝我开枪。如果我是在和AI作战，我有权知道。”

“你不是在和AI对抗。”

科拉眯起眼睛，坦率地表示她不相信。

莱德再次挪动了一下。没错，那绝对是内心不安的表现。“那不是AI，远方之家号的VI有一个静态推理矩阵。那是一个……AI模拟器，基本上就是一个伪AI，如果你愿意那么想的话。它能够像AI那样管理一些任务，但如果负担过重就会崩溃。”他轻蔑地哼了一声，“巴奈斯在本体论方面总是很差劲。如果没有我的帮助，这门课他是不可能及格的。”

科拉又开始踱步，这次速度放慢了，因为她在思考自己所看所学的一切。远方之家号的“伪AI”。储存代码包的服务器使用单独的电网，仿佛远方之家号的技术人员害怕里面的东西一样。科拉不是工程师，她参加了星联军官的推荐课程，在家庭教育考试中，她的计算机科学成绩也不错，但仅此而已。然而把这几个事实结合起来分析，并不需要什么计算机天才。

“那是萨姆-E的代码。”她说道，再次直面莱德。这不是猜测，这是唯一的可能。“萨姆-E不是假的。他是货真价实的。”

“我想你搞错了，中尉。”

科拉叹了口气。“你不经常撒谎吧？如果想让别人相信某件事是真的，你首先得相信自己说出口的话，哪怕只信一分钟。”

尽管全息图像质量很差，她还是能看到莱德下巴的肌肉在抽搐。“你说的这些在整个议会空间都是非法的，中尉。”这意味着莱德既不会确认也不会否认——或者意味着这条通信线路并不像科拉想得那么安全。虽然莱德已不再是军人，但他仍像军官一样擅长“自我保护”的游戏。

没关系，这种游戏一个巴掌拍不响。“但你不会一直待在议会空间吧？你很快要去另一个星系……那里没有法律。”

令科拉吃惊的是，莱德突然笑了。“这也是一个合理的猜想。”

这就回答了她的前两个问题。她取回的代码是什么：一个活的、正常运转的AI代码库。它为什么有价值：真正的AI能够创造奇迹——能为高速而复杂的网络战进行运算，具有适应性的系统防御，可以取代整个城市的低效愚蠢的软件。AI可以抢劫地球上的每一家银行，完美地掩盖自己的踪迹，并驾驶护卫舰逃逸。

“直到它们转而开始对付你，”科拉喃喃地说，“它们能毁灭数十亿生命，人类最终会和奎利人一样无家可归。”

“如果使用不当，所有的工具都是危险的，”莱德道，“别忘了，你正在担心的那个东西刚刚救了你一命。”

啊。科拉脚下踉跄，一言不发。

接着，莱德补充道：“至于是谁破坏了你的任务，谁想获取代码包……伊加拉·梅诺里斯的飞船刚刚登陆了，就在伊利姆的诺斯阿斯特拉港。”

科拉屏住了呼吸。关于伊利姆，有传言说在这个阿莎丽贸易世界里，只要价格合适，什么东西都能买到。由于法律故意设置得宽松，加上古雅原始的奴隶制度（不是那种把人当成财物的奴隶制度，快别这么想了，只是一些契约劳役和债务束缚，没什么严重的问题，但只要提起这些科拉就不舒服），伊利姆成了阿莎丽世界里最接近狂野西部的地方。

你可以在那里合法买到任何东西，从致命的麻醉品到实验性的武器改装组件……现在还有 AI 组件。

“我需要一架穿梭机。”科拉说道，脑子飞快运转。伊加拉确实说过她打算去伊利姆，不是吗？科拉以为那是句谎话，但也许不是。这是否意味着她已经有了买家？有可能，毕竟已经有人付钱让她跟踪并背叛了科拉。还有一些合成研究公司的总部设在伊利姆。“或者拨给我预算，我可以自己租一艘。”她继续说，但经历了上次灾难性的佣兵体验之后……“我更希望开拓团给我派一架。”

“我担心的是，”莱德说，仿佛他们在进行另一场完全不同的谈话，“你现在很愤怒，哈珀。梅诺里斯曾经是你的队友，你曾经那么信任她；我很理解这一点，谁还没被背后捅过刀呢。但是，你去伊利姆是要继续完成任务，还是去复仇？”

“目标不是复仇，是完成任务，长官。”

莱德像是在考虑什么。“你能这么想，真是很有责任感。完成任务是唯一的动机吗？”

“我还没意识到我需要更多动机，”科拉慢吞吞地说，“但我向你保证，我不会因为个人恩怨而分心。不过，如果有机会把脚狠狠踢进伊加拉的屁股里，我会认为那是额外奖励。”

莱德咳嗽了一声，可能是在掩饰笑声。“好吧。如果我需要你销毁代码呢？”

科拉惊得下巴都掉了。“在我费了那么大劲得到它之后？”

莱德叹了口气，终于转过身去踱步。看到这件糟心事不仅困扰着自己，也困扰着部下，他多少松了一口气。“那份代码是萨姆－E代码的副本，”他说，“我需要的不是取回它，而是保证它不会落入坏人手中——那些人不在乎他人受到伤害。信不信由你，哈珀，这确实对我很重要。”

科拉咬紧牙关，以免脱口而出指责上司。*如果你这么在乎，为什么不好好保存它，不让它被偷走呢？如果你这么在乎，为什么还要制造这么危险的东西？你为什么要把它装进我的脑子里？*尽管这些话都没说出口，但她的表情显然已经在指责莱德了。

莱德眉头紧蹙。“我知道我在做什么，但并不是每个人都知道自己在干什么。”

这个人的傲慢程度简直令人震惊。“你知道萨姆－E口吃吗？”

莱德停下脚步，皱起眉。“你说什么？”

科拉拍了拍自己的脑袋。“他口吃。他会生气。他在不适当的时候信口漫谈。我得承认，这种表现很有魅力，我还挺喜欢他的。但我不想要一个——”她把后半句话吞了下去，因为想起这条线路可能不安全。“我不知道他应该是什么样的。以前从来没有像他这样的。但我怀疑他的行为不完全符合设计规范。”

莱德的表情变得更严肃了。“谢谢你的反馈，中尉。请记住，萨姆－E是一个实验模型，出一些小故障是预料之中的。我会尽快发送一个固件补丁。至少能纠正口吃。”

科拉怀疑地盯着他。他真的不在乎违反银河系的法律和伦理，不在乎把整个人类的未来置于危险之中。她终于摇了摇头。那就这样吧。她有一项工作要做——不过一旦完成，她就不会继续参与仙女座计划了，没必要冒被监禁的风险，搞不好会比监禁更糟。

领到工资之后，她要继续新的生活。

“我听你安排……长官，”她说，“那我申请一架穿梭机的事情呢？”

他端起双臂。科拉不知道他是否注意到了她的不满，也许他根本不在乎。“任务期间我借给你一架。它会自动导航去你那儿；萨姆－E可以帮你驾驶它。”

“我没有飞行员。”

“有萨姆－E帮你，你就是飞行员。”他挥了挥手，转过身去。

科拉盯着他的背影。还有更多的考验，她还需要证明自己。当然，如果她真的要把一切都抛在脑后，去往仙女座，她必须做好准备，必须全情投入。莱德必须毫无保留地信任她，但要赢得他的信任可不容易。

“好吧，就这样吧。你说什么就是什么。谢谢。这周之内我就会带着你的代码回来，或者死掉。”不等莱德回答，她就切断了通信，然后在房间里沉默了一会儿，想知道自己刚才是不是犯了一个可怕的错误……或者好几个可怕的错误。

然后她看了看时间。购买的通信时长还剩下二十分钟。如果她现在离开，可以按使用比例退款，但是……手已经操作起来，几乎不受她的控制。当系统询问时，她说："给我接瑟熙亚，找妮西拉·特科什。"

她甚至还没查过相对时区。当她瞥了一眼搜索结果时，发现妮西拉所在的地区果然是深夜。不过——

"哈珀？"全息影像跃动了起来，这次变成了一位坐在桌子前的阿莎丽人。妮西拉还是很健壮，皮肤的蓝色比大多数容颜永驻的阿莎丽人要深一些，虽然科拉知道她的年龄在六百岁以上。和往常一样，她仍然穿着许多突击队员喜欢的黑色盔甲，深夜还在工作，手边放着一杯热茶。

妮西拉那头的全息相机一定有信号增强器，因为科拉可以看到整个房间，还有妮西拉的两个丈夫的身影——一个克洛根人，一个突锐人，正在一张超大的床上酣睡。妮西拉放下手头的数据板，身体前倾，让自己对焦清晰。

"你好像遇到麻烦了。"

科拉不得不忍住苦笑的冲动。*在我离开巾帼团之后的短短一周里，我就成了一个窃贼，被战友在背后捅了一刀，一头栽进了超人类伦理的噩梦。而且，我差点儿被人杀掉。*但这些都是抱怨，妮西拉不喜欢听人发牢骚。科拉也不喜欢，真的。

所以，她开口问道："你为什么要把我送到那里？"

妮西拉抬起没有眉毛的眉头，向后一靠，若有所思地坐了一会儿，然后答道："我只是觉得他们可能需要你。"

科拉略吃惊地后退了几步。"他们需要我？"她看过莱德"探路者"团队一些人的档案，都是了不起的人物。还有莱德本人，他们的"金童"是杰出的战士和天才科学家。而科拉呢？她只是个低等兵。当然，她是一个有异能的低等兵，也是一位优秀的陆战队员；否则她不会入选女武神计划，也无法在塔林巾帼团里扛四年。但在开拓团中，有的是优秀聪明、光芒四射的人类骄子，科拉连发光都谈不上。

妮西拉摊开双手。“你们的种族要在仙女座开创一个新的未来。这项计划肯定会遇到问题。你要开枪把问题都崩掉。”

科拉眨眨眼，盯着妮西拉。

“或者把它们碾碎，甩到墙上，或者在亚原子水平上把它们撕成碎片。”妮西拉耸了耸肩，端起茶呷了一口。“解决问题的方法有很多，真的。”

科拉开始微笑。“就这么简单吗？”

“我发现把事情归结到本质上是有用的。你要告诉我这出深夜自我反省是怎么回事吗？”

科拉发出一声大笑，笑得比她意识到的还要紧张。“要告诉你的事情太多了、太奇怪了、太令人恼火了。但是……跟你说说话很有帮助。谢谢。伊加拉·梅诺里斯列在我的黑名单上了。她想杀了我。我觉得应该告诉你。”

妮西拉盯着她看了一会儿，然后像是被逗乐了。“咱们得找个时间聚聚，哈珀，”她说，“在你去仙女座之前，让我们再面对面喝一次茶。听起来你有一些有趣的故事要讲。”她举起杯子向科拉致敬，科拉也点头致意，然后对方切断了通信。

“我建、建、建议您回房间去休息，中尉。”萨姆－E温和地说，“大约四、四、四个小时之后，一艘开拓团穿梭机才能准备就绪并开到这里。它一到我就通知您。”

不过科拉还是待在原地，细细品味着通信室里的幽静。“萨姆－E，被植入我体内……你觉得怎么样？”

AI沉默了片刻，科拉觉得那是吃惊的反应。“我的感受无、无、无关紧要，中尉。”

“对我很重要。”

又一次沉默。“我是为人机合成界、界、界面设计的，中尉，”最后它说道，“通过您的植入接口，我得以分享您的感觉和经验。作为交换，我监控您的健康，增强您的官能，并能在各种情况下帮助您。这应该是平等的交流，所以……我的回答是，我很高兴能与您融为一体。”

“那么……你也在亚利克·莱德的脑中吗？”

“不完全是。莱德也有植入接口，但他与我矩阵的另一个版本相连。如果您想把它想象另一个萨姆，也不算不准确。”

好吧，至少莱德没有要求她做一些连他自己都没尝试过的事情。除了……她皱起了眉头。

“你刚才说的是‘萨姆’，不是‘萨姆-E’。你是测试版？”

“严、严、严格来说不是，”萨姆-E说，“测试版通常是在正、正、正式版安装之前开发的，而我的开发时间更晚。在萨姆正式版与开拓团的阿莎丽、突锐、塞拉睿探路者的整合完成之后，我才被开发出来。此外，我的任务是运行各种不属于标准版本的额外实验性程序：在很多方面，我比探路者团队的标准版萨姆技能更多，也更安全。”

莱德植入了私人——更好的——版本，而科拉安装的是某种变体。虽然莱德发明了萨姆，但他并未满足于标准版的萨姆，科拉并不为之惊讶。“嗯，我想这是件好事，”她叹了口气，“总之没关系啦，只要你能接受——我是说跟我整合在一起。”

“我非常乐意。”又是一次恭敬的停顿，“谢谢您，中尉，谢谢您问我这个问题。这是一次非常新奇的经历。”

科拉点点头，被逗乐了。“但愿我们的经历永远平淡无奇，萨姆-E。”她走出通信室，在旁边的电话亭退出登录，准备去好好休息。这是一个重要的日子，他们有一出间谍活动要搞，鬼知道等待着他们的是什么。

格林尼治标准时间 2184年1月15日，下午6点

新加坡营销委员会全息电话会议记录，文字转写版，与会者身份皆不予显示。韦斯特隆德新闻提交的信息公开申请已接受，将于2185年11月开庭审理。

"赞成"投票讨论记录，录于格林尼治标准时间下午6点34分。

委员甲：这是搞政治宣传，必须加以打压。

委员乙：（叹息声）这只是个广告。

委员甲：广告是推销东西的宣传，而这是星联的政治宣传。我们没有充分的理由让人民接触到——

委员丙：仙女座计划实际上是私人投资的。所有负责人都不隶属于星联，莱德甚至还在星联的黑名单上。

委员甲：没错，项目由珍恩·嘉森私人出资。

委员乙：哦，至于——

委员丁：[此处人名被剪]的话也许是有道理的。不是关于嘉森，那是无稽之谈，但嘉森并不是真正操纵仙女座计划的人。

委员甲：什么？

委员乙：你说什——

委员丁：我有一个……朋友……在情报部门。嘉森没有足够的流动资金来资助该计划。至少她凭一己之力办不到。

委员甲：胡扯吧。那真正的金主又是谁？

委员丁：情报部门有半数的VI都在努力寻找答案。目前还没有发现。另一半VI正忙着查证关于"幽灵"之死的小道消息。就是那个人类"幽灵"。

委员乙：我听说他们在考虑换一个头脑更冷静的。我忘了那人的名字了……

委员丁：闭嘴，浑蛋，听我说。有什么事情正在发生，外星人议会正试图掩盖真相，甚至连人类观察员也参与其中。不管仙女座计划的幕后主使是谁，此人也知道这件事。如果我们能跟开拓团——

委员乙：我们只是在讨论要不要播这个广告而已，[此处人名被剪]。听听你自己在说些什么——

委员丁：是的。我们今天要讨论的是，是否发布他们招募人手用的“入职简介”视频。要我说，我们应该把这个广告播出去，然后让我们的人混进开拓团卧底，和普通的殖民地志愿者混在一起，看看嘉森的人都知道些什么。

委员甲：啊，我喜欢你的点子[此处人名被剪]。好吧。我改主意了，我投赞成票。

第六章

伊利姆

科拉听说过这个星球，但从未来过。在某些方面，它与瑟熙亚非常相似：同样雅致宽敞的阿莎丽建筑，同样明亮的灯光，线条优美的人行道，修剪整齐的公园，同样干净凉爽的空气。但这里比瑟熙亚更多样化——在瑟熙亚，科拉很少见到阿莎丽种族之外的人；而在伊利姆，她看到了许多议会种族的成员，甚至还有一些巴塔瑞人、哈纳人、奎利人和克洛根人。

但是，某些在瑟熙亚司空见惯的现象这里却没有，比如家庭，科拉很在意这点。目前为止她还没见到小孩子。艳舞女郎到处都是，但很少有双人情侣或多人情侣。周围有几个阿莎丽人看起来处于婚育期，另有一个调酒师看起来像是一位主母，因为她身上有一种平静而充满力量的庄严气质。但其他人都很年轻，而且看起来很是饥渴。

这种多样性对科拉很有利。她走在诺斯阿斯特拉一条商贸步道的人群中，谁也不会注意到她。在他人眼中，科拉不过是另一个人类罢了，她太年轻，打扮得普普通通，应该没有多少钱；她太自信，又全副武装，不是容易到手的猎物。

“中尉，”萨姆－E 通过耳机说，“我可以尝试潜入这个信息经纪人的数据存储系统。等您到达他们总部的时候，如果您能找到一个管道——”

“不用。”走路时默念很容易，没有人会注意她下巴和喉咙的细微动作。“你负责来硬的，萨姆－E。我想先看看来软的有什么效果。”

“好的。”

走下一道阶梯，拐过街角，经过小摊前聚集的一小群人，再穿过一条简陋的小巷。伊利姆偏爱的犯罪形式是内幕交易和撕毁和约；而这只是一条废弃不用、积了灰尘的小巷。科拉的目的地就是这里：一栋不起眼的建筑后面有一扇凹门。

他们知道科拉要来，所以在确认了她的身份后，那扇门便徐徐开启……站在门厅两侧的四台机甲放低了手枪，显示器从攻击模式的红色变回中性的白色。科拉认出这些是高端的快速反应型号，颇有些不安。机甲都配有带消音器的手枪。

“啊，哈珀中尉。”门关上时，门厅的广播系统里传来声音，“你来得早了一点儿，不过确实是按要求单独来的。请在接待区稍等片刻，我换好衣服就出去。”

接待区是一间散发着淡淡的氨气味的朴素办公室，摆着一张空桌子和几把简单的金属椅子。房间的装饰风格十分随意，墙上的画描绘了伊鲁恩的风景，沿墙的花盆里种满了伊利姆土产的开花藤蔓，墙角有一个昏暗的高压鱼缸，一条长满棘刺的伊鲁恩鱼正恶狠狠地瞪着科拉。办公室的另一边是一个巨大的分子键气闸，这种气闸以前用来分隔不适宜某些种族生存的危险环境。

这次，科拉在严格审查之后，才决定找这个名叫爱坡·温的信息经纪人。爱坡·温是个沃勒人。科拉推断，要么是信息行业特别赚钱，要么就是此人特别富裕，因为在居民区里建立一个沃勒的兼容环境需要高得令人难以置信的成本。其实在大多数行星上，这样做都是非法的——因为极有可能导致爆炸、环境污染或其他潜在问题。然而这里是伊利姆，只要价格合适，什么事情都能得到解决。

科拉刚坐下来，气闸门就开始嗡嗡作响，门框周围的测光表发出信号，表明正在进行大气置换和减压。过了一会儿，穿增压服的沃勒人蹲着出场了，爱坡·温在较轻的重力下微微弹了一下，然后调整好姿势，穿过房间，坐到了桌子前。一时间，空气中氨气味儿变浓了，但科拉能听到通风口里的洗涤器在努力清除那股味道。这种气味让她清晰鲜明地回忆起在父母的飞船上打扫货舱的日子，但当时这是很容易忍受的。

“对不起，来自地球部族的哈珀，让你久等了。”沃勒人说道，“我应该准备好接待你的，但正如我所说的，你来得有点儿早。”

沃勒人和阿莎丽人一样是单性的，还是多性别的，或者是某种完全不同的社会生物学范式？一直以来这都是个谜。似乎大多数沃勒人认为这个问题既冒犯他们，又可笑而无关紧要。就像地球上出生的澳大利亚人喜欢用“落树熊”的荒诞故事来折磨外来者一样，沃勒人显然也决定拿这个事情开玩笑。据说特别任务队有一个数据库，记录了所有沃勒人在这个问题上编造的弥天大谎，但科拉认为这可能只是这个玩笑的延伸。

总之，在科拉听来，爱坡·温的声音比较女性化，所以她武断地认为对方是女性。眼前的沃勒人像是很老了，在呼吸装置规律的嘶嘶声之间，她的声音有些颤抖。所以科拉一下子就把对方想象成了一位彬彬有礼的微胖小老太太，这副形象挥之不去。这套看似平凡的公寓里有足够的军事装备和昂贵的定制技术，足以让灵姬都嫉妒不已。不过根据科拉的经验，很多种族的老太太都是危险角色。

“提前到场是我从前参军时养成的习惯，”科拉答道，同时摊开双手，表示歉意，“我不是故意给你添麻烦的。”

“哦，不麻烦。你能让我成为一个非常开心的信息经纪人，即便穿着这套增压服，我也可以多撑一会儿。”

“我——让你非常开心？”科拉眉头一皱，疑心顿起。

“可不是嘛。”爱坡·温往前坐了坐。虽然在增压服的阀门和颊袋之间看不出明显的面部特征，但科拉清楚地感觉到她被逗乐了。“我不会无缘无故给你这么实惠的价格的，你没想过吗？”

科拉先是觉得身上发冷，然后又变热了，因为她故意激活了异能光焰，作为对老太太的回答。爱坡·温退缩了。

“哦，亲爱的。我应该考虑到在伊加拉·梅诺里斯事件之后，你可能，嗯，比较警惕。请允许我向你保证，来自地球部族的哈珀：我无意背叛你！可靠是我的金字招牌。”

科拉并没有收起光焰。“伊加拉·梅诺里斯的那笔买卖也是这样，”科拉回答说，“她也给了我一个非常合理的价格，但别有用心。”

爱坡·温发出一声嘶嘶的叹息。“真尴尬。也许这能使你平静下来。”她戴着手套的手划过桌面，片刻后，科拉的万用仪嗡嗡地发出了震动提醒。科拉皱着眉头激活了设备，发现自己收到了一份小型数据文件。

“这就是你要的关于伊加拉·梅诺里斯的信息。”萨姆－E有些吃惊的语气在她耳边响起。“包括最近的交易纪录，无畏号的港口注册信息，还有——哦，还有伊加拉的旅馆房间号和密码，她就在这里，在诺斯阿斯特拉。”

科拉惊得怒气全消。她收起异能光焰，盯着爱坡·温。

“我还没有付钱呢。”

“就当成一份真诚的礼物吧，”老太太做了个意味深长的手势，“不过，如果你认为这是一种‘求你不要杀我’的贿赂，那也行。”

科拉尴尬地笑了一声。“哦。好吧，嗯……对不起。我这个星期过得很不顺利。”

“看得出来。”爱坡·温明显放松了一些，“请允许我进一步解释。你所要求的关于梅诺里斯的信息其实很容易获得。只要问对了人，你在街上就能打听到；这里每个人都在贩卖信息。我把这些免费送给你，因为我想从你手里买点儿别的东西。”

爱坡·温也想要 AI 技术吗？“说得好像咱们私交很好似的。”

“听我把话说完。我知道瑟熙亚部族的梅诺里斯是来卖 AI 组件的，因为她将在两天内举办一场私人拍卖会。但令我感兴趣的是，梅诺里斯怎么会有这样一个组件出售。她怎么会知道这东西的存在，因为在此之前，开拓团把消息捂得很严实。这让我很好奇……没有什么事情比引起信息经纪人的好奇心更危险的了。”科拉觉得爱坡·温在微笑。“于是我又挖出了一点信息，我可以免费告诉你：先前有一个人把仙女座计划掌握了 AI 技术的事情告诉了家园集团，好让他们去偷；后来就是这个人，又雇用了瑟熙亚部族的梅诺里斯，让她把东西再从你手里抢过去……”

科拉双眼圆睁。“这说不通啊。这个人先帮远方之家号偷到了这项技术，然后又指使人再次把东西从远方之家号上偷走？”

“能说通。”爱坡·温说，“这个人的动机可能并不是独霸这项技术。”

“什么？”

老太太把手掌平放在面前的桌子上，这是沃勒人表示胸有成竹的姿态。“虽然只是推测，但我相信，不管是谁做了这件事，此人都不希望AI技术只掌握在亚利克·莱德一个人的手中。最初的盗窃留下了太多的痕迹，莱德和手下费了很大的力气才把这些痕迹清除掉。小偷想要引人注意，而莱德不想，因为他知道这会引发太多危险的问题。

“然后，家园集团试图自己留下这项技术，而现在，他们的计划被打乱了。梅诺里斯的拍卖会可能会把这项技术推广到整个银河系。我相信这就是那个人想要的——不是独占，而是传播。”爱坡·温机械地叹了一口气，“但是还有一个非常奇怪的信息，地球部族的哈珀，我将再次免费与你分享：梅诺里斯的所有买家都是人类。”

“这更没道理了。公开拍卖的话，她可以收到更高的竞拍价格——”

“我怀疑梅诺里斯并未意识到其中的问题。她的信息经纪人只核实了买家的支付能力，并没有审查他们的背景。”老太太轻轻嗤了一声，清楚地表达了她对奥克塔维亚·苏兰业务能力的看法。“有的买家搞了四层空壳账户，但即便是参与拍卖的非人类买家，他们的资金也来自人类个体或人类主导的机构。”爱坡·温触摸一个面板，她和科拉之间出现了一个全息影像，上面用两种语言列出了信息，以便两人都能阅读。“三家合成材料企业；两个非星联地球国家；一个研究项目——我敢肯定它隶属于塞伯鲁斯组织，但他们有很出色的信息经纪人，这些痕迹掩饰得太好，我抓不住确凿的证据；蓝太阳佣兵团——他们其实是由人类管理的，那个巴塔瑞人只是个有名无实的傀儡；还有一个以地球为基地的有组织犯罪集团，他们已不满足于贩卖红砂，正试着扩张到其他领域。”

科拉不寒而栗，有那么多不择手段的人愿意拿全人类冒险。“这个又是什么意思？”

爱坡·温抹去了全息影像的内容，换上了一张简单的战术演示表。图表中心是伊加拉·梅诺利斯的头像，用箭头指向了仙女座计划的标志，另有一个空白的方块，上面打了一个问号。

老太太解释道：“我认为摆在我们面前的是一出‘双重欺骗’。这位神秘人物安排了从仙女座计划窃取AI代码包的最初行动。你把代码包偷了回来，神秘人又雇用伊加拉·梅诺里斯从你那里获取代码包，并把它带到指定地点。不过这只是为了让梅诺里斯不起疑心而布置的假任务，因为神秘人还利用其他渠道给梅诺里斯灌输了一些信息，这些信息让梅诺里斯相信，如果她背叛雇主并在拍卖会上出售这项技术，就可以赚到更多钱。说白了，神秘的雇主希望自己被佣兵头子出卖，而且此人也知道梅诺里斯天性喜欢背叛。”

科拉诧异地摇了摇头，感到十分惭愧，因为自己与伊加拉相处了这么久都没看穿她，而这个神秘人却如此轻易地洞悉了伊加拉的心性。

爱坡·温又说道：“然后，神秘人又暗中安排了拍卖会的全部买家，因此，不管梅诺里斯把代码包卖给谁，它最终都会脱离开拓团的控制，被传播到其他人类手中。”

“好吧。”科拉又开始头疼了。“所以这比我想象得更糟。谢谢你提供的信息。现在告诉我吧，你想要什么？”她皱起眉头，“别说你也想要AI技术，那可不行。”

爱坡·温嘶嘶地笑了起来。“我亲爱的哈珀，干我们这行的人若是想好好活着，就得知道哪些红线不能碰。AI就是其中之一。我可不想在我那昂贵的卧室里半夜惊醒，发现床头站着一个星盟议会的‘幽灵’。说到这个……”她放在桌子上的两只手突然握紧，攥成了又小又圆的拳头。“亲爱的，我想要的是伊加拉·梅诺利斯，我实际上是在付钱给你。我要她死。”

科拉瞪圆了眼睛，然后咧嘴大笑。“老天啊。她还骗过你？”

“哎……可不是吗。”爱坡·温放低了颊袋，露出自嘲的神情。“她向我购买了几家潜在竞争对手的信息，都是新出现的小规模佣兵团。我提供了信息，钱也顺利转账，一切似乎都搞定了。然后梅诺里斯手下的三个阿莎丽暴徒想要炸穿我家的墙。”爱坡·温朝气闸方向点了点头。科拉惊恐地吸了一口气，她理解这样做的后果。那三个暴徒很可能是特娅，班宁和莱莉。“有两种死亡方式是我永远不想经历的：一种是死于爆炸性的减压，另一种是死得一丝不挂。如果我家的墙没有西拉里斯装甲加固，我可能会同时遭受这两种痛苦。”

科拉诧异地摇摇头，然后发出一声不舒服的轻笑。“让我猜猜。她给了你一个伪造的银行账户，想在你发现之前杀了你？”

“没错。造假的水平相当出色，我亲自检查都没看出破绽——我可以向你保证，我总是会做相当彻底的背景调查。她的那个突锐信息经纪人水平不行，不可能做到这种程度。她有一些很厉害的朋友，都是来自瑟熙亚部族的。”爱坡·温感慨万千，“我一直在寻找合适的刺客去追杀她——当然，同时还不能我把牵扯进去。杀死以前的客户对经营很不利，即使他们是暗箭伤人的害虫。可是你出现了，跟我没有任何牵连，愿意为了获取几个没那么重要的秘密而去干掉她。”

科拉皱起眉头。“你确定你不想自己动手吗？等我和她的事情解决了，我很乐意把她扔给你。”

“不用了。我希望你来动手。如果你真的想让我开心，地球部族的哈珀，就给我发张尸体的照片吧。我想把它用华丽的镜框装裱起来，挂在卧室的墙上。”科拉第一次意识到爱坡·温是多么危险。

新的一天就以这样的承诺开始了。

* * *

根据爱坡·温的情报，拍卖会计划在伊利姆当地时间两天后举行。伊加拉在堡垒酒店租了一间套房，位置靠近诺斯阿斯特拉市中心。佣兵经常光顾这里，因为整栋建筑都没有窗户，但安装了很多防爆门，楼内有很多易守难攻的瓶颈处，工作人员都是虚拟员工和机甲。

除此之外，伊加拉并没有特别注意安保措施；毕竟她以为科拉已经死了。她有自己的团队，也许她认为这几位厉害角色能保护她免受愤怒的信息经纪人的伤害。

科拉也在这家酒店租了一间房，用的是爱坡·温免费提供给她的假身份。沃勒人警告她说，这个身份经不住太仔细的检查，但科拉没打算用太久。由于她知道伊加拉的房间号码，所以她试着要求住伊加拉所订套房正上方的房间。走运的是，那间房正好空着。科拉根据萨姆-E 的指导搭建了一个软链接，指向伊利姆公共建筑许可数据库，萨姆-E 很快找到并下载了酒店的建筑设计细节。

虽然堡垒酒店的房间有防爆门和飞船舱壁级别的隔墙，但地板和天花板只是普通的人造材料。据爱坡·温说，消息灵通的雇用兵从不接近这个地方，只有新成立的佣兵公司会经常光顾堡垒酒店——他们有刚到手的资金，但在圈子里没有多少朋友。

最危险的时刻是科拉坐出租车到酒店的时候。她正巧遇到班宁·特丹、莱莉·特恩和特娅·纳米尔走出酒店大堂，不得不迅速卧倒在出租车后座上。三个阿莎丽人有说有笑，为了夜生活盛装打扮——班宁和莱莉穿着昂贵的礼服，泰拉穿着她的紧身太空服，但没有佩戴相应的护甲。伊加拉一定给她们放了一晚上假。就和任何一个靠港的船员一样，她们要外出寻欢作乐，也许还会在酒吧里寻衅滋事。

伊加拉真是不懂得严加管教手下，科拉暗忖。她们离开后，科拉转账付了车钱。然后戴上头盔——这顶头盔是和衣服配套的，她在诺斯阿斯特拉随便找了家商店就买到了——以免穿过大厅和走廊时再次遇到熟人。在一家住满了疑神疑鬼的佣兵的酒店里，这甚至不值得多看一眼。妮西拉从来不让她的突击队员在行动中途自由活动，因为好士兵应该在危险的情况下时刻保持警惕。伊加拉还没把偷来的技术卖掉，任务还没有结束，她太自负了，科拉应当好好利用这一点。

科拉进入自己预定的房间，发现有一个新问题要处理。

“您打算做什么？”科拉安顿下来后，萨姆－E问道。她现在的任务是在地板上寻找最容易打穿的地方，然后利用万用仪的全息标签功能把那个地方标记出来。“万用刀可以相对容易地穿过地板，但她会在您打穿之前的几秒钟内就看见您正在切割。”

科拉揉了揉眼睛，把注意力集中在酒店房间的地板上。“我不打算使万用刀。”她说，“萨姆－E，如果我联系客房部要求额外的枕头，你能进入酒店的系统，让电话看起来像是从伊加拉的房间打出来的吗？”

“当然可以，前提是他们的系统不使用企业或军方级别的加密。我并不是天生干这个的，但是——”

“那就照我说的做吧。”科拉说着，打开万用仪呼叫客房部。AI似乎很困惑，但还是照做了。科拉看到伊加拉的脸和名字出现在“来电者”的身份信息上。

“您好，梅诺里斯女士，”电话那头的一台机甲说道，“新的羽绒枕头将会在一分五十秒内送抵您的房间。”

科拉笑着挂断通话，并设置了计时器。“这应该就行了。”

萨姆－E仍然有些困惑。“我想这是某种声东击西吧？”

“是的。我以前的上司总是说，简单的调虎离山通常是最有效的。你先别说话了。”

科拉站起身来，站在刚标记好的位置旁边，深吸了一口气。她把异能引向自己的拳头。只需会心一击，因该就能搞定这层地板。她放慢了呼吸，等着计时器提醒。

“我明白了。”萨姆－E听起来有些顽皮，“客房服务员来的时候，你就开始打扫房间吗？”科拉惊讶地呼了一口气，但没有笑出声来。萨姆－E口吃的毛病似乎已经得到了解决，但出现了新的问题——说俏皮话和可怕的幽默感。也许这更糟糕。

现在没时间担心AI了。计时器嗡嗡地响了起来，提示一分五十秒已经到了。科拉全身都紧张了起来。再给伊加拉几秒钟时间去开门，然后……

“中尉，等一下。”

科拉屏住了呼吸问道：“怎么了？”

“我保留了与酒店客房管理系统的连接。大约十秒钟前，一台携带着六个枕头的机甲来到楼下的房间，伊加拉·梅诺里斯没有开门。”AI停了下来，科拉皱起眉头，心怦怦直跳。“二十秒了。我可以暂时增强一下您的听觉神经吗？您的耳朵应该能够探测到楼下房间里细微的声音，因为地板使用的是无屏蔽的材料。

“你想干什么？”该死的。如果她要这么搞，就会错过时机。“好吧。”

突然之间，科拉听得更清楚了，仿佛这家安静的酒店变成了一个嘈杂的、带回响的礼堂。她可以听到远处有稳定的节拍和音乐——哦，是街对面的俱乐部。有人重重地跺着脚从她房间前的走廊里经过，那声音听起来像是一个克洛根人。在她楼上，也许是两层楼之上，有两个突锐男人，他们要么在大声地做爱，要么就是在有节奏地相互狂揍，并毫无理由地大喊大叫。附近传来一阵空洞而尖锐的敲击声，把她吓了一跳，接着一台机甲说道："客房服务。"她意识到那正是楼下的房间。

可屋子里没有任何动静。

也许伊加拉对这位不请自来的服务员起了疑心。哪怕伊加拉隔着门把机甲轰烂，科拉的计策也能奏效，但她根本没有任何反应。房间里没有摄像机。科拉的脑子在飞速运转。

"你能——"她被自己的音量吓了一跳，然后改为默念，"你能查到她房间里的环境控制数据吗？这也是客房服务的一部分，对吧？"

"啊，好主意。我——"突然的停顿令科拉十分不安，"中尉，我认为楼下出大事了。"

"什么叫'大事'？"

"客房的环境控制已经被动过手脚了，室内温度比阿莎丽人的理想气温低了三十度左右——实际上，正常情况下空调无法实现这么低的温度。这家酒店确实为哈纳人、德雷尔人和克洛根人提供温度变化范围更大的客房，但楼下的房间不在其中。"

科拉必须和莱德谈谈了，怎样才能训练萨姆－E 学会先说重点呢？"所以房间的温度控制出现了问题，然后呢？梅诺里斯不在房间里吗？"

"降低环境温度是刺客常用的手段，中尉。这令人难以准确地判断死亡时间。"

"什么？"科拉满脸震惊，朝地板施放了一个奇点。突然间，她的听力恢复了正常，萨姆－E 不再增强她的听觉神经，否则科拉真担心自己的鼓膜会被震破。

当暗能量撕碎石膏和钢筋时，她激活护盾，把自己裹入屏障，然后跳下了那个洞。她用单手和双脚着地，另一只手举枪准备射击。

伊加拉·梅诺利斯四肢摊开躺在地上的血泊中，睁着毫无生气的眼睛望向科拉。

“见鬼了。”科拉喘着粗气直起身子。

萨姆－E向她的万用仪发出信号，提醒科拉举起设备，以便扫描房间。“梅诺里斯似乎让某人进入了房间，很可能是一个她正在等待的人。”萨姆－E已经开始分析数据。科拉环顾四周，发现旁边桌子上放着两个玻璃杯，每个杯子里都盛着像是瑟利斯冰酒的液体。“从失血量来看，我猜是梅诺里斯的同伴从背后用一把万用刀袭击了她。”

“令人难以置信。”科拉用脚轻轻踢了踢尸体，然后蹲下来查看伤口。伤口在脖子后面，大约七八厘米宽。这至少解决了一个问题，但留给科拉的问题仍然远多于答案。她蹲下来，一只手放在伊加拉的前臂上。“扫描她的万用仪，萨姆－E。AI代码不可能在上面，但我敢打赌，下载密钥就在那里。”

“稍等，中尉。我需要使用梅诺里斯的万用仪来访问无畏号的系统。”萨姆－E停顿了一下，“唔……”

科拉心中再次记下一笔：得问问莱德他到底在想什么，为什么要给AI制造那种戏剧性的暂停。

“怎么了？”

“下载密钥本来只绑定在伊加拉·梅诺里斯的万用仪上，但现在已被使用过了。AI代码包已从无畏号的存储系统中复制并删除了。”

不。不。“什么？有人比我们先到这里，杀了她，还偷了该死的代码？怎么又是这一出？”

“看来确实如此，中尉。不过启动下载的人并不是黑客。无畏号的日志清楚地记录了代码被传输到了哪里，是一架无名的小型穿梭机。”

科拉立即快步离开伊加拉的套房，因为奔跑会引起太多的注意。房门外的客房服务机甲早就放弃了。

“那艘穿梭机什么时候起飞？”

科拉没有立时得到答复。萨姆－E只能进入科拉已建立通道的系统，而她没有办法连上伊利姆港口的记录。但过了一会儿，萨姆－E回答道：“无畏号的传感器仍在激活状态。那艘穿梭机已经离开港口了，中尉……”

“该死的！”

“不过，如果您和伊利姆港口的工作人员谈谈，也许能说服他们告诉你飞船的飞行计划，”萨姆－E说，“法律要求所有飞船在出发前登记目的地，通讯浮标的ping信号和中继跳转记录也都受到监控，以确保飞船确实会前往登记的目的地。只有军用和救援飞船可以跳过这个程序。”

嗯，这是个有用的信息。刺客竟然留下了如此明显的痕迹，是业余的吗？伊加拉死在这种人手里，真应该替自己感到羞耻。

* * *

科拉叫了一辆出租车去太空港，半路上她的万用仪突然响了起来，是来自诺斯阿斯特拉市安全中心的呼叫。果然瞒不了多久，她暗忖，接了电话。一位突锐女性的脸孔填满了她的前臂屏幕。

“是科拉·哈珀吗？前星联军官，前塔林巾帼团成员？”

“呃，是我。您好，警官。有什么事情吗？”科拉克制住自己想补充一句“您先听我解释”的冲动。

那女人听起来很不耐烦。“找你确认一下情况。你是住在堡垒酒店，伊加拉·梅诺里斯楼上的房间吗？”她把目光移开一些，可能在看数据板。“登记的身份叫‘弥琳·艾克萨罗尼斯’？”

爱坡·温确实说过假身份经不起仔细检查。“不住了，我已经退房了。”

“你已经被酒店列入黑名单了，终身禁止再次入住。酒店会寄给你一张赔偿地板损坏的账单。总之，请在我马上要发给你的文件上签名，你是伊加拉·梅诺里斯之死的目击证人。”女人的脸消失了，取而代之的是一份附件文档。

“嗯……您说什么？”

那张脸再次出现。科拉从来都不擅长辨认突锐人的面部表情，但这位女士看上去有些恼火。“梅诺利斯死于一场登记在册的暗杀，所以我们不会浪费人力时间去调查这件事。我们是因为地板损坏才找到你的。既然你是证人，我们也会把你登记在册。这样文书工作会更简单。”

科拉惊得合不拢嘴。“暗杀还可以进行合法的登记？”

对方翻了翻眼睛。“这里是伊利姆，人类。如果不配合，会耽误你离境，而且耽误我吃晚饭。只要在表格上签名就行了。”

“可我没看到暗杀过程。只看见了尸体。”

“我知道。表格上也是这么写的。”

“哦。”科拉略读了一下，果然，有一小段文字指出，她没有看到刺客，也没有目睹谋杀过程。科拉在屏幕上按了手印。表格传输时她突然想起了什么：“呃，请问这些信息是公开的吗？”

“是的。如果刺客怀疑你其实看到他了，可能会去找你灭口。最好小心点儿。”突锐女人打了个哈欠，“祝你今天过得好，人类。”

已经不能再好了。

* * *

在太空港，科拉又被泊位管理员拦了下来。管理员和两个克洛根随从站在科拉的开拓团穿梭机旁边。他们告诉科拉，伊利姆警方在她的账户上标记了一小旗子，这通常代表飞船会提前离港——现在果然被他们抓了现行。这个泊位管理员是人类女性，看起来一副地地道道的官僚做派，恨不得把科拉的肉剜下一磅来。

“看这里，在你的靠岸合同上写得很清楚，”管理员拿着一块数据板让科拉看，“提前离港的罚款是为了补偿诺斯阿斯特拉港口管理部门的收入损失，因为我们拒绝了其他可能租用相同泊位的飞船，而且那些飞船的租期更长。请提供你的银行账户信息。”

“这个——”科拉摆出一副要控制住自己的脾气的样子，其实这几乎不用装，她从女人身边走开，开始默念，“萨姆－E，你还能访问梅诺里斯的万用仪吗？是不是绑定了她的银行账户？”

“我能访问，她确实绑定了，中尉，”萨姆－E 回答，“您是想从她的账户转钱到您的账户吗？”

“我没有别的选择了。”她已经是个小偷了，而且伊加拉也不再需要这些钱了。“现在就转，然后顺便利用这次连接查一查港口的飞行计划记录。”

“已完成。”

科拉查看自己的万用仪，账户上显示的数字让她有点儿发蒙。科拉提供转账信息的时候，泊位管理员看起来很高兴。两个克洛根人意识到科拉不打算惹麻烦，于是也放松了一点儿。转账的信用点数量巨大，让科拉都觉得心疼，即便那不是她的钱。该死的蛀虫；港口管理部门不可能损失这么多收入。科拉非常确定，大部分“罚款”最终将落入泊位管理员的囊中。

“满意了吗？”转账完成后，科拉问道。

“我只是在工作，女士，”管理员回答说，“希望你在伊利姆过得愉快。”

“行了，行了。”科拉摇摇头，转身从他们身旁走上活动舷梯。她懒得回头看，径直按下面板按钮开始收舷梯，听到泊位管理员慌忙闪躲时一边喘气一边咒骂。

“萨姆－E，我受够这个地方了。”她走到穿梭机的控制台前，让自己放松下来。之前从塔马约之点到伊利姆的一路上，穿梭机主要是萨姆－E在驾驶，科拉只是在一旁观看。她也让萨姆－E解释给她听，甚至还学会了一些简单有用的驾驶步骤。但是现在……

科拉累了，不想去琢磨开飞船的事情。

片刻之后，穿梭机起飞了。

“我们有目的地了吗？”科拉问道，着迷地看着她自己的动作。

“是的，中尉。飞行计划和中继记录显示，那艘飞船跳到了冥王纽带。”

科拉惊讶地皱起眉头。“我知道那个地区，在特拉弗斯空间。但那个星团很是荒僻，除了一些采矿作业在那里进行，可能还有一些奴隶贩子或海盗在那里活动，那儿只有一大堆无生命的岩石。”远离伊利姆之后，科拉可以开启自动驾驶。她终于摘下头盔，一边思索，一边把脸上汗湿的头发往后捋。“你们这些人究竟要干什么？”她喃喃低语。

“我不知道。”萨姆－E回答。

“我是在问我自——等一下，”科拉眉头微蹙，“莱德说他用一个补丁治好了你的口吃，那个补丁还有其他什么用吗？”

“这个补丁专门用来调整我的自适应试探法，”萨姆－E说，“口吃是我不能完全适应您性格的表现。现在我应该能够用让你觉得舒服的方式说话和做事了。”

所以萨姆－E的“调整”是对科拉反馈的回应？她摇摇头。“你说什么就是什么吧。”她身后的那张缓冲椅看上去太舒服了，像是在邀请她过去小憩。以后再思考萨姆－E的神秘之处吧。“不过我得先给你的老板汇报一下进展。”

* * *

因为萨姆－E会把一切都仔仔细细告诉莱德，所以科拉的报告写很简短，也没有详细细节。莱德可能会对新的窃案感到恼火，也可能不会；他似乎是那种更关心结果而非手段的人。在这一点上，他和科拉可以达成一致。

消息一发出，科拉就扑通一声倒在缓冲椅上。当穿梭机锁定本地星系中继站的方向时，她脑中闪过的最后一个想法是，爱坡·温会很失望，因为她忘记给伊加拉·梅诺里斯的尸体拍照了。

阿尔－吉拉尼专题调查：仙女座计划大起底！

拍摄于于 2184 年 12 月 29 日。制作纪录

阿尔－吉拉尼：现在我们来谈谈仙女座计划中最有问题的人事任命：亚利克：莱德。观众朋友们可能还记得这个名字，他曾是好几家媒体的报道焦点。

特效：镜头切到档案片段：制服照片，更年轻的莱德，自豪的微笑，N7 徽章。

阿尔－吉拉尼：2148 年，亚利克 · 莱德和乔恩 · 格里瑟姆一起参加了著名的卡戎行动。当时年仅十八岁的莱德帮助破译了能够可靠激活中继的信号序列。这预示着他不同寻常的职业生涯。大多数完成 N7 课程的人都成了职业军人。

然而，莱德追求的是一种更险恶的兴趣。他因此毫不光彩地被星联军方开除，案件并没有公开审理，根据《军事安全法》的要求，此案的卷宗要到 2195 年才能解禁。离开军队的莱德结果却立即被仙女座开拓团雇用。他的工作到底是什么呢？传言说他过去与黑社会联系甚密，并曾涉及被禁的技术。

另一个关键问题仍然没有得到解答：亚利克 · 莱德现在从事这些未经授权的、有潜在危险实验，到底是替谁卖命？

第七章

闹钟铃声太轻柔了，所以亚利克·莱德从来不用。他离开军队太久，生物钟已经完全紊乱了。这些天他累了就睡，该醒时就醒。他经常睡在实验室里，尽管他一直想努力改掉这个坏习惯。埃琳以前就不喜欢他这样。

“来吧，亚利克，”她总是这么说，“爱因斯坦都每天洗澡。”

“脏污能锻炼意志。”而他会这样回答。他并没有真的放弃洗澡，只是有时候他需要一点儿激励才能放下手头的工作，专注于日常生活。比起考虑世俗琐事或正在逼近的未来，把自己沉浸在工作中要容易得多。

想到她已不在身旁为自己遮风挡雨，莱德的心阵阵抽痛。

* * *

“探路者。”萨姆的声音在耳边响起。亚利克完全醒了，从枕头上抬起头，眨着眼睛。闹钟铃声变成了提示“立刻起床”的嗡嗡声，这意味着他已经睡过了“慢慢醒来”的轻柔咕噜和“行了，别再打盹儿了”的叮叮声。萨姆可以用电化学脉冲强行把他叫醒，但“探路者”一个词儿就管用了，足以说明亚利克有多看重那个项目。

“怎么了？”他掀开被子，揉着脸坐起来。

“科拉·哈珀给您发来一条消息。”

“文本吗？”

“是音频，先生。没有全息影像。”

亚利克点头示意开始回放。哈珀的声音听起来和他一样疲惫，而且还很生气。她的措辞简短，语调十分平淡。“梅诺里斯已经被处理了。代码包又转手了，正朝特拉弗斯空间方向移动。有人非常想传播这项技术，莱德。也许你可以调查一下。”然后是一声疲倦的叹息。“一旦我追踪到了，就给你发送带有位置的加密信号。哈珀汇报完毕。”

好吧，细节少得令人沮丧。亚利克皱着眉站起来，走进住处的浴室冲澡。“‘处理’听起来很不妙。”

“伊加拉·梅诺里斯死了，”萨姆回答，“不过不是哈珀中尉亲手杀死的。杀死她的刺客拿走了内核的拷贝。”

难怪哈珀在生气。但她说了别的什么，一些令亚利克蹙眉的话。他走到喷头下，边洗澡边思考。他不喜欢自己的思路，不过哈珀的判断是对的，这么多巧合意味着敌人别有用心，而非己方运气不好。

“有那么糟糕吗？”萨姆平静地问。和往常一样，AI对亚利克的生化和神经冲动的微小波动十分敏感。这离读心术还差得很远，但在解读这个名为“亚利克·莱德”的数据集这方面，萨姆做得越来越好了。“如果外面有另一个我，或者三个、三百个？”

“特指你，还是广义上的AI？”亚利克关注人工智能和原人工智能的自发发展已经有好几年了。他敢肯定，外面还有别的东西——比如不久前月球上出现的那个，尽管它已经被摧毁了。“要知道，即便是从你的代码库中开发出来的 AI 也不是你，萨姆。问题是，你这种类型的 AI 太复杂了，复杂到令预测模型或模拟难以把握。我敢在你身上放手一试，是因为我坚信自己的判断——生物智能和人工智能的共生融合是成功共存的关键。但是，如果张三李四或者长毛外星人都开始修改你的代码，在受控条件下顺利运转的东西可能会变得一团糟。”

“我没有消灭有机生命的冲动，”萨姆热心地补充道，“至少目前没有。”

亚利克忍住了笑意，但他知道萨姆无论如何都会监测到。“那挺好的。但人类也是这道方程里不可预测的一部分，萨姆。如果其他人用你的内核生成了一个新的 AI，但却忘记教它一些重要的东西，比如‘不要搞出世界末日’，那会有什么后果？如果我出了什么事，而你转到下一个探路者脑中——”他一直希望那个人是哈珀，“而那人是个浑蛋，又会有什么后果？”

“回答您的第一个问题，”萨姆说道，“我会帮助您对抗任何敌对的 AI。至于您的第二个问题，我不认为哈珀中尉是个浑蛋。”萨姆顿了顿，亚利克几乎能感觉到他在仔细琢磨着这句话。“‘浑蛋’，多奇怪的称呼人的方式啊。”

亚利克咳嗽了一声。“她，呃，她不是浑蛋。我只是觉得她不太喜欢我。”这大概说明她看人的眼光不错。他必须更加努力，别让自己成为一个浑蛋。“总之，我们在这个星系里待不了多长时间了。如果一个有敌意的 AI 出现在这里，你也帮不上忙。我们谁也帮不上忙。”希望到了仙女座，他们不需要萨姆来保护他们免受当地敌对 AI 的攻击。

“那么，或许我可以培养一位继任者留在这里，并教会它提防没得到正确训练的 AI。”

亚利克皱了皱眉头，关上淋浴，用毛巾擦干身体。“你以前从来没有表现出对繁殖的兴趣。”

“聪明人都不愿形单影只。”萨姆回答。

“你并不是孤独一人。每个探路者团队的领导都安装了萨姆。”

“他们跟我不一样。”

这是实话。其他的萨姆比较……受限，至少与莱德的个人萨姆相比是这样。开拓团坚持要这样做，他也同意了，以便有机会完成最后阶段的开发。他遵守了诺言。他为仙女座计划生产的萨姆单元正是他们所要求的：在有机体平台上运行的智能适应软件，可以随意增强和扩充。

而莱德的AI是供他个人使用的，而且他将按自己的意愿开发这款软件——达到萨姆能力的极限。开拓团不知道这件事，也没必要知道。

“在开始讨论继任事宜之前，我们先来看看能否把你变得更完美。”亚利克说，“凡事都有个先后顺序。”

* * *

亚利克刮完胡子开始穿衣服的时候，萨姆说：“哈珀中尉想知道，与她更密切地融合之后，萨姆-E有什么感觉。”

问这种问题……真见鬼。“那萨姆-E有什么感觉？”他尽量维持平淡语气，尽管知道这是徒劳。

“萨姆-E表示被问到这个问题很荣幸，但您声音中的紧张和心率波动表明，您对她这样问感到不快。”

“别得寸进尺了，萨姆。你还有工作要做——一份重要的、成败攸关的工作。有时候，完成工作意味着毫无疑问地服从命令，不管你是否理解或同意。”

虽然嘴上义正词严，亚利克仍觉得自己是个彻头彻尾的伪君子。

毕竟他自己不就很不喜欢服从命令，尤其讨厌毫无疑问地服从命令吗？这就是因果报应，他烦躁地想，我以前给上级制造过多少麻烦，现在都报应到了自己身上。这是一样的道理。那些上级指挥官错误地要求一个善于创新的人墨守成规，而现在亚利克期待 AI 毫无疑问地服从，他可能也是错误的。

“当然，在危急情况下，我会优先考虑保护有机同伴的生命，”萨姆说道，听起来若有所思，“但正如您所说，那只是偶尔发生的情况。”

“不管什么时候，我让你救人你就得照办。”亚利克坚定地说，“不过，你会越来越理解我的思维，最终目标是，你学会判断什么东西对我、对一般有机体来说是重要的。但在此之前——”

“我明白了，”萨姆说，“您当然是对的，亚利克。我会修改我的响应矩阵以满足您的这一要求。”

亚利克抑制住了叹息的冲动，尽管萨姆无论如何都会察觉到。他真的需要和哈珀中尉谈一谈，谈谈她给 AI 灌输的想法。

但眼前他们有一个更大的问题。

有人非常想传播这项技术，莱德。

亚利克离开公寓，沿着走廊前行，尽量不让下巴绷紧或露出愤怒的神色。忒亚空间站的拱形大厅里一如既往地挤满了人，和往常一样嘈杂，回荡着脚步声、喃喃地谈话声以及有人撞到别人时响亮的道歉声。莱德永远也不会明白为什么古代的奎利人要把空间站建造成这样，这种建筑结构会放大而不是减弱声音。也许他们不想在寒冷黑暗的太空中感到孤独，但被困在一个像异能球体育馆似的空间站里就舒服了吗？

“哇哦。我知道你这是什么表情。”因为周围噪声太大，他没听到老魏的脚步，只感觉到他靠了过来。

见鬼，又被调侃了。亚利克故意淡淡地问：“什么表情？”

“就像有人把你惹毛了。还有，你骗人的水平太差了。”魏武登博士不是个爱出风头的人，虽然身为华裔－尼日利亚裔混血，但他身高有一米九八，十分惹眼。为此他进行了大量的练习，在吸引目光的同时使人尽快把目光移开。他做得很好，一边走，一边对认识的人微笑、茫然地点头，同时还低声对亚利克嘀咕。

“这次你发的什么火？官僚的荒唐，蠢人的低效，还是你的孩子们又怎么了？”

亚利克叹了口气，压低了声音，尽管走路时没有人注意他们。“那两个‘孩子’早就不是孩子了，我也好几个月没抱怨过他们了。”主要是因为他已经好几个月没见到他们了。“而官僚和蠢人是不可避免的。”

“咆哮了这么多年，你终于接受现实了吗？看来奇迹确实会发生。”魏武登停下来向手下的系统技术人员玛格莱布挥手。玛格莱布也冲他笑了笑，却对亚利克怒目而视，转身走了。一旦他们抵达仙女座，老魏就会成为适应性技术的负责人——负责所有的穹顶、居住区、质量效应场，以及在一个可能充满敌意的世界中建立人类殖民地会需要的其他东西。

然而，在他们发现那个世界之前，魏武登主要负责网络安全，根据需要协助开拓团的核心团队。严格说来这不是他的工作，但在实际操作中，开拓团的关键人员更多地以协作一致的方式工作。亚利克……不擅长合作，所以开拓团的某些成员——比如驱动核心技术总监玛格莱布——永远不会给他好脸色。

“那我再猜一次。”魏武登继续说，“你的脸上有那种特别的、义愤填膺的表情，只有当你觉得有人碰了你的玩具时，你才会有这种表情。萨洛米又改动语言试探法，让萨姆像猪一样哼哼了？老天啊，如果我还得再听那个女人拿‘午餐肉’开玩笑的话，我就要——”

“不……不是这事情。”

魏武登还是不愿就此罢休。亚利克叹了口气，拐弯离开主走廊，朝一间应该没人占用也没被安装窃听器的房间走去——萨姆也查证了这一点。这是一间面积很小的会议室，不够高级项目主管开会用，可能是个人团队之间碰头用的。

关上门，隔绝了外面的噪音后，亚利克不知不觉地放松了。魏武登扬起眉毛，靠着椭圆形会议桌的边缘坐着，等着亚利克继续解释。

亚利克唉声叹气，伸手捋头发，开始踱步。他生气时总是踱步。“还记得高尔对萨姆有多感兴趣吗？我是说在那件事之前。”

在上军事法庭之前，在亚利克因违反道德准则而被星联军队开除之前，他为了研发萨姆不惜一切代价。为了能使整合型AI付诸实践，亚利克曾向一些人寻求帮助，阿妮塔·高尔——在唐纳尔·乌迪纳之前担任驻神堡大使的女人——就是其中之一。高尔一直小心翼翼，疑神疑鬼……最终剥夺了亚利克继续研究的权利。

她可把亚利克坑惨了。

“我当然记得。”魏武登端起双臂，“你当时用军事加密线路给我打了一个小时的电话，一直在咆哮。可是高尔现在已经退下来了。你为什么提起她？”

“她知道萨姆的潜力。我确定这一点，因为我曾试着说服她。”亚利克用手指轻敲嘴唇，“她的助手当时也在房间里，天知道高尔向谁报告了这件事，尤其是半途把我抛弃之后，她还可以捞点儿便宜的政绩。”

“这我知道，但是为什么——”魏武登突然眨了眨眼，“哦。哦——是关于失窃的事情。”

“就是那次失窃。”亚利克咬牙切齿地踱步，回忆起那天他走进实验室，发现自己的终端有一半都坏了，所有的摄像头和传感器阵列都在原地打转。直到后来他才意识到，这次袭击不是哪家企业的蓄意破坏，而是一场精心策划的打砸抢。

或者比打砸抢更复杂。“我不知道那是不是单纯的失窃，”他承认，“我已经不那么认为了。”

魏武登沉默了好一会儿。当亚利克停下脚步凝视他时，发现对方的表情变得难看了起来。显然，魏武登也意识到了。“相似的动机并不能代表这是同一批人干的。”

“我觉得就是同一批人，迄今而至他们已经干了三次了。”失窃之后内核出现在远方之家号上；佣兵伊加拉·梅诺里斯被指派抢走拷贝；当梅诺利斯又想欺骗雇主的时候，她手头的拷贝再次被人抢走。亚利克深吸了一口气，打起精神来。他从不善于寻求帮助。“如果我没猜错，你应该知道我面对的是什么。”

魏武登哼了一声，站起身来。“我只知道你的敌人面对的是什么——你和你那只长得太大的合成宠物。我为他们难过。我会帮你的。”他皱起眉，“如果我们连自己人都不能相信的话……麻烦大了，亚利克。”

为了掩饰找到盟友后的如释重负，亚利克转身朝会议室的门走去。他还得进行另一轮电磁风暴模拟。“老魏，不要把参与这个项目的每个人都看作‘自己人’。除了我们自己，不能相信任何人。无论如何，没有谁聪明到能够搞定另一个星系。”

“这就是我爱你的地方，亚利克，你的谦逊和风度。”轮到魏武登叹气了。亚利克打开门，回头瞥了他一眼，看见同事揉着眼睛，露出疲倦而沮丧的神情。“还有，你从不抛给我小问题，一来就是个大的。”

2184 年 6 月 1 日

仙女座计划招募广告，预期标题：

一个崭新的未来在等待

内罗毕中央广告公司拍摄记录

[星系地图的特写镜头。应该能一眼看出这个星系不是我们熟悉的银河系。放大那个象限，镜头拉远，显示一个戴盔披甲的身影正在研究地图。（导演注：我们能找一个长得像谢波德的演员吗？会有人起诉我们吗？）]

旁白：这个星团就是我们的目标地点。估算的最佳情况是，这一地区应该有六个以上可供居住或易于改造的花园世界。条件适宜——恒星都在主序带上，行星的大气成分正是我们所需要的。你还在等什么？只是一片未知之地而已。

[身影转向摄影机，拔出手枪，走向镜头。]让我们去征服它们吧。

第八章

不太对劲。

他们已经到达帕米亚特星系，这里应该什么也没有。好吧，有海盗、岩石和夜间采矿作业船，也许还有海盗、岩石、作业船碰撞产生的残骸。但除此之外，应该没有其他东西。

人人都知道位于查佐夫小行星带的沃尔科夫，它的体积比一般小行星大，又比一般矮行星小。这是一个致命的蜜罐——资源丰富，但几乎持续不断地、无法预测地遭受小行星撞击，在上面采矿甚至参观都是危险的。查佐夫带上的大多数小行星都是这样，不值得冒险，也正因此，从来没有人费心与海盗争夺帕米亚特星系的控制权。

科拉记得她小时候曾来过一次帕米亚特。当时他们需要用探测采矿法迅速获得数千磅的铂。考虑到海盗的威胁，数小时的旅程全程都很紧张，但她父母下对了赌注，海盗们不会对一艘伤痕累累、破破烂烂的货船感兴趣。

那一趟他们毫发无伤。

现在，穿梭机的传感器并没有发现海盗出没。旧的居住地空无一人，非法采矿的痕迹已是一年多之前的了。古老的旅游陷阱还在——巨大的“**这里什么也没有**”潦草地蚀刻在第三颗行星的地表上，这行字足有二百千米长，是一些生气的矿工搞出来的，但不知怎的，字迹比科拉记忆中的要模糊。仿佛有人想把它们涂抹掉？也许吧。

这感觉很微妙，只有土生土长的特拉弗斯人会察觉到……整个星系像是被人或什么东西仔仔细细搜查了一遍，比法证部门对特别任务队间谍行动的搜查还要彻底。

萨姆－E通过有线广播说道：“穿梭机的传感器没有检测到通信信号、异常的热信号或其他信号。”科拉觉得AI似乎在用一种肃静的语调说话，而这正是科拉此刻的感受，比她小时候那次要强烈得多。她必须蹑手蹑脚地穿过这片不自然的、寂静空旷的空间。仿佛附近潜伏着怪物，如果他们说话太大声，它就会听到。

萨姆－E继续说：“公开记录显示，总部位于第二颗行星上的小公司阿尔泰矿业目前处于破产管理状态。显然，他们输掉了最后一笔零号元素精炼合同竞标。人员要么下岗，要么调往其他星系。工厂已经关停，只有维修和资产防御无人机在；最后一名工作人员几个月前离开了。传感器甚至无法探测到发动机辐射——这是海盗船的典型特征，由不定期或不恰当维修导致——整个星系的每个角落都没有。”

但是之前在赫卡特星系，冥王纽带中继站的记录清楚地显示窃贼的飞船朝帕米亚特方向启动了超光速飞行。这条轨迹上没有其他值得检查的东西——没有哪颗行星正转到这儿，没有空间站，没有其他飞船，只有星系之间的尘埃。帕米亚特星系里也什么都没有，不过那艘飞船可能只是利用超光速到达这个星系，然后使用推进器继续航行。

但在这个奇怪的空空如也的星系中，它能航行到哪里去呢？

“好像所有海盗都离开了，”科拉自言自语，“一定是有人袭击了他们，把他们赶走了。为什么？他们没有任何值得抢的东西；这正是他们当海盗的原因。海盗也只是勉强维持生计而已。这里什么都没有。”她紧抓着控制台，眉头紧蹙。“我记得这里是什么样子，当时我还是个孩子。热成像地图上到处都是引擎信号，偷偷潜入就像穿越雷区。这里通常有数百起海盗活动。你知道要在这样一个星系中彻底清除海盗有多困难吗？就像用镊子夹狗身上的跳蚤一样。”

“您有没有可能不小心记错了？”萨姆 -E 说这番话时异常小心，他可能对其他有机生物说过类似于的话，结果发现人们不喜欢自己的记忆受到质疑。科拉下意识地想要反驳，但她压下了那种冲动，仔细考虑 AI 的问题。上次来这里时她还是个孩子。但是……

她说：“查佐夫带有一颗小行星，形状像是长了猫耳朵。你能扫描一下吗？”

萨姆 -E 逼真地模仿科拉急匆匆的语气：“猫耳朵。”

科拉只觉得面颊发热。“我爸以前常常给我读一些关于猫的故事。我有点儿着迷。我当时才八岁，好吗。一些孩子痴迷恐龙或马，而我痴迷猫。”

有那么一小会儿，萨姆 -E 什么也没说。然后，他非常平静地接话：“我倒是非常欣赏筑巢的昆虫。”

科拉眨眨眼。“好吧……”

“蜜蜂、蚂蚁、社会性胡蜂、苏凯什的巢蜻蜓、雷克耐——”

“雷克耐？”

“他们非常有效率。”

科拉强迫自己慢慢地数到五，否则她会忍不住捧腹大笑，而且可能停不下来。“好吧。也许你不应该告诉任何人你崇拜最后一个试图在全银河系范围内灭绝多物种的物种。”

“那会引发有机生物的忧虑，我理解。哈珀中尉，我找到了那颗长猫耳朵的小行星。”片刻之后，穿梭机的全息显示器亮了起来，显示出一颗缓慢翻滚的小行星，笨拙而不规则，但当它翻滚到合适的角度时，看上去确实像一个猫脑袋，耳朵警觉地向前竖起。

“就是它！”科拉露出老友重逢一般的笑容。

“有趣。您这个物种的模式匹配习惯非常像一个初级的机器学习程序——”

“唔……这是夸我吗？”科拉不知道这只是 AI 的一种观察，还是有什么别的意思。她做了个深呼吸，直起身来。虽然不祥的预感不会随着玩笑而消失，但这种不安能让她保持警觉。“言归正传。我准备缓慢地穿过这个星系，让热信号尽量小一点儿。请规划一条从小行星和行星之间穿过的路线，这样我们就可以用它们作掩护。扫描范围设置到最宽。”

“收到，中尉。需要扫描什么？”

“任何异常。”通过前观察窗可以看到的东西不多。恒星比太阳略红；只有一个小行星带；四颗行星，没有一颗适合居住。那个稍大一点儿的球体可能是第三颗行星帕特萨耶夫。“只要找不该出现在这里的东西就行了。”

她已经做好准备回答萨姆 -E 的反驳性提问，但她忘了，萨姆 -E 有足够的灵活性，可以按照这样含糊不清的指示运行。

“没问题，中尉。”

它偶尔确实像一个辅助 AI，但更像一个和气的同事。

在萨姆 -E 的指导下，科拉将穿梭机提升到中等速度，几秒钟后切断推进器，只靠惯性漂移。这样没有人会发现他们，除非专门扫描这一区域，因为没有动力的穿梭机几乎不释放热量。主动传感器阵列可能会稍微提高暴露的概率，科拉调出了控制显示器以便观看。萨姆－E在这方面也很小心，只有在穿过帕特萨耶夫的辐射带，或是恒星喷出短暂的恒星风时，才借机发出扫描波。

他们慢慢靠近小行星带，科拉只能通过观察导航显示器来判断。在星系的这一区域，小行星分布得稀稀拉拉，不管何时只能在观察窗中看到一两颗。萨姆－E指示她再次短暂地启动推进器，好让穿梭机慢慢旋转起来。望向观察窗时科拉失去了方向感，但当她查看显示器时，惊喜地发现穿梭机看起来就像一颗在沿着轨道缓缓翻滚的小行星，尽管他们的轨道异常笔直。

"这主意不错。"她夸赞说。

"我确实动脑筋了，中尉。"

就在这时，导航显示器上出现了一个光点。科拉深吸一口气，靠上前去，查阅在光点附近滚动的数据。是附近的一颗小行星，它的极地表面有一个温暖的点。"温暖"只是相对于毫无热量的真空而言，其实那个点上只是稍微没那么冷罢了。即便如此，这也是个重要线索。萨姆－E的数据显示，质量效应包膜曾短暂地与这颗小行星在该点接触，在效应场偏转以躲避碰撞时，摩擦产生了那一丝热量。

"还有更多。"AI说道，将导航画面缩小到显示整个星系。还有两个光点在显示器上闪烁，这几个点就分布在一条平缓的曲线附近，萨姆－E用实线把几个点连了起来。"我们跟踪的那艘飞船一直在查佐夫带附近飞行，也许是为了隐蔽。我们有这颗小行星的温度数据，考虑到它已经在真空中冷却了几个小时，我们可以做一些推算。红外扫描显示出的这些点是就飞船与小行星或尘埃的额外撞击处。

科拉靠过来，眯起眼睛。“刺客的穿梭机好像瞄准了小行星带上的什么东西。”

“这是一个合理的假设。”萨姆 - E 暂停了实时导航显示，转而慢速显示帕米亚特星系各区域天体的公转和自转情况。显示画面回放了一两秒，小行星们开始反方向运转，然后画面定格了。“这就是那艘飞船通过查佐夫带时的整个星系的样子。”然后，萨姆 - E 延长了刚才画出的航线，线路与一颗较大的小行星相交，而且那颗小行星上出现了光点。“只有穿梭机的传感器能用，我不敢保证准确性，但是……”

“已经很不错了。”科拉触碰光点，快速浏览一行行的数据，“‘宁静涡流’？”

“是的。最先为帕米亚特绘制星图的是一艘哈纳人的货运飞船，那是在 1879 年。当时货船受损，没有能力在这里植入标志合法所有权的标记物；而星联在 2156 年做到了这一点。不过那艘哈纳货船确实降落在了这颗小行星上，以便进行维修。他们在这里停留了一个月，船上的哈纳人给这个临时避难所起名叫‘宁静涡流’，神堡议会承认了这个名字。”

宁静涡流是查佐夫带中体积最大的小行星之一，大到呈现出规则的球形，所以官方已将之认定为矮行星。不过它终究只是一大块岩石而已，没有大气层，地表和太空里一样寒冷，几乎没有珍贵的矿物，还布满了撞击留下的环形山。这里实在没什么特别的……但萨姆 - E 绘制的轨迹线径直指向宁静涡流南半球的某个区域，那个位置靠近一道山脊，可能是一个古老陨石坑的边缘。

科拉启动推进器，推动他们的穿梭机沿着同一条发光的轨迹飞行。在山脊附近，她终于发现了期待已久的东西：一个矩形的机库开口，被昏暗的蓝色着陆灯包围着。

“你好啊，找到你了。”她满意地低声说道。

然后她看了看传感器上的读数，皱起眉头。“不可能啊，穿梭机的扫描仪什么也没探测到。要么我的眼睛出问题了，要么就是扫描仪出问题了。”

“我可以确认您的眼睛是正常的，中尉。”萨姆－E说，“系统通讯浮标和其他传感器也显示那里什么都没有。”

“可是我正看着那个机库呢。”她眯起眼睛，视线沿着山脊移动，接着她又发现粗糙的地表上有两处人工痕迹。“还有传感器阵列，不过我不知道是哪种。这颗小行星有地下设施。”

“使用隐形斗篷或其他隐形技术的设备，标准传感器是侦测不到的，不过肉眼可见。”它停顿了一会儿，“我写了一个脚本来调整穿梭机的传感器。现在可以侦测到机库了，虽然只是在热光谱上。”

隐形技术。听起来不太妙。“非法采矿的人用不起隐形技术，而海盗懒得用。”她环顾四周。“也没有身份标识。不知道这个基地是不是星联管辖的。”

“中尉，我猜这里要么是一个秘密的私人研究机构，要么是某个政府的军事情报机构。”

这正是科拉担心的。

“是个黑机构。”她叹了口气，“不过我们正在追捕刺客，如果我们找到了此人的秘密老巢，为什么还没有武装分子把我们团团围住呢？我们没有隐形技术。任何像样的中距离探测系统都应该能发现我们。”

“确实。”连萨姆－E也有些困惑，“那些传感器阵列不移动，也不发出热辐射。我认为它们已经离线了。”

越来越古怪了。一时冲动，科拉说：“我们飞进去。”

“中尉，如果您启动推进器着陆，我们就没有伪装了——”

“我现在就启动，看看会发生什么。”

“这不是明智的做法。”

科拉摇了摇头，她不知道萨姆－E 能否察觉到这个动作。也许他可以通过增幅器读出她的肌肉抽搐或神经冲动。“反正我们也得启动推进器，否则就要撞上。任何一艘装有良好驱动核心的飞船都能在我们返回中继站之前瞬间抓住我们。但如果他们想唱空城计，那就让他们知道我们已经看穿了。直接上前敲门。”

“很好，哈珀中尉。”

科拉几乎可以想象 AI 大摇其头的样子。

萨姆－E 指导她重新启动引擎并开始着陆程序。他们远远地画出一道缓慢而倾斜的弧线，给了地面足够长的反应时间，让他们至少关停安保防御措施。科拉已做好应对通讯器突然响起的心理准备，她正在想如果对方询问身份，自己该编些什么故事。

通讯器始终保持沉默。

他们进入了基地的质量效应包膜，没有警报。穿梭机滑过巨大的机库入口时，还是没有警报。不过机库的灯也没有亮起。入口太黑了，片刻之后，萨姆－E 启动了穿梭机的外部灯光和探照灯，寻找开放的着陆平台。科拉皱了皱眉头，看着探照灯的圆形光柱扫过机库地面，掠过一堆堆板条箱、危险标志和一个像是短程战斗机发射器的东西。然后——

“等一下！”她屏住呼吸，向前探了探身，“探照灯往回打一点儿！”

萨姆－E 令穿梭机悬停，缓缓调整灯光的照射位置。

“停！”科拉说。光柱不再移动。

明亮的圆圈中心是一具尸体。

“死者是人类。”萨姆－E 分析了传感器数据后，轻声说出了结论。科拉低头盯着那具尸体，用肉眼确认数据的真实性。“男性，大约二十岁。根据温度推算，死亡时间约在二十二小时之前。死者穿着星联海军陆战队制服……由于死时俯卧，无法扫描军衔标记或身份吊牌。直接死因是头部和身体多处受到钝器击打。他可以经受住其中的任何一次打击，但无法经受多次。没有得到医治。”

科拉喉头发紧。她对战场上的恐怖场景并不陌生，但这场面……她也庆幸有萨姆－E的分析结果，因为仅凭肉眼她无法确定那是一具人类尸体。她只能大概看出那是两足生物，身体不自然地扭曲——还有一个血迹斑斑、被砸扁的脑袋。*才二十岁*。她微微摇头，试着集中精神。

“所以有人把他打死了。”

“人或者东西。挫伤深度表明每一击的力量平均为两千磅。人类没有这么大的力量。”

“植入物呢？高端的骨组织或肌肉网——”

“有可能。一些非人类种族也拥有这个级别的自然力量。其他可能的凶手包括阿特拉斯级机甲和重型装备。也许是意外事故。”萨姆－E暂停片刻，“噢。对机库的热成像显示这里还有其他尸体。至少有十几个正在逐渐减弱的热信号。”

那就不可能是意外事故了。可即便海盗也不会这样做——突袭某个基地，只留下黑暗和尸体。如果是海盗干的，他们应该还在这里，在他人的生命维持系统里享受假期，吃他人的食物，用他人的信用点在外联网上买东西。即便他们已经走了，也会把自己的名字喷在墙上，或许还会触发失事信标，以便更好地夸耀他们的胜利。

还有科拉没看到的场面。她正下方的尸体似乎没拿手枪，甚至身上连枪套都没有。没有盔甲，没有头盔。根据应对海盗袭击的标准程序，即使是不当班的人员也要武装好。这个死去的男孩是在一个本应安全的地方被人突然袭击的。这说明他们受到了盟友或内部人员的攻击，而不是外来的入侵势力。

科拉无话可说，萨姆－E 也一言不发地把聚光灯从尸体上移开，重归穿梭机的前进路线，继续寻找可用的着陆平台。大多数停机坪上都停放着穿梭机，摆着板条箱和各种设备，但东西大多已被砸碎，四处散落。最后萨姆－E 找到了一个可用的着陆平台，上面的板条箱已经被打掉了，留下了一个空的停机坪。按照 AI 指令的顺序，科拉安全降落。

“自动充能设备似乎还在正常运转。”萨姆－E 平静地说。穿梭机开始给电池充电，发出微弱的嗡嗡声。“根据传感器数据，应急生命维持系统和人工重力系统也都正常。”

“把穿梭机提前准备好，需要的时候方便我们尽快离开。”科拉转过身来，拿起头盔，检查密封条是否完好。

“中尉，现在出舱似乎不太明智。”

科拉摇摇头。有时她别无选择。“偷代码的刺客开的是哪一架穿梭机？”

“我会在您盔内的显示器上把它标记出来。不过目标穿梭机的舱门是打开的，似乎所有乘员都离开了。”

“还是可以查到蛛丝马迹的。”科拉的头盔发出了密封良好的信号，盔甲也没问题。她检查了手枪是否有损坏的迹象，又换上新的散热器。一切就绪。沙莉萨·瑟里斯曾经说过，任何一个想活到主母期的阿莎丽少女都会好好检查装备，而科拉一直没找到什么好理由来无视这条建议。她也许活不到一千岁，但她想活到一百岁。“我需要访问这个机库的传感器，它们会比穿梭机上现有传感器的检测范围更广。也许我还可以找到一台终端，接入这里的网络。”

“稍等。”萨姆－E 过于简洁的话语让科拉紧张起来。“宁静涡流的 VI 主动联系了我们的穿梭机。”

一秒钟过去了，又一秒钟过去了。科拉开始觉得皮肤刺痛。“是吗？然后呢？它说什么？”

“没什么。它不是用语言交流，准确地说是——唔……”

科拉皱起了眉头问道：“到底怎么了？”

“我跟您说过，我不是为网络战而设计的，但是……”穿梭机充电的嗡鸣声突然停止了。“机库内的生命维持系统刚刚被切断了，中尉。自动充能设备也断电了。”

“被切断了？被谁？”

“VI 称自己为美狄亚。我认为——”萨姆－E 突然紧张地提高了嗓门，“我已经切断了这个 VI 进入穿梭机系统的访问通道。尝试访问将被视为敌对行为。”

“什么？”他们可能需要这个 VI 的帮助。“你搞什么呢，萨姆－E？”

“美狄亚试图访问的不仅仅是飞行和传感器数据，”萨姆－E 解释说，“它还想进入穿梭机的飞行控制系统。它一旦成功，就有可能控制穿梭机，把我们撞到机库墙上，或者做出更糟的举动。它还试图获取生物计量数据。关于您的数据，中尉。”

科拉一下子屏住了呼吸。“是啊，那可不太妙。”

“确实不妙。当我问它在做什么时，它没回答。”

非常不妙。“VI 故障。这地方所有的人可能都是被 VI 故障害死的。”这种情况并不多见，但并非前所未闻；复杂的软件并不总是按照它应有的方式工作。其实她怀疑自己父母的失踪就是 VI 故障导致的，他们旧货船上的 VI 并没有完全达到可使用标准……

现在不是考虑这个问题的时候。

“我不认为这是故障，中尉——或者至少不是典型故障。美狄亚的表现不像一个出故障的 VI。我相信我所感知到的是……意图，恶意。”

科拉正要打开穿梭机的舱门，听闻此言停了下来。“见鬼。这是另一个流氓 AI 吗？”

“我不知道，中尉。”萨姆 -E 语速飞快，“我所知道的是，这个 VI 仍在运转，它能感知我们，还试图接管穿梭机。您一旦离开穿梭机，就会走入由它控制的环境，外面那些传感器阵列就是它的眼睛和耳朵，它能侦测到您。就像您是我的感官感受器一样。”

科拉闭上了眼睛。

她即将进入的区域很可能是由一个嗜血的可怕 AI 控制的，而另一个可怕的 AI 就在她的脑袋里。不过，至少萨姆 -E 是帮着她的，但愿它的立场一直这么坚定。

“看来我支持您完成这个任务的努力失败了。”萨姆 -E 轻声说道，听起来很不高兴。科拉立即后悔了，自己不该那么揣度萨姆 -E。“您对我很失望。”

“不是，我——”科拉眨眨眼睛，“什么？你怎么知道的？”

“我是一个具有自适应性的人工智能，哈珀中尉。我生来就是为了与您整合在一起——补充您的长处，弥补您的弱点，令您比未整合的有机体更具优势。如果我不从精确到基因的方方面面来研究您、了解您，我就做不到这一点。”令科拉吃惊的是，AI 叹了一口气。“但我依旧无法很好地理解您，我已经失败了很多次。”

科拉皱起了眉头。VI 能解读生物识别反馈信息，以此为手段捕捉有机体的情绪，这并不罕见；人类制造具有这种功能的合成软硬件已经有将近二百年的历史了。不过萨姆 -E 所说的似乎不止这些。

他们没有时间讨论这个。科拉摇摇头。“如果我能挺过去，我们可以好好谈谈。”她说道，然后按下舱门开启控制键。“出发吧。”

她拔出手枪，急匆匆地冲下舷梯，躲在停机坪的一堵墙后，竖起耳朵仔细聆听。机库里像坟墓一样寂静无声。她多么想摘下头盔，依靠气味、声音和直觉，而不是设备和传感器。这一堆乱七八糟的事情使她无法理性地思考。但她并没有跟着感觉行事，因为萨姆－E 警告过她，本地系统存有敌意并控制着生命维持系统甚至机库大门。

思考片刻后，科拉开启了靴子上的磁性锁。这会让她的脚半粘在地板上，要花更多时间才能走到刺客的穿梭机旁边，但她真的不想一周之内被两次抛入太空。

根据头盔内的显示器指示，科拉终于走到了目标穿梭机的着陆平台。她没有直接上前，而是先蹲下身子躲在掩护物后面仔细观察。这到底是怎么回事？她用力眨眼睛，生怕自己看错了。

她忘了萨姆能听到她的默念。“您的判断是正确的，中尉。那架穿梭机出了大问题。我相信它是坠毁的，而不是正常着陆。”

穿梭机没有冒烟，但底部有烧焦的痕迹，就好像落地的时候推进器仍处于完全启动状态。这艘飞船有一种奇怪的不平衡感，科拉一开始说不清到底哪里不对劲，然后她注意到舷梯门没有完全关严。穿梭机的中轴断了，舱门错位。这使得科拉很容易发现底盘上的裂缝，裂缝从舱内地板一直延伸到穿梭机的顶部。

穿梭机中间微微凹陷，几乎断成了两半。

“是质量效应驱动核心失效了？”科拉问道。

“有可能。科迪亚克系列穿梭机不能仅靠推进器来支撑自身重量，所以它坠落了。”

“真走运啊，马上要到目的地的时候驱动核心才坏……”

“这不太可能是巧合，中尉。”

科拉叹了口气附和道：“是啊，我也这么想。”

科拉吃力地跑向穿梭机，从错位的舱门和门框之间的狭长空间向内凝视。穿梭机内部的应急灯亮着，里面似乎是空的。为防万一，科拉深吸一口气，在身周释放了一道异能屏障。然后她开始跟舱门的控制面板较劲。

舱门发出呻吟般的嘎吱声，伺服电动机大声抗议这种滥用。但门确实打开了，尽管角度尴尬，舷梯都是歪的。科拉迅速扫了一眼舱内，确认里面是空的，闪身进入。

现在她可以清楚地确认这艘飞船是坠毁的。裂纹贯穿了船体，而不仅仅是外壳。她可以通过地板上三英寸宽的缝隙看到着陆台上的条纹状警示标志。

“没有尸体。”她自言自语。这里如此安静，想要交谈和打破沉默的冲动几乎压倒了一切。“舱内没有挣扎和受伤的迹象。”她走到穿梭机的控制面板前，根据萨姆－E的指导激活万用仪，建立了一个软链接。“你能通过这个进入飞船的机载系统吗？”

“可以。请稍等。”片刻停顿之后，“这艘穿梭机是坠毁的，因为着陆程序进行到一半时，驱动核心收到了关机指令。VI美狄亚似乎成功对这架穿梭机做了它试图对我们做的事。”它的声音陡然变得尖锐。“顺便说一下，穿梭机的驱动核心出现了裂缝，向大气中排放了微量的零号元素。请您务必在有条件的时候执行三级净化流程。”

“收到。”这下可好了。

“我发现了其他信息。”萨姆－E继续说道，“杀害伊加拉·梅诺利斯的人似乎是上尉芙拉西娅·阿里奥基斯，编号6732－IC－1917，最近以机密身份被派往星联情报部门任职。这架穿梭机被临时登记在她名下。三个月前，我扫描并更新了关于星联的文件，当时她仍被列为现役军人。这表明这个基地隶属于星联。”

“这个叫阿里奥基斯的奉命杀了一个阿莎丽雇用兵？”科拉吃惊地倒吸一口气，“就为了得到一个 AI 内核？这对星联有什么好处呢？”

“不知道。但穿梭机进入基地的通信范围之后，阿里奥基斯上尉就开始将偷来的代码包上传至该基地的网络。当穿梭机准备着陆时，代码已经不在飞船上了。”

“你在开玩笑吧？”科拉挥拳猛击穿梭机的控制面板，然后深吸了一口气，“很好。我得再去服务器上拿一次，就像在远方之家号上那样。有什么好主意吗？”

“没有，但是如果您能用软链接把我和机库外的终端连起来，我也许能访问基地的电路图或地图。”

“那么，下一步就是这个了。”

溜出机库的过程令科拉提心吊胆，因为她发现了更多的尸体，它们远离着陆平台，超出了应急灯的照射范围。她跌跌撞撞地被其中一具绊倒了。脚下的尸体血淋淋的，和她从穿梭机上看见的那个男孩一样，不过眼前这具穿着破碎的战斗盔甲。为了不再被绊倒，科拉冒险打开了头盔灯。她把光束调细，角度调低，只照亮前方几米的地面。

出机库的升降机依然有电，像是在邀请她进去。科拉可不想在一栋 VI 可能出了故障的建筑里坐电梯。她关掉靴子上的磁性锁，选择走最近的楼梯。她爬了六段台阶，终于发现了一扇门，上面用醒目的军用字体写着“管理处”。门锁断电了，但她设法推开了一条缝，刚好能让自己侧身进入。她一进来，门就立刻死死地关上了。只是恶劣环境下建筑设施的标准应急协议，但科拉依旧觉得这是个不祥的预兆。

这里的情况比机库里更糟。最惹眼的是更多的尸体：星联的军人，少数平民，还有一些实验人员。少数士兵有盔甲和武器，但大多数死者手无寸铁。这里也有更多的破坏痕迹：纸张散落一地；数据板被踩成了碎片；墙板被猛地拉开，露出了被烧毁的电缆；控制面板被砸得粉碎；完好的墙壁上也有凹痕和焦痕。

科拉小心翼翼地穿过走廊，脚下到处是破碎的咖啡杯和嘎吱作响的电线，她尽可能地通过头盔的扬声器仔细聆听，一感觉到有什么动静就紧张起来。那些动静多半是她的想象。这地方可怕的寂静和明显的危险气息使她的神经紧绷。其余的动静则是电线或纸在通风气流中摆动时发出的。

没有活物。没有敌人，也没有幸存者。这是最糟糕的。科拉接受过阿莎丽女猎手的训练，并与她们并肩作战；她不害怕危险。但没有目标的危险——只有威胁，没有战斗对象——让她十分烦躁。

“终端，终端。”她大声咕哝，然后赶紧闭嘴。不要在这里发出没必要的噪音。她小心翼翼地走进一间办公室，门板已掉下来了，门框旁贴着标牌：准尉。这房间几乎安然无恙，可能是因为原本在那儿办公的女人被从玻璃窗上的洞里拉出去一半。她的尸体还悬在玻璃窗上。袭击者没有必要进来杀她，也就不会弄乱房间的装饰。

科拉小心翼翼地坐在女人临死前坐的那张椅子上，把万用仪放在触感端口应该在的地方。“这里的非必要电力已经切断了。”

她的万用仪闪了一会儿，然后终端显示器出现了。“我在使用您盔甲里的电力，中尉，请原谅我。您的生命维持时间只会因此缩短几分钟。”萨姆 -E 说道。

“哦，‘只会’缩短几分钟啊。”科拉回答。

“您想说什么？”

“没什么。你能进入本地网络吗？”

“我已经进去了。我拿到了宁静涡流基地的地图……”片刻之后，空无一人的大厅里传来一声巨响，把科拉吓了一跳。不过紧接着，丑陋的黄橙色钠灯开始沿着地板边缘发光。“我发出了一个紧急信号。奇怪的是，这里的人似乎都没有这样做。这可以启动应急电力系统。”

“很好。现在我需要你——”

萨姆尖声打断了科拉的话：“我现在知道是什么杀死了这里的大多数人，中尉。请您立刻寻找掩护。”

科拉当即矮身躲到桌子后面，拿着手枪，默问道：“是什么？”

现在她自己也能听到了：缓慢、匀速、沉重的脚步声。是很重的东西。随着它逐渐走近，地板开始微微颤抖。越来越近了。就在办公室外面，就在玻璃窗的破洞附近。

那东西停了下来。科拉慢慢地数到三十。她一边数，一边尽量安静地挪动身子，一点一点从桌子后面探出头来看。

办公室外的走廊里站着一个……像是人类男性。其实科拉不能确定其性别，也不能确定对方是不是人。那东西足足有两三米高，身躯大得不可思议，二头肌有甜瓜那么大，三角肌也硕大无比，每一块都比它的头部大得多——那东西的脑袋几乎消失在群山般的肩膀之间。这具身体的各个部位都被重新塑造过了，就为了支撑那强壮到荒唐的上半身：突锐人一般的蜂腰，肌肉发达但瘦得令人不安的腿。它垂下的手臂不成比例且长得夸张，肘关节比髋关节还低，手在窗台下面，科拉看不见——如果她没猜错的话，手可能快垂到地板了。

它转过身来。怪物的脸把科拉吓坏了。如果它曾是人类的话，现在也显然不再是人类了。它的五官特征清楚地说明了这一点：鼻子、眼睛和耳朵都已经萎缩得几乎毫无用处了；嘴大张着，像风箱一样呼吸；珠子般的小圆眼睛亮闪闪的，但闪耀的绝对不是智慧之光……它看见了科拉。

它扑了过来。

第九章

那东西从窗户里钻进来时，玻璃碎了一地。科拉向后一跳，已拔出了重型手枪。怪物举起两个拳头砸在办公桌上，金属质地的桌板在那力量下仿佛纸糊的一般，被砸出两个洞。

科拉瞄准那东西的头开了两枪，其中一枪打中了。她看见那怪物向后退缩，又因前冲的惯性摇晃起来。它停了下来，眨着眼睛，科拉看到了它眉心那个整洁的黑色弹孔。它的脸上没有惊讶的表情，完全没有表情，好像它根本没有大脑一样。然后怪物摇摇头，又朝她扑来。

快！

科拉闪到一边，险些被那东西抓住。它从她身边呼啸而过，撞进墙里，但一眨眼就推开了那堵墙，又一次向她冲来。科拉再次开枪，希望能减缓怪物逼近的速度，同时朝现已通畅无阻的窗户跑去。如果那东西抓住了她，哪怕只打她一下——机库里那个死去士兵的模样从她脑海里闪过。*这不是我想要的死法*，她觉得不寒而栗，随即将全部精力集中在求生上。

虽然科拉开枪很匆忙，但这一次她两枪都打中了。怪物个头太大了，想打偏也难。第一枪正好击中了胸部中央，像是幸运而完美的一枪，只是那东西似乎完全没有感觉到冲击力。第二颗枪击中了胫骨，确实减慢了它的速度。那东西张大嘴，单膝跪地，捂着腿。科拉跳上窗台，双手合握，聚精会神。片刻之后怪物又站了起来——它的身上并未出现血迹，裤子上有一处焦痕，胸部裸露的皮肤上则只有一个凹坑。这时科拉已经准备好了，扔出一个蕴含破坏性能量的光球。

科拉使用质量扭曲术的速度总是很慢。妮西拉建议她暂时不要在实战中使用，她仍需要多加练习，以缩短她和目标之间的质量效应廊，从而加快攻击速度。不过在这里，她和怪物之间的距离已经不能再近了，足以抵消她攻速太慢的缺点——更妙的是，怪物直直朝她扑来，直接冲进了光球里。

那一瞬间，感觉就像在看一场无坚不摧之力与金刚不坏之身之间的较量。怪物完全停了下来，张开双臂，暗能量冲击着它异常厚实的皮肤。科拉屏住呼吸。要是这都不管用的话——然而怪物的嘴再次张开，发出无声的吼叫。它归根结底还是血肉之躯，无法对抗一千个快速移动的质量效应场。没有护盾，这场比赛的结局是注定的。

只是……过程混乱不堪。

那东西终于砰的一声倒在地板上，科拉低头盯着它，肾上腺素的激增让她喘不过气来。萨姆 -E 平静地说："我很高兴您还活着，中尉。"

科拉咽了一口唾沫。"是啊。你和我都还活着，萨姆 -E。"她倾身向前想查看一番，最后一刻决定还是先用万用仪扫描一下。"你能搞明白这玩意儿是怎么回事吗？"

"没有医学扫描数据，我只能确认它是有机与合成材料的结合体，"

萨姆－E说道，“有机材料似乎来自人类，很可能是男性。然而，正如您所看到的，它已经被大幅度地……调整过了，我猜是通过刺激，甚至改变了DNA。肌肉组织重新分布，密度增加；骨密度和皮肤抗拉性也增强了；但是大脑的体积缩小了，只有正常的一半左右。医学扫描可以证实这一点，现在简单的成像扫描表明，边缘系统和前额叶皮质已经萎缩了。这两个区域分别控制着情绪和人格。”

“所以它并没有思维。”科拉喃喃地说。

“并非如此，中尉。我发现大脑的损伤区域之外有大量的神经机械内含物。”科拉的盔内显示器画面叠加到了尸体上，现在她可以在怪物的小脑壳里看到一个发光的影子大脑。乍一看，应该存在的东西已经所剩无几了，但随后一簇簇蛛网般的线条和节点覆盖了脑部影像。科拉知道萨姆－E只是在强调内含物的位置，但它们发出邪恶的红光，这对平复她紧张的神经没有多大帮助。

“那些就是神经机械？它们看起来像是……有机的。”科拉靠得更近了，好像这样可以帮助她理解似的。她不知道神经机械学和其他技术有什么区别，但这些东西看起来有点儿像……真菌。诡异的高科技晶体在这个生物的大脑上伸展、分叉、打结，好像是生长出来的，而不是安装上去的。“它们是干什么用的？”

“不知道。但通过视网膜扫描，我可以确认这个‘人’没有任何档案信息。它很可能是被造出来的，而不是后来改造成这样的。”

科拉不喜欢这话里的意味。“你是说……它是培养出来的？比如说养在试管里？”

“目前尚不清楚它是如何被制造出来的，但这个比喻也并非完全不对。”

“远方之家号也在搞神经机械……但没有这么危险。”科拉讨厌猜谜游戏，而这幅拼图里仍然缺少一些碎片。这更令她恼火。“这两个地方有什么联系？”

“不确定。”萨姆－E的声音听起来有些心不在焉。“然而这两个地方似乎都想创造一种由AI操控的增强型士兵。考虑到神堡议会严禁这两种技术，这是一项高风险的研发活动。”

“高风险”简直是轻描淡写。无论是谁策划了这一切，他需要的不仅是研发资源，还必须拥有政治或金融方面的影响力，以应对秘密暴露的潜在后果。他要么不顾一切，要么格外傲慢，或者两者兼有。

“通过加密信道向塔马约之点发一份报告吧。莱德一定想看看这个。”

萨姆－E没有回应。

“你听见了吗？”

“您该行动起来了，中尉。”萨姆－E又停顿了一下，“快。”

科拉紧张起来，转身向破窗户外张望。“是不是来了更多这种怪物？”

“我的系统被攻击了。”萨姆－E听起来已经拼尽了全力，但愿这只是科拉的错觉。“我只能与应急传感器保持软链接，而且只在整个基地的这一部分，但是……没错，还有更多。大约有六个正迅速朝我们走来。第一个预计两分钟后到达。”

科拉大声咒骂。“从哪个方向来的？”

“各个方向，除了机库。”AI听起来满怀希望。科拉不责怪它，毕竟它的目标就是让科拉活下去，而一步步走入死亡陷阱并不符合她的利益。科拉有片刻的动摇，忍不住考虑了一下这条后路。不管这些怪物到底是什么，它们杀死了这里的所有活物。即使异能可以阻止它们，她也只是区区一个陆战队员，力量有限。

可是……“萨姆－E，你说机库里的尸体死了二十二小时左右？这一切都是从你的系统内核代码包被上传到这里之后开始的。”

“……是的。”萨姆－E很不情愿地承认了，“其中的相关性似乎无可否认。”

如果是这样，那么远方之家号将代码隔离存放就不足为奇了。即便亚利克·莱德是个天才，他所创造的仍是AI，银河系的历史一再证明AI是致命的。宁静涡流的小偷没有远方之家号的小偷谨慎，他们为此付出了生命。

“确实。”

科拉推墙起身，离开了办公室，快步走进基地更深处。“萨姆－E，给我找条通往代码包存放地的路。万一有其他人来到这里，设法稳住了局势……”她摇摇头。那几乎是不可能的，但她必须为那一丝可能性做好准备。“我们不能冒险让其他人搅入这件事。我必须拿到那个代码包，并摧毁它。”

“好的，中尉。我的计算能力负担很重，我还要处理网络攻击——”萨姆－E听起来也很紧张，阻止美狄亚入侵AI系统一定很辛苦。“但我会尽量使您少面对冲突。我也可以增强您的感官，就像上次在伊利姆那样——”

“那样太分神了。”每一个进击的怪物都会把她震聋。

“那么我会利用您的感官，解读微观数据，”他说，“人类的听觉、视觉、嗅觉、味觉和触觉比您的意识所能解释的更敏感。而我可以读出您内耳的微小扰动、空气微弱的振动等等。万一有另一个生物袭击的话，应该能给我们预警。”

科拉点点头。她的盔内显示器指示了一个方向，她便朝那个方向转去。接着，指示变成了紧急状态的红色，指引她回到一个楼梯间。她刚躲进去把门关上，就听到另一个怪物沉重的脚步声从走廊那边传来。那东西走近楼梯间的门时，她吓得胃部抽搐，不过它离开了，继续走向科拉杀死第一个怪物的地方。然后它停了下来，她猜是停在了死掉的那具怪物旁边。

“它们互相认识吗？”科拉默问。

萨姆－E 平静地回答：“我想这些增强体已经不具备悲伤的心理能力了。”

科拉不禁打了个哆嗦。“这是哪门子的增强体啊？”

“考虑到力量、速度和敏捷度的明显提高，我觉得研发这些增强体是为了让人类在对抗克洛根和其他生理优越的物种时具有优势。美狄亚似乎认为人类的智力和人格都不重要。”

科拉正要回答，就听见沉重的脚步声再次响起，她又屏住呼吸，直到声音最终消失在远处。

“中尉——”

“明白。”她推开楼梯间的门，跟着头盔上的导航显示，继续在大厅里小跑。它们走得很慢，一路上萨姆－E 不时提醒她躲进办公室，或者在进入某条走廊前先停一会儿，而且到处都是残骸和遗体。

在一间办公室里，科拉看见一个死掉的女人，她仍然坐在办公桌前，手里拿着手枪，枪管捅进自己口中。科拉现在满脑子都是那双瞪大的眼睛，为了赶紧忘记这幅画面，科拉决定继续和萨姆－E 交谈。对 AI 来说，与击退疯狂的美狄亚相比，谈话似乎是一项相对简单的任务。

“这种，呃，增强体，这些生物，我的意思是……”状态返溯这个说法似乎太机械了。“可以治好吗？”

“不知道。我们需要确定最终形态改造的性质和机制。我认为，这种快速、严重的突变需要侵入性修复，可能还需要进行宏观手术以及基因治疗。而且，在大脑改造过程中失去的个性和记忆可能无法恢复。”萨姆 –E 叹了口气，“我真不知道美狄亚怎么能这么彻底、这么迅速地做到这一点。这是我以前从未见过的。”

科拉咬紧牙关。“她甚至重写了它们的 DNA ？”

“有机躯体与合成平台没什么不同。”萨姆 –E 解释说，“如果您想偷一块硬件，并把它变成您自己的，一旦您绕过了安全措施，最简单的办法就是格式化它的内存和机器代码。完成之后，您可以添加喜欢的‘软件’。”

把一个人变成一件没有头脑的武器，科拉思忖着。“那种合成刺激剂连 DNA 都可以改变，更不用说改变人的血肉之躯了。”

“是的。经过深度整合，那个 AI 几乎可以为了各种目的而重新对有机体进行编码。”

有些话科拉不吐不快。“你也可以这么做。给我重新编码，现在就开始。不是吗？”

“我决不会这么做，中尉。”萨姆 –E 听起来很着急，“这会违反亚利克 · 莱德为我设计的每一条道德协议……我向您保证：我是一个共生体，不是寄生虫。伤害您就是伤害我自己。”

“我相信你不会害我。”现在她的性命完全依赖于萨姆 –E，她不能有任何怀疑。“困扰我的是你有这种能力。”

“我得说清楚，您的植入接口设有限制条件，我的访问和整合程度无法做出任何具有此等侵入性的行为。我不能把您变成其他东西，中尉。”

好吧，至少她能安心一点儿了。但科拉忍不住猜想，如果萨姆 –E 选择伤害她，又能做到什么程度。

他们穿过橙色灯光照亮的走廊。即便萨姆 –E 没有发出危险警告，科拉也会停下来查看拐角。这是多年来模仿阿莎丽女猎手养成的习惯。研究过基地的地图之后，她认为代码包最有可能存储在一系列被称为

"伽马测试实验室"的房间里。因为基础设施示意图表明只有这几个房间面积够大，能放得下足以运行一个 AI 蓝盒子的服务器阵列。

萨姆－E 证实了这一点，所以"伽马测试实验室"就是科拉现在的目标。随着科拉渐渐深入地下楼层，周遭设施的损坏程度变得越发严重，除了尸体和墙壁上的破洞，还有摇来晃去、闪着火花的灯具，破裂的电力管道，流到地板上甚至穿透了地板的电浆，有的区域甚至连应急照明灯都不亮了。科拉讨厌黑暗区域，虽然她可以把头盔切换到热成像模式。导航不是问题，问题是这样更容易注意到尸体：这条走廊里有四具尸体，那扇关着的门的后边有两具，那间办公室里像是有十二具，他们显然是想躲在那里。她一开始以为是十二具，其实有……很难数清。

好几回科拉险些丧命。有一次萨姆－E 的红色预警发出才几秒钟，科拉就听见前面一间储物室里有怪物的声音。无处可逃的她扑倒在地装死，那东西走出房间时又转过头来，用小珠子似的眼睛盯着科拉所在的方向看，幸亏萨姆－E 及时关闭了她盔甲上的灯光和电源。科拉就这么孤零零地躺着，闭着眼睛，大气不敢出。而那个怪物又朝她走了过来。

沉重的脚步令地板微微颤抖。又是一步。如果那东西无意中踩在她身上，大概会把她踩死。

第三步。

它停了下来，显然并未找到攻击目标，转身沿着走廊左转离开。脚步声朝着那个方向远去，最后终于消失。科拉这才睁开一只眼睛，偷偷观察。

她小心翼翼地站起来时，萨姆－E 重新激活了她的盔甲。"中尉，很抱歉我不得不保持沉默。如果美狄亚增强了它们的感官——"

“没关系，”科拉回答。她不得不在原地站了一会儿，慢慢地深呼吸，呼入头盔里的新鲜空气，强迫自己不要换气过度。“我知道你为什么不说话。只是……该死的，我讨厌这种鬼鬼祟祟的任务。还不如让我痛痛快快打一架。”

“您是更愿意和下一个怪物战斗吗，如果真到了那个地步？”

科拉笑了一声，虽然这不是笑话，也不好玩。肾上腺素的余波还在。“不用了。留到以后吧。”她继续前行。

可是没过几分钟，她又停了下来，因为前面的路被切断了。似乎之前有些工作人员搭了路障躲在后面，但那些怪物直接砸穿了天花板从天而降，给了他们一个惊喜。地上的尸体太多了，科拉甚至找不到可以落脚的地方，路障的残骸也无法轻松逾越。她庆幸自己戴着头盔，有自给自足的空气。尸体应该还没开始腐烂，但整个走廊肯定都散发着屠宰场的味道。

科拉的导航系统显示，她得通过这条路到达下一个楼梯间，但由于没有实时更新，她下载的地图并没有显示障碍。她四下环顾，发现电梯就在附近。其中一部没有门，凹陷的门板就躺在地板上，后面的电梯井是敞开的。她走到井边，往里瞧了瞧。已然断电的电梯轿厢停在大约十层之下，科拉猜测那是这栋建筑的最底层。它看起来像是神堡用的标准电梯，这种电梯在每个轿厢和沿着井壁的地方都有小型质量效应发生器。她也朝上方看了看，只有几个空空的竖井。

“也许——”她似乎想到了办法。

萨姆 -E 打断了她的话，盔内显示器闪着红色警报。“中尉，您注意到电梯对面的摄像头处在激活状态了吗？美狄亚已经侦测到您了，增强体很可能——”

那声巨响完全出乎科拉的意料，因为它是从地板下面传来的。她转过身，看见死者用来修筑路障的那些家具、墙板和其他材料在地板上晃动。有什么东西像剥水果皮一样剥开了金属地板。

“找别的路！”她猛拍盔甲上的电脑，转身面对电梯井，向萨姆-E询问道：“电梯井里的质量效应发生器还在工作吗？”

“只有那些连在应急电网上的在工作，不够抬起一部轿厢的——”

“不是抬轿厢！”没有时间了，怪物的脑袋已经从地板里钻了出来，那双小眼睛一直盯着她。科拉深吸一口气，跳进了电梯井。

利用异能滑翔是有诀窍的，妮西拉曾教过科拉。本能告诉你要把自己举起来，但最后你很可能只会撞得满墙血肉模糊。诀窍是专注于身周的空气。比起生物的躯壳，空气是一种更稳定的物质，不那么有活力，也不那么脆弱，不过仍然很棘手。阿莎丽人有数百年的时间来练习这项技巧，但科拉以前只试过两次。

她跃入电梯井之后下落了大约三四米。如果她当时惊慌失措——任凭自己陷入恐慌多么具有诱惑力啊——她早就死了。但是她咬紧牙关，闭上眼睛，唤起了自己的每一丝异能。她用意志使暗能量场衰减、变薄，变成覆盖她身体的一层薄雾。她把这种能量想象成一张坚固的、微观的网，那张网能钩住周围空气中的松散分子，与它们摩擦，使她坠落的速度变慢……变慢……越来越慢。

虽然起作用了，但还是不够。她下落的速度放慢了，但并没有停下来。幸运的是，电梯井壁上的一些质量效应发生器仍在工作。数量不是很多，而且它们显然只起辅助作用——因为轿厢有自己的发生器——但多少有些帮助。当科拉从一台发生器旁边跌落时，她的体重减轻了一半多。突然间，让身体依托在那层稀薄的空气上变得容易了许多，她终于停了下来。科拉松了一口气，不让自己深入思考万一发生器失灵或她落在了效应场范围之外会发生什么。

就在这时，上方那个增强体砰的一声冲进半开的电梯门，朝她跳了下来。

没有时间思考，只有见招拆招。科拉跃向一边，在空气的摩擦下“打了个滚”，那家伙粗壮的手掌离她的脑袋只有几英寸的距离。它在坠落过程中翻了个身，继续抡起手臂扑打科拉——但发生器的力场强度不足以举起它这么重的身躯。重力使增强体掉出了发生器的质量效应包膜。它像石块一样继续下坠，身影似乎在迅速缩小。

当它撞到下面某层的电梯轿厢时，发出了短暂炫目的闪光，轿厢的发生器在撞击之下爆炸了。那头怪物静静地躺在废墟中。

“搞定。”科拉长出一口气。

继续想象那张网，就像钢质的绒线环绕在你四周，抓住了空气。不要因下面着火的怪物分心。

“好吧，我还活着。我得离开这里。”

萨姆-E清了清嗓子提示道：“三层楼下方有两扇门半开着，中尉。现在支撑您的质量效应场应该能达到那个高度。”

只是“应该”。“好。就这么办吧。”

她飘了下来，穿过半开的电梯门，一路上摇摇晃晃、笨拙不堪。落地就是简单地从那层空气中掉出来，屈膝蹲伏——动作远没有她见过的阿莎丽人那样优雅，但是顺顺利利的就够了。

科拉起身后看到的情景让她一时间僵在了那里。走廊里竟然干干净净的，这是一种巨大的视觉冲击。没有尸体，没有残骸，没有迹象表明那些怪物来过这一层。这里的照明是过滤蓝光的，而且是全头顶照明，而不仅仅是地面的条形紧急灯。太空服检测到外界有完整的生命维持系统。科拉站在原地，想弄明白这是怎么回事，却听到奔跑的脚步声。她立即紧张起来，发出明亮的异能光焰，随时准备再施放一次质量扭曲术。然后她才注意到脚步并不是怪物那种沉重的撞击声。

是人类！

不过他们都有武装。一共四个人，穿着星联制服，但没有盔甲，几杆突击步枪和一台导弹发射器对准了她。

“放下武器！”一个女人朝科拉喊道。

科拉收起异能的光焰，然后小心翼翼地举起双手。“我现在要摘下我的头盔和手枪。”她动作缓慢，把头盔夹在腋下，把手枪放在地板上，然后踩上去。“我可以把枪交给你们，但坦率地说，在这种情况下，我希望能自己留着。”

第一个说话的女人似乎很害怕。她的脸色苍白如纸，手里的步枪在颤抖。她看起来非常年轻。“交出你的武器。还、还有你的增幅器，异能者！”

科拉把手枪踢向他们。它轻盈地滑过地板，对面一个男人接住了枪。而后科拉拒绝道：“我不会交出我的增幅器的。”

“我说——”科拉的拒绝似乎让那女人吓了一跳，她脸上那种极度惊恐的紧张神情也渐渐消失了。然后她皱起了眉头质问道：“你到底是谁，女士？”

“科拉·哈珀。现在是普通公民，但不久前还是星联军队的一名中尉。”她故意压低声音，试图让女人听进去，帮助她冷静下来。“你们是幸存者。你们有多少人？”

女人又想了一会儿，终于放下枪。其他几个陆战队员也跟着站直了身子。

“我是行动主管扎赫拉·赛义德，”女子说道，“我是级别最高的——”她眉头紧蹙，一脸苦相。“我的团队已经没有其他人了，所以现在我负责。跟我来，哈珀中尉。我觉得……见鬼，我们需要谈谈。”

第十章

赛义德中尉把科拉领进一个房间。这里显然是实验综合楼的一间汇报室。墙上装饰着示意图模型、手写纸张和额外的触觉终端，圆形桌子里嵌着一个全息投影仪。这些椅子比科拉平时坐的豪华得多，这不难理解——在宁静涡流这样的地方工作，办公用品预算一向很充沛。

科拉走在赛义德的陆战队员之间，吸引了一小群人围观。穿便服的平民们和一些穿白大褂的人低声嘀咕着，跟在他们后面，只有几个人穿着军装或盔甲。她看到一个很老的男人，弯腰驼背，瘦骨嶙峋；两个孩子——一个十来岁的女孩，另一个乍看之下只有十岁，这几乎让科拉退缩了。但话说回来，这些人原先并不知道自己要面对一种具有传染性的AI以及它可怕的超人类执行者。之前这里的工作人员和军官一定是允许带家属的。

"你来了，感谢上帝啊。还有多少人会来救我们？"一个神色焦虑的男人问道，其他人也挤进房间围在他身边。那个十岁的孩子站在男人身后，探出头来凝视科拉。“你是星联情报局的还是陆战队的？整个排都会来吗，还是只有一支突击队？”

“‘幽灵’知道这里出事了吗？”房间远处的另一个老人问道。当科拉走到桌边时，他从人群中挤了过来。“神堡议会知道吗？”

“在你进来的路上，看到其他活着的人了吗？”

“救援船已经在这里了吗，还是在路上？”

还有更多的问题，多到无法回答。科拉看着这些人，寸心如割，因为她意识到自己没有答案，没有他们想听的答案。但还没等她开口说话，一个声音低沉的女人就厉声说道：“大家都闭嘴。先让人家冷静一下。”

每个人都闭上了嘴，尽管有些人很不情愿，在同伴用手肘或怒目示意后才安静下来。那个声音低沉的女人长出了一口气。她留着一头长长的脏辫，虽然能在房间里大声喊叫镇住场面，但其实身材小得出奇。“扎赫拉，你好像有事情报告。”

“是的。”扎赫拉说道，扭头示意科拉，“她自称科拉·哈珀。传感报警器响了，我们在电梯里发现了她。她是星联的退役军人，中尉军衔。”赛义德举起科拉的重型手枪开始检查。“不过我觉得这是阿莎丽人的武器。”

“这款叫‘侍僧’，超轻型的，”科拉说，“比星联的标准配置更适合异能者使用。”

赛义德怀疑的表情清楚地表达了她的看法。她把枪递给另一个士兵。“盔甲是阿莎丽货。”她说着，上下打量科拉，“你是‘蓝粉’吗？”

“什么？”

“迷恋阿莎丽的人。粉丝，阿莎丽蓝皮的粉丝。你没听过‘蓝粉’

这个词儿？你都在哪儿待着了，地狱边缘吗？”

科拉抑制住提高嗓音的冲动。地球人总以为人人都关心他们愚蠢的流行文化。“我是特拉弗斯人，没错，但我在瑟熙亚的阿莎丽突击队待了四年。星联和阿莎丽政府的合作项目。”

赛义德哼了一声，科拉怀疑她越发认为自己只是个“蓝粉”了。

那个声音低沉的女人说道：“好吧，我们知道你是谁，老家在哪儿了。不过，这里大多数人更想知道的是，你们还有多少人在路上？十来个，或者更好，一百个？”

科拉深吸了一口气答道：“没有别人来。就我一个人。”

咒骂、惊呼和倒抽凉气的声音在拥挤的房间里回荡。“你胡扯。”赛义德驳斥道，“没有人能单枪匹马闯到宁静涡流这么深的地方。你闯不过那些增强体。”

有几个人随声附和。声音低沉的女人举起一只手，议论声安静下来。“没有屏障保护的有机体——即便是增强的有机物——也无法承受异能攻击。”她说道，“但是大多数人类异能者，即使是战斗级的，也无法掌握必要的能量或技能。不过你是阿莎丽人训练出来的……”她双臂环胸，似乎陷入了沉思。

“你是阿莎丽人训练出来的吗？那应该是神堡议会派来的咯？”这是那个问科拉“幽灵”有没有参与其中的老人。他看上去六十多岁，又高又瘦，饱经风霜的古铜色面庞上写满了怀疑。“我听说‘幽灵’里现在也有人类成员了。”

“那只是流言而已，丹加纳。”那个弯腰驼背的、更老的老头儿翻着白眼说道。

“你怎么说，哈珀女士？”声音低沉的女人靠在桌子上问道。桌面显示器从下方照亮了她的脸，科拉看到那个女人眼睛下面疲倦的黑眼圈，以及那张已经有一段时间没笑过的僵硬的嘴。不知道这些人在这里困了多久，忧心忡忡地等待着不太可能到来的救援。“你是议会的密探吗？”

“不是。”科拉犹豫了一会儿，考虑是否要告诉他们真相，最后下定了决心，毕竟这种情况下，撒谎是毫无意义的。“我是仙女座计划的，来这里取回我们失窃的东西。”

围观人群中又一阵骚动，屋里弥漫着不安的气氛。但那个声音低沉的女人怀疑地盯着科拉，随后讽刺地笑了起来。

“那你已经找到了，哈珀女士。就是这一路上想杀死你的东西。”

* * *

他们把事情的原委解释给科拉听。

宁静涡流其实是星联的一个地下机构，不过多疑的科学家丹加纳立即向科拉保证，这个机构纯粹是为了人工智能研究设立的。没有酷刑，没有间谍活动，没有秘密监狱。科拉这才意识到还有此类更糟糕的情况存在。

从技术上讲，他们所在的伽马实验室并不存在。这里的每个人都还活着，因为他们之前聪明地做了重编程，把实验室从基地的安保程序和设计图上移除了。不过幸运的是，穿梭机下载了一张未更新的旧地图，否则科拉还不知道应该往地下深处寻找。重编程意味着美狄亚的增强体并不知道实验室的存在，因此并没有进入。

不过这块隔离区很小，工作人员无法把相同的技巧运用到整个基地上，他们甚至无法打开一道安全走廊用于逃离。他们还活着，但被困住了，获救的希望渺茫。毕竟前沿研究实验室一旦出了问题，标准程序是先做无害化处理，然后究因问责。救援排在第三位。

“我们倒不是怕自己被‘无害化处理’了。”声音低沉的女人说道。

她是丽贝卡·詹森博士，这个项目的负责人，正是她想出了“抹除”伽马实验室的主意。“如果我们发送消息通知星联，美狄亚就会发现我们的通信传输。不用等飞船过来无害化处理，我们就先被美狄亚杀死了。”

美狄亚才是真正的问题。远方之家号上运行的是一个运行仿真AI的VI系统，但美狄亚不是。它实际上是一个完整而成熟的AI——一个功能不佳的实验原型，是蓝盒子和分布式智能的混合体。研究人员本希望这种混合能同时避免两种技术的缺点。

另一位女性解释道：“像桀斯这样的共享智能无法理解有机物，奎利人是这么推断的。这是一个关于存在的哲学问题。如果没有同伴，桀斯个体就什么也不是，所以单个有机体对桀斯来说可能也没什么意义。而蓝盒子AI一旦发展到一定程度，就很可能非常理解我们——甚至会发现我们有很多缺陷。因此，我们从理论上认为，两种模型的混合体或许能更好地评估个体价值，包括个体在群体中的价值。这种混合型AI甚至可以在有机体和其他形式的AI之间架起一座桥梁。想象一下，它或许还能在桀斯和银河系其他种族之间进行调解，为我们创造和平局面！又因为它自身的智能分布在一系列节点中，所以这种混合系统更容易控制：只要关闭一个节点，它的智能就会下降。”

“不管怎么说，这只是理论。”带着小女孩的男人说道。他告诉科拉，他叫特伦斯·辛格，而且他和小女孩毫无血缘关系。辛格是莫娜·希金斯－考尔的丈夫。莫娜是美狄亚项目的另一位领导，与辛格育有一女，目前母女二人都在战斗中失踪了。而眼前的这个小女孩叫珊特·卡佛，是辛格女儿最要好的朋友；卡佛的父母也在失踪名单上。在灾难发生后漫长的第一天里，这两个人结成了父女。幸存者们常常这样做。

“我的妻子在这个项目上耗了很多年，”辛格继续说，“我是一个艺术家，一个家庭主夫，AI研究对我来说陌生得好像希腊语一样，但我总是听到她说它应该是什么样的。”他神情沮丧，一只手摸着他厚重的头巾，好像头痛似的。“我只是……从没想过这会害死她。”

珊特拉了拉他的手，他低头瞥了她一眼，然后紧紧地握住了女孩的手，也许是绝望地握着。

混合型AI的问题在于整合。美狄亚分布式的各部分很有可能各自发展出不同的身份，就像桀斯一样，而不具备蓝盒子AI的单一性。“因此，我们决定把一种单一的意识强加给分布式的各部分。”詹森博士解释道，“就像……唔。设想一下，桀斯创造出了能够独立运转的个体，有足够的智力，行事和决策能够独立于集体。在单一的平台上可能需要成百上千个独立的程序，但最终，它将不可避免地向个体化发展。起初，它可能会自认为意识集合体，以‘我们’的形式存在，但如果有足够的时间去学习，它可能变成一个‘我’。”

“这个理论是成立的，中尉，”萨姆-E通过耳机告诉科拉，“据我所知，亚利克·莱德曾考虑过这样设计我。但他最终决定采用一种不同的混合方式——分享人类经验的AI能更好地理解有机体。他认为萨姆正式版的安装启用是成功的。”

“说说你们窃取亚利克·莱德内核代码的事情吧。”科拉大声说道，同时借此提醒萨姆-E别忘了此行的任务。

“这是我的主意。”奥拉夫·丹加纳博士承认道，就是那个怀疑科拉是“幽灵”的科学家。在解释的过程中，他的好斗情绪已逐渐消退，现在看起来和詹森博士一样疲惫。“我们的理论无法实现。然后我们得到小道消息说，开拓团有一个稳定的蓝盒子AI，专门为整合设计的。听起来正是我们需要的东西。”

“小道消息？”科拉眉头微蹙，“听谁说的？”

“是批准这个研究基地的军方人员提供给我们的。”丹加纳耸了耸肩，“我不清楚消息源的级别有多高，也不知道具体是谁。那种信息不是我这个工资级别的人能知道的。”

该死。“所以你们决定走捷径，”科拉咬紧牙关说道，“混合型AI‘借用’蓝盒子AI的代码能让你们的开发时间减半，对吗？”

“是的，基本上是这样。而且众所周知，亚利克·莱德是AI理论领域最重要的开发者。如果我们要给美狄亚一个属于她自己的心灵，我们就要弄到最好的。”

“我会把你们的褒奖转告莱德的。”科拉干巴巴地说。

“哦，他知道。”那位很老的老人说道，看起来像是被逗乐了。他是项目组的另一位负责人，曾博士。“我见过他。”

还有此事，科拉暗忖。

“问题是，”詹森向前探了探身子，补充道，“莱德的代码起作用了。内核立即整合了美狄亚的分布式部分，她开始精准地按照我们预期的方式工作。但我们不知道的是，宁静涡流这里还有别的东西——机器里的鬼魂。”

科拉疑惑地皱眉，詹森把全息显示器打开，调出了一段监控录像画面。科拉看出这是一个小房间，里面没多少东西。电缆拖在地板上，连接着几个大圆柱。圆柱大多是空的，只有一个除外。科拉惊恐地认出了里面的东西，一下子屏住了呼吸。

那些是试管。

“你没看错。”詹森说道，她看到了科拉的表情，“有另一个我们不知道的团队，正在试验……”

“神经机械。”

“差不多吧。”她关掉了显示器，显然对画面里的东西无比厌恶。“整合了深度神经机械的增强有机体。”

科拉目瞪口呆。

“我们认为他们正在研发一种超级混合士兵。”

丹加纳不安地挪动身体。“据我们所知，这个团队唯一缺少的就是一种足够强大的、能动态调整增强体排序和效果的东西……”他停顿了一下，绞着双手。“一旦试管里的增强体被唤醒，就能受控。”

“正好缺一个AI？”科拉简直不敢相信，“而你们完全不知道他们的研究？”

“毫不知情。”詹森斩钉截铁地回答，不过科拉可以从她的眼中看到悔意。“但我们并不是无辜的。我们越过了不该逾越的底线。”

“我们被陷害了，”辛格脱口而出，“有人知道会发生这种事情。如果我们的研究失败了，对这个人并不会造成什么损失。但如果我们成功了，美狄亚和她那些可憎的增强体就会把我们处理掉，一个活口都不留。”

科拉痛苦地消化着这些信息。*星联当然有秘密机构，军方都有秘密机构。*但她不得不同意詹森的观点，这里的研究触碰底线了。此外，她始终无法摆脱一种感觉——这一切的背后还有些线索没凑齐。

萨姆-E打破了沉默。“看起来目前的形势并非理想中的结果。这里发生的事件至少说明有人在蓄意破坏，这不是计划好的实验。”

科拉也有类似的想法。有人故意把AI和神经机械结合在一起，要么是这些人中的一个，要么是其他人。这是一群非常聪明的人，他们竟然没意识到这一点，科拉有些惊讶。

“我们早该知道的。”丹加纳用低沉的几近耳语的声音说道，“这是我们自作自受。”

詹森摇了摇头道："追究责任的事情以后再说吧。"

丹加纳只是虚弱地笑了笑，低头看着双手。科拉能感受到他的情绪，但恶果已然酿成了。不管是无意还是有意，他们的行为导致了很多人的死亡。她不想在这个时候扮演宽恕者的角色。

"这么说来，你们试图打造一个 AI，但你们的水平不够。"科拉说道。几位科学家凝视着她，这个结论令他们满脸痛苦。"接着，你们偷了一些你们根本搞不明白的东西，用它来修补自己的 AI。我们寻回它之后，你们决定就算动手杀人也要再将之偷回去，对吗？后来，在你们安装这种自己都不搞懂的技术之时，它警告你们不要这么干，而你们不听。现在，不知怎的，我们有了一个控制整个基地的混合型 AI，以及你们意外唤醒的增强超级战士。我概括得对吗？"

"杀死伊加拉·梅诺里斯是我的决定。"房间那头一位的年轻女子镇定地说道。没人介绍过她，不过科拉能猜到她的身份，从她干练的动作和盔甲护板上的隐形网格就可以看出来。宁静涡流是个秘密机构，秘密机构总会有干脏活儿的专家。"我们没钱在拍卖会上购买这项技术。梅诺里斯软硬不吃，我们也没有什么把柄能勒索她，所以我根据本能做出了判断。"她停顿了一下，"哈珀中尉，我知道梅诺里斯曾经把你抛进太空等死，所以我没料到你会为她的死鸣不平。"

"阿里奥基斯上尉？"科拉试探性地问。

那女人平静如故，平静得有些危险。"你是怎么知道我名字的？"

"我在机库里找到了你的穿梭机，"科拉回答，"别误会我的意思，我对梅诺里斯的死并不难过。"阿里奥基斯惊讶地眨了眨眼睛，显得有些高兴。可能她的工作并不经常得到表扬。"神经机械的事情且放在一边，如果从你们创造 AI 的那一刻起，就把'有机生命是廉价的'这种观念灌输给它，那你们的整个计划怎么可能不出差错？"科拉盯着詹森和丹加纳。

詹森瞥了一眼丹加纳，不安地叹了口气。“不得不痛苦地承认，你说得对，中尉。只要能掩盖研究非法 AI 的事实，好叫议会无法察觉，我们什么都干得出来。甚至星联政府的部分成员都不知道我们在做什么。我们用‘研发神经机械武器’做幌子。我们确实研发出了一个可应用于实战的技术，但是……”她摇摇头，沉重地叹息。

他们创造出的东西比他们期待的要可怕得多。

“可应用于实战的技术？”科拉想起了远方之家号那个在天花板上奔跑的女人，倒抽一口凉气。“哦，天哪。原来是这么回事！你们是幕后，原型在这里完成开发，而远方之家号是台前，已完成的版本投入实际使用。他们那个奇怪的伪 AI……就是从前的美狄亚，未受萨——呃，莱德代码污染之前的样子。”

丹加纳叹了口气承认道：“是的。我们实际上是一家军方与私企合营的公司。远方之家给我们提供了部分资金，作为回报，我们向远方之家号提供商业级技术。他们偷了内核后先行存储着，等我们在这里搭建一个安全的测试环境。但后来，几家与远方之家号有关系的公司为谁能最终获得知识产权而争吵起来。合作的军方无法说服他们。事情陷入了官僚主义的繁文缛节，而因为我们没能研发出预期中的 AI，美狄亚项目被关停的可能性日益增加。”

“后来听说有人从远方之家号上偷了内核，我们认为这是天赐良机，项目终于可以有进展了。”丹加纳无奈地摇头，“只是没想到啊……”

科拉也摇摇头。这些政治和金融事务还是交给开拓团处理吧，如果她能活下去的话。说到活下去……

她眉头微蹙，看向阿里奥基斯，这个女人可没有贴身 AI 的辅助。

"你是怎么活着下到这一层的？"

"我到这里的时候，这些人还没有完全被困。"阿里奥基斯上尉一边说，一边用下巴示意詹森他们。"我到达时，距离上传内核不过几个小时。起先一切正常，直到美狄亚接手了我的穿梭机，在着陆过程中破坏了驱动核心，我们才觉察到大事不妙。紧接着，那群增强体袭击了机库中的驻军。我跟其中几个搏斗了一番，然后尽量躲起来，只求保住性命。"她阴郁地摇摇头，"伽马实验室向所有尚未妥协的工作人员发出了最后一个信号，告诉他们如果想活命，就到实验室所在的这一层。所以我就下来了。"她耸耸肩，不过科拉觉得这动作并不像看上去的那么漫不经心。"当时，那些增强体大多都……很忙。"

忙着杀人。她没有说出来，也不需要说出来。

"对不起，"曾博士说道，举起了手，"这些话题很有趣，但我们不是应该讨论如何摧毁这个 AI 吗？"

突然间，十几个人都开始说话、叫喊、咒骂。屋子里弥漫着一种歇斯底里的气氛，过去二十四小时里压抑的怒火一下子爆发了，一时间科拉甚至觉得可能要暴动了。她提高了嗓门，想让大家都安静下来，但是有好几个人都想这么干。詹森博士想站在椅子上喊话，但有人撞到了她，她摔倒的时候丹加纳险些没接住。

科拉深吸一口气，调出异能场，让它尽可能地明亮燃烧。摇曳闪烁的暗能量把大家吓得鸦雀无声。

"请大家都……放松一点儿。"她说道，看向周围二十张双眼圆睁的焦虑面孔。"注意力都集中过来。如果现在就惊慌失措，我们是不会成功的。对吗？"

大约六七个人惊恐地点点头。这就够了。科拉再次深呼吸，让异能场慢慢消失。然后她转向詹森问道："所以说，我们只要向外界求助，美狄亚就会知道这个地方的存在。而我们在这里待的时间越久，美狄亚发现我们的概率就越大。而且即便我们不被饿死，即便我们活得比她更久，星联也会把这颗小行星炸成星际尘埃。对吗？”

“是这样。”詹森不情愿地答道，用一只手捋着满头的脏辫，好让自己镇静下来。“为了让美狄亚以为我们不存在，我们必须切断与生命维持系统的联系，这样我们迟早会没有空气。另外，即便定量配给，我们也会在一天左右把食物吃完。”

“明白了。所以我们要么设法从这颗小行星上逃走，要么就是死。”

“那个AI呢？”这是珊特说的，她在辛格的怀里凝视着科拉。“我们不需要杀死它吗？”

“詹森博士刚才说过——”科拉没有和儿童相处的经验——为预防饥荒和资源枯竭，特拉弗斯的殖民地有严格的人口管控制度，所以在任何给定时间，儿童的数量都不多——但这是一个好问题，所以似乎可以把珊特当成作战简报会上的士兵来对待。“处理失控研究项目的标准程序是自动轨道炮击。我不知道你们这个研究基地应该每隔多久登记一次，但很可能一艘星联巡洋舰已经在路上了。”她瞥了詹森一眼。“除非你们愚蠢到把内核或者美狄亚的副本又存储到了别的地方，否则轨道炮击就应该能解决整个AI暴走的问题，不是吗？更不用说那些增强体了。”

詹森满脸痛苦。“没错。出于安全考虑，我们的备份就存储在这颗小行星上。动能武器肯定能把存储服务器毁掉。宁静涡流分崩离析的那一刻，美狄亚和偷来的代码也就不复存在了。”她叹了口气，“如果这不意味着我们都得死的话，我也能从中得到安慰。”

“那艘巡洋舰到达的时候，我们没必要还待在这里。”科拉说道。

“所有的穿梭机都被毁了。”坐在后面的一位女士说道。

科拉摇摇头。“我的还在。坐二十个人会有点儿挤，但也不是飞不动。”

丹加纳明显紧张起来，质疑道：“美狄亚没有摧毁你的飞船，很可能是有原因的，哈珀中尉。她会不会打算用飞船来保存她创造的……那些东西？”

科拉没有想到这一点。“那我们就更该赶紧离开了。”她说道，然后暗暗等萨姆 -E 回话。

“目前我仍然控制着穿梭机。”萨姆 -E 轻声说，“但你们得抓紧时间了。”

科拉眨眨眼睛，又把注意力集中在周围的人身上。丹加纳正盯着她。“哈珀中尉，我想你还没有完全明白其中的危险。”

“我有一个……预防措施。”科拉说道，语速有点儿太快了。她从来不擅长撒谎。“亚利克·莱德给我的，呃，让我遇到问题的时候使用。”见鬼，现在詹森已经怀疑地眯起了眼睛。“所以只要我们能到机库，我们就能离开这里。”

四周都是惊呼声，突如其来的希望令大家语调高昂起来。但詹森立刻提醒他们：“要到达机库，就意味着面对许多增强体。”

“我知道。”科拉思索了片刻，“你们骗了美狄亚，让她看不到这一层楼的东西。但是你们能让她看到别的东西吗？声东击西，调虎离山？”

詹森眨眨眼，一脸若有所思的表情。“这……是个不错的主意。”这时科拉看见女人眼中掠过一丝灵光。“这真是个好主意！但是我需要时间想想办法。不过——”她又镇定下来，“以前我可以判断出美狄亚对各类事件的反应，那是在我们引入内核代码之前，她和 VI 一样简单。但是现在，美狄亚已经越过了她自己的技术奇点，飞速发展，超出了我们的理解。她会把所有的增强体都派出去查看假目标吗？她知道我们在这里之后，会不会留下一些增强体看守大本营呢？她会不会完全无视干扰，反而决定把基地的密封口都打开，让我们暴露在真空里呢？”她叹了口气，“我们完全不知道。”

“我们应该留在这里，”另一个穿着实验室大褂的人嘟囔道，“留在安全的地方……”

“你净说这没用的话！”丹加纳厉声呵斥，随即冷静下来。“清彦，你该好好休息了。”看到科拉皱着眉头，丹加纳更轻柔地补充道：“那位是研究专员保科清彦，美狄亚把增强体唤醒的时候，他就在兵营附近。他能逃脱是个奇迹，但他看到的场面……”

科拉点了点头。什么样的心理准备也无法让这些人淡定面对他们所面对的。他们即将经受的考验也一样超出想象，但他们别无选择。“詹森博士，开始准备你的对策吧。需要多长时间？”

詹森调出一个触觉显示器，已经开始忙碌地敲击。“大概两个小时？”

“看看一个小时能做到什么程度。”美狄亚一定知道科拉就在基地的某个角落里，这个楼层隐藏不了多久了。“与此同时，各位……要到达机库就要行动迅速。必要的时候还得战斗。”她环顾四周，试着与房间里每个人目光接触。“请大家花一个小时休息和准备。如果你一直在节省口粮，现在是时候吃掉了。我们不希望任何人在关键时刻突然低血糖。武器也一样——受过训练的人请给那些没受过训练的人上速成课。”她只能希望没人意外把自己弄伤。“我们是可以离开这里的，但我们每个人都要拼尽全力。”

人群分散开来，低声细语。许多人仍一直盯着她看，有些人满怀希望，有些人心存疑虑，但每个人都十分紧张。科拉意识到这些人的生命就掌握在自己的手中时，心底不由升起一丝恐慌。带领士兵冲锋陷阵是一回事，而带领这些人死里逃生……

“中尉，”萨姆－E 轻声说道，“我有些重要的事情要跟您说。我有一个建议，但我们需要他人的辅助。这些幸存者中有人接受过医疗培训吗？您可以问一下吗？或者有一个设备齐全的医务室也行。”他意味深长地停了一下。“您需要把我的存在告诉辅助你的人。”

要科拉告诉这些最近刚受到 AI 伤害的人，他们的救兵正是从 AI 那里得到的帮助？她转身沿着走廊踱步，低着头，免得别人注意到她全神贯注的状态。“萨姆－E，我觉得这可不是什么好办法。”

“这是唯一的办法，中尉。求您了。”

“你先解释给我听听。”

“詹森博士给您看的那段全息影像，我分析了其中的数据，”萨姆－E 说，“虽然安装在增强体上的神经机械比您脑部的植入物更具侵入性，但它们也有一些相似之处。”

科拉一阵战栗。“你继续说。”

“您听说过歇斯底里之力吗？”

科拉眨了眨眼，对这个突如其来的问题感到困惑。她在徒手格斗训练课上听过这个词儿，还有五六个都市传说，比如——“有一辆两吨重的飞天汽车驱动核心坏了，把一个刚会走路的小孩压在了车下，”她说，“孩子的妈妈徒手抬起了汽车，救出了自己孩子。我听说过这个故事。”

“正是。您很快就要带领这群人去往机库，这需要您付出巨大的决心和努力。在您允许的前提下，对您的植入物做一些微小的调整，我就可能使您进入那种爆发歇斯底里之力的状态。尽管您不如增强体强壮，但您的行动将比它们更迅速，您将比现在更能抵抗伤害和疲劳，并且您使用异能的能力在某种程度上可以接近技巧娴熟的阿莎丽主母或审判者。”

科拉眉头紧锁，端着双臂倚着走廊的墙壁，好不碍别人的路。这正是萨姆-E之前承诺过不会做的事情。

“后面该有转折了吧。但是呢？”

“但是您的身体在这种状态下只能运作几秒钟。超过这个时限，您的肌肉就会被自己的力量撕裂。骨头会遭受巨大压力导致扭转骨折。您的体内会充满肾上腺素和其他压力相关的神经化学物质，这些物质在积累到一定量后会产生毒性。您很可能会死。”萨姆-E叹了口气，听起来非常疲倦，“此外，还有……心理风险。除了肌肉骨骼的变化，我还需要过度处理您的感官输入，这可能会影响较高级的大脑功能。”

科拉立刻明白了。“战或逃。我经历过那种状态，萨姆-E。战斗的时候向来就是这样。”

“没错。不过您通常在战斗中体验到的一切，您在职业生涯中学会控制的所有恐惧和攻击性，都将被放大到您无法控制的程度。您会不假思索地做出反应，您可能会敌我不分。这种情况与克洛根人的血气狂怒并无不同，不过这种状态对克洛根人来说是自然的，他们能从中恢复。但人类……不同于克洛根人。”

这个……听起来不太好。“如果无论如何我都会死，这么干还有什么好处呢？”

“存亡与否取决于您在这种‘人类血怒’状态中要坚持多久。”萨姆-E说道，“如果您能在受到致命影响之前进入穿梭机，我就能把您的新陈代谢重新调整到接近昏迷的状态，这是一种深度的休息和恢复模式。您会变得很脆弱，但是远离这个研究基地的直接危险。只要有足够的时间，您应该能完全康复。”

只是“应该”吗？“但如果我没走到穿梭机那儿就筋疲力尽了，我就会死。如果我什么都不做，我们全都会死。”

“……是的，中尉。”

我当初应该留在瑟熙亚的，科拉疲惫地想。但是……

她推墙起身，回头看向那间汇报室。角落里，辛格和珊特正坐在一小群人中间，观看扎赫拉·赛义德示范如何用突击步枪瞄准和射击。赛义德向珊特招手，珊特咬紧牙关站起来，伸手去拿赛义德递给她的武器。这很有道理，但也蕴含着可怕的推断——珊特还小，如果她落在后面，有可能拖慢追兵的脚步。房间对面，赛义德的一名手下拿出几小包口粮分发。从大家伸手去拿的速度可以看出来，他们确实是在挨饿以减少消耗。

那人注意到科拉在看他们，便特意把一包口粮放在一边，朝她点头示意。她也点头表示感谢。从电梯井出来的路上，她硬塞进了一根能量棒，但她很乐意再吃一打。詹森和丹加纳不在此处，他们可能是去准备稍后要用的诱饵了。但曾博士走到可怜的保科清彦身旁坐下。清彦开始轻声哭泣，双臂环抱着膝盖。

曾博士看起来至少有一百岁了，他显然没有用任何一种时髦的基因疗法。自第一次接触以来，老年人就可以使用此类疗法来提高生活质量。一会儿即便他能跟上大部队，可能也坚持不了多久了。他抬起头来，注意到科拉正盯着他看。他眨眨眼，脸上掠过一丝苦笑。他一只手拍着清彦的后背安慰他，另一只手轻蔑地挥了挥，像是在说“别管我啦”。

留下一个老人等死；让一个临时童子兵落在后面断后；让这群饥肠辘辘、疲惫不堪、失魂落魄的人——其中只有少数是军人——去经受一场残酷的考验。即便不是全军覆没，也肯定会有人死去。这种损失你不接受也得接受。

不。不。她带队的时候绝不允许这样。

狭窄的走廊里，那位刺客从她身边走过。“阿里奥基斯上尉。”科拉招呼道。阿里奥基斯了停下来，看着她的侧影。“我需要你的帮助。这里有医务室吗？”

“那头的下一个房间就是。”阿里奥基斯回答，目光扫过科拉，迅速做出了判断。“你看起来没受伤。”

“我没事。但我要做一项……特别的准备。医学上的准备。”

阿里奥基斯转过身来，面对着她。她比科拉矮半个头，大概比科拉轻二十磅。但引起了刺客的注意，科拉还是感到不安。科拉见过几个阿莎丽女猎手，她们身上有同样安静、可怕的致命气息。“我们只剩下一个医护人员，阿布巴卡尔，”阿里奥基斯说，“我可以帮你找到他。”

科拉咽了一下口水。既然已经问了她……“不用了。万一——”万一萨姆-E错了，我可能会变成和增强体一样的威胁。万一我失败了，需要有其他人带领他们上穿梭机，或者给他们一个仁慈的结局。科拉做了个深呼吸，鼓足勇气说道：“万一出了问题，我觉得你来帮我这个忙就很好。”

阿里奥基斯眯起了眼睛。

终于，她说：“好吧。咱们走吧。”

二人向医务室走去。

突发新闻：星联新闻网特别报道

关于不久前发生在菲尔主星殖民地的灾难，最新解密的报告提供了更多的信息。星联情报部门认为，是一艘大型飞船或一颗小行星撞击了菲尔主星，撞击点就在殖民地附近。但有些问题仍待解释，比如说，该物体接近时为什么没有引发地面的疏散警报？

星联陆战队的詹姆斯·维加中尉因努力救援民众而受到表彰，尽管最终证明这些努力是徒劳的。记者要求乌迪纳议员办公室提供更多信息，目前仍未得到答复。

第十一章

要和一个地球上的小政客预约竟然那么困难。亚利克·莱德艰难地意识到了这一点。

他托关系、给好处，还威胁了一两个人，所有这一切只是为了得到一个人的联系方式——艾丽斯·西尔豪斯，国家统一联盟（UNIN）的代表。早在2149年，地球上最大的十八个国家组成星联之后，其余国家就组成了“国家统一联盟”这个组织。

这些较小的国家在财富、势力和星际影响力方面可能比不上星联，但通过与一些地球大公司的紧密联系，他们弥补了这些不足。这使他们变成地球这个死水小池塘里的一条大鱼，即使是一个亚利克都记不住名字的小国代表，身边也有庞大的官僚屏障。在和第十名官员谈到第三个小时，留下了第十四条信息之后，亚利克受够了。

“萨姆。”他坐在实验室的一台终端前，揉着眼睛。

“您正在考虑的行动路线是不明智的，探路者。”萨姆回答。

亚利克几乎笑出声来，尽管他并不太惊讶。“你怎么知道我在考虑什么？”

“您已经访问了远方之家项目的外联网站点两次；您检查了忒亚空间站的穿梭机准备记录，想看看是否有燃料充足、准备就绪的飞船；您只花了二十点二秒浏览开拓团合格飞行员名单；您右手的手指在桌子上敲击的速度呈指数增长。上次表现出这种行为之后，您和副主管哈齐恩打了起来。”

哦，因为——“那不算打架。”

“对不起，我说错了。您把他扔到一张未钢化的古董玻璃桌子上。桌子坏了，副主管需要缝四十针。”

“他自己摔倒了，萨姆。”

“对不起，我说错了。他摔倒了，您使出军用级别的徒手搏斗术帮助他落地。”一个意味深长的停顿。“我记得，副主管哈齐恩一恢复意识就递交了辞呈，而‘那个浑蛋莱德’是他对工作不满的几个因素之一。”

亚利克做了个鬼脸。他真的需要弄清楚萨姆的幽默试探法中，哪一种使 AI 发展成了一个冷面笑匠。他停止了在桌子上敲击手指的举动。

“到底办得怎么样了？”

萨姆哼唧了一声，听起来像是在恼怒。“按照您的要求，我已经请魏武登博士修改了那位代表的日程安排。现在离您的预约还有两个小时，我建议您十分钟内动身。五一二号穿梭机，三号停机坪，电力半满，但应该足够您去一趟远方之家号再回来的。我当然会辅助您驾驶。”

“远方之家号？”

“是的。那位代表目前正在走亲戚，她的亲戚在远方之家号上有一栋别墅。”

亚利克站起身来踱步。这一切都是从盗窃案开始的。之前他一直以为小偷只是一个简单的机会主义者，偷 AI 代码不过是为了赚钱。但是后来他跟踪内核找到了远方之家号，接着梅诺里斯背叛了哈珀，然后有又人雇用刺客从梅诺里斯那里得到了内核……

是老魏发现了第一个可能通往真相的线索，但亚利克需要证据，然后他才能义正词严地指控对方。西尔豪斯就是确凿证据，只要他能撬开她的嘴。这个女人跟远方之家号有联系绝不可能是巧合。

他还没意识到自己已下定决心，就转身出发了。“萨姆，”他边走边说，“请老魏再帮我一个忙。告诉他，他喜欢的那种啤酒，我会再放六罐在他的储物柜里。”

“我相信他已经找到了您要找的东西，探路者。他建议我先跟您要一桶，而不是六罐。”

“我答应了。”

因为西尔豪斯的日程安排上有这个预约，远方之家号的安保人员并没有太难为亚利克，即使他开着一艘开拓团的穿梭机，而且绕过了空间站的管理中心，直接飞到了西尔豪斯别墅所在的平台。“别墅”这个词太小气了：平台上盘踞着一个庞大的多层复合建筑，老式的加州大庄园风格，屋顶铺着陶瓦片，人行道两旁种着进口棕榈树。建筑的核心是一座大宅邸，可能至少有二十个房间。当然，这里有自己的穿梭机停机坪，还有一群小型安保用无人机。亚利克的穿梭机着陆时，无人机群飞过来对其进行扫描，但除此之外，它们并没有打扰到他。

亚利克走出穿梭机，一名助手急忙迎上前。

“亚利克・莱德，很抱歉，我没有像往常那样在你降落之前致以问候。”她看着一块数据板，神情疲惫地说道。她年纪很轻，衣着整洁，几乎不抬头看他，只是眉头紧蹙盯着数据板，仿佛那东西冒犯了她。“现在我才注意到你在日程表上。请跟我来……”

她领着亚利克走上一条弯弯曲曲的鹅卵石小径，穿过一个精心布置的花园，来到一个长长的泪珠形游泳池边。池边的躺椅上躺着西尔豪斯：一位端庄的中年妇女，深棕色的皮肤看上去十分健美，已有丝丝灰白的头发如同云朵般蓬松地拢在她的脸庞周围。她戴着超大号的太阳镜，当他们走近时，她把墨镜拉到鼻尖，从镜框上方皱眉看过来。

“艾莉森，这是什么情况？”

“对不起，代表。”艾莉森咬着下嘴唇回答，“我应该事先提醒您这次会面的。需要为您和莱德先生准备茶点吗？”

西尔豪斯盯着莱德，怀疑地眯起了眼睛。“去准备吧，”她慢条斯理地说，“再检查一下那条日程安排。请你仔细看看莱德是什么时候预约的。”

艾莉森困惑地点点头。“我马上叫人送来。”她急忙走了。

亚利克端起双臂，等待艾莉森走远。“我想你已经猜到我为什么来这儿了。”

“也许吧。”西尔豪斯说道，指尖在躺椅扶手上轻点，然后朝亚利克身后的另一张躺椅点了点头。“坐下，莱德。告诉我你为什么要搞这种欺诈的鬼把戏。”

亚利克轻手轻脚地走到另一张躺椅旁坐下。这些东西看起来很脆弱。以前即使埃琳设法把他拖出去度假，他也从来没有在躺椅上放松过。不过这些躺椅的质量非常好，都是用重材制成的，从地球上运来一定花了不少钱，应该不会在他身下坍塌。

“核心问题是，”他针锋相对地问，“你为什么要支持远方之家项目？好是谁付钱让你这么做的？”

西尔豪斯笑了。“你不是那种把时间浪费在寒暄上的人。”

亚利克抑制住了耸肩的冲动，回敬道：“我不是政客。而且咱们俩都很忙。”

“可不是嘛。”西尔豪斯看了他一会儿，然后摘下了墨镜。她的眼睛是淡褐色的，令人心神不安。“我是家园集团的董事会成员，这家公司为远方之家和其他项目提供资金。这是一份相当愉快的工作，因为他们总是在世界各地充满异国情调的地方开会，而且他们对津贴也不吝啬。但我不明白你为什么会对这些事情感兴趣。”

亚利克眨了两下眼睛，让萨姆把他来这里之前要求的信息告诉他，显示在他眼睛的植入显示屏上。亚利克的视野中出现了一张写满人名和企业名的表格，箭头和说明显示出各个名字之间的联系。不过西尔豪斯只会看到他的眼睛暂时眨了几下。

“你是 UNIN 科学拨款委员会的成员，”意识到萨姆展示了什么之后，亚利克大声说道，“因为你，UNIN 同几家研究公司签订了合同，这些公司都是家园集团旗下公司的附属公司。他们并没有直接为空间站付费，但是给一些资金洗牌并不需要什么特别高明的会计方法……所以折腾到最后，投资远方之家的其实是 UNIN，而不是家园集团。”他环顾四周，看着那些棕榈树、宽敞的别墅和整个平台的私密空间。“这使得企业资金可以自由地流入其他项目，比如你在这里的私人假期。”

西尔豪斯并未慌张或试图掩盖什么，她只是露出一抹狡黠的老政客的微笑。“这栋别墅是我弟弟付钱买的。”

“你弟弟只是支付了平台的租金。但这栋别墅是由瓦迪加里预制房公司建造的，几乎没花一分钱。这家公司表面上与家园集团没有任何联系，但该公司的首席财务官与家园集团旗下一家公司的首席执行官有一腿。如果只是随便查查你的财务状况，是不会发现其中的猫腻的。”其实老魏也是刚查到这一点。“在我看来，这是一起股票腐败案。一位政客为了一项对她个人有利的项目而争取政府资助。你甚至资助了远方之家反对仙女座计划的媒体活动，这样一来你的——对不起，是你弟弟的产业就会升值。”

亚利克摇摇头，试图控制住自己的怒气。他这么多年来付出的心血，竟然可能毁在一群贪婪政客和高管的手里。真是令人难以置信。“那么，雇用那个叫卡利莎·宾特·悉南·阿尔－吉拉尼的记者花了你多少钱？”

“其实她搞臭科拉·哈珀是免费的。”西尔豪斯的语气轻描淡写，但她的笑容现在不见了，坐姿也有些僵直。亚利克戳中了她的要害，他们俩都清楚这一点。“我只是想让新闻听起来足够唬人。”她说，“曝光几个科学家和他们几乎无关紧要的形象工程，这对她来说毫无意义……但有机会抹黑仙女座计划的幕后赞助人却是另一回事。”

是的。亚利克坐直身子。“你到底是怎么让吉拉尼做到这一点的？”

西尔豪斯喘了一口气，立刻眯起眼睛。“原来如此。你不是在查我，你是在查她。我们背后的那个人。”

我是在查那个偷了我AI技术的人，此人似乎铁了心要和全人类分享AI技术，亚利克冷酷地想。但他说的是：“如果你能把知道的一切都告诉我，我很可能就会忘了你的那点儿破事，西尔豪斯代表。”

西尔豪斯噘起嘴唇沉思了好一会儿，然后说道：“你似乎忽略了一点，家园集团背后不只是UNIN和一些大公司。我们与星联也有联系。到目前为止，这种联系仍是礼貌而肤浅的，他们给我们有趣的技术，我们给他们钱。不过最近我们内部的关系恶化了。为了一项特别敏感的技术而陷入争执，这项技术起先落入了家园集团的手中，后来又弄丢了。”

亚利克皱起了眉头，然后他明白了过来。老天啊。他吸了一口气，惊恐地意识到事情的严重性。星联军方现在有萨姆的核心代码了。

他站起来，开始踱步，几乎无法控制自己的情绪。“开玩笑呢吧。开玩笑呢吧！他们当年就因为这个把他踢了出去，现在自己又高高兴兴地用起来了？”

“不是星联的每个人都参与了，目前还不是。最好把他们看作是星联内部的一个派别。”西尔豪斯耸了耸肩，“任何大型组织内部都会有派系之别。几年前有些人听过你向对高尔大使的介绍，他们都对你的建议很着迷。他们中有人选择追求这项技术，这有什么奇怪的吗？当然了，轻率之举被曝光的时候，看起来还得是遵循议会法律的。”

该死的军方。归根结底他们和政客没什么不同。“这就是我他妈要去另一个星系的原因。”亚利克生气地说道。

西尔豪斯咯咯地笑了，但她的笑容没有持续多久。“有一个地方你应该知道，一个叫作‘宁静涡流’的研究测试机构。”

亚利克停下脚步。想起哈珀发来的最后一条信息，他不禁打了个寒战。信息里没有音频和文本，只有坐标——位于特拉弗斯的一个星系，在开普勒边缘。在一大片俄语名的行星和小行星中，只有一个听起来像哈纳人起的名字。

“我有个特工在那里。”他脱口而出。

“是吗？”西尔豪斯伸手去餐柜上拿亚利克一直没碰的饮料，抿了一口。“嗯，希望你的特工身手一流出类拔萃——而且行动迅速，因为军界的朋友告诉我，他们在大约二十五小时前与宁静涡流失去了联系。他们已经派了一艘巡洋舰去处理这个问题。”

星联是不会派遣巡洋舰去检查通讯故障的。巡洋舰只有一个任务：把目标炸成粉末。如果有一艘在去这个研究机构的路上……

他把科拉派去那里了，他让她孤身一人去了那里。士兵们曾死在他的指挥下，他在战斗中幸存下来，但从未忘记逝者的面孔。而仙女座计划是他结束军旅生涯以来最大的安慰：他现在是探路者，他的工作是拯救生命，在群星之间传播人类文明，而不是让好人去送死。

亚利克又转向西尔豪斯。她看了看他脸上的表情，往后缩了缩。

“代表，请把有关宁静涡流的一切都告诉我，”他说道，“现在就说。”

第十二章

透过医务室的窗户，科拉看到宁静涡流的幸存者们正忙着完成最后的准备工作。几乎每个匆匆走过的人手里都拿着枪，有几个人带了不止一把。有位女性拿着一个用金属墙板和管道胶带胡乱拼凑而成，仿佛盾牌的东西。有人给科拉拿来了预留的口粮，但她只喝了银色包装袋里的果汁。她不确定自己的胃能不能消化更硬实的东西，而且她也不饿。战斗之前她从来不觉得饿。

“大家请注意，”詹森博士通过实验室的公共广播系统说道，“请所有人十分钟后到净化室集合。我要开始行动了——我会向美狄亚‘揭露’一个完全不同的楼层，并往那个楼层里填满人类生命体征。从理论上说，美狄亚会把她所有的增强体都派到那里，这是我们逃离的机会，但是……”一声沉重的叹息。“嗯，如果你信神的话，现在是时候祷告了。”

科拉靠在医务室的小床上，把最后一个传感器压在锁骨下面。“好吧，”她对阿里奥基斯上尉说道，“开始之后，我的心脏有可能停跳，所以我会链接体征监视器。”这是萨姆－E 吩咐她做的。这间医务室是全自动的，有电机除颤臂、肾上腺素注射器和所有常规设备。一旦她心脏衰竭——相对其他情况，这并算不上真正的危险，这些设备能挽救她的生命。“如果发生这种情况，就让设备做它们应该做的。”

“明白了。”阿里奥基斯端着双臂说，“但是请回答我一个问题。”

“什么问题？”科拉扭动身子，想在小床上躺舒服些，但没什么用。她向来不喜欢医务室。

“是谁一直对着你的耳机说话？”

科拉愣住了。她应该预料到这一点的。刺客善于观察，而科拉不善于表演。这就是她选择阿里奥基斯的原因——她决定说实话。“一个朋友。”

阿里奥基斯眯起了眼睛质疑道：“朋友？”

萨姆－E 的声音突然从医务室的扬声器里传了出来，科拉并不十分意外，因为她必须把 AI 和医务室的诊疗系统连接起来。“我是仙女座计划的模拟自适应矩阵之一，上尉，”他说道，“目前与科拉·哈珀中尉整合在一起，这是所有探路者和预备探路者的标准配置。我相信您已经猜到了，我是一个 AI。”

即便科拉知道阿里奥基斯是什么人，但看到她那么快就拔枪，而且毫不动摇地对准了自己的头，科拉还是感到震惊。“你把另一个 AI 带到了这里。”她冷冷的语气表明，这不是一个问句，而是一种指责。

“是的。”科拉回答。她的声音很平静，尽管医疗设备在她的脉搏急剧变化时发出哔哔声。“不管美狄亚出的是什么问题，我的 AI 都没有那种问题，它并不疯狂。相信我，要是没有它，我到不了这里。萨姆－E 不止一次救了我的命，它现在还会帮我一起救你们的命。前提是你不把我的脑袋轰掉。”

阿里奥基斯的手没有放下，但她也没有开枪。“我从伊利姆的阿莎丽人手里拿来的内核，”她说道，“你说那是属于仙女座计划的。它也是你头脑中 AI 的一部分，而那正是美狄亚攻击我们的原因。”

萨姆－E 回答说：“阿里奥基斯上尉，您的说法并不正确。正如詹森博士话里所暗示的，在实现并意识到 AI 出了问题之后，我的核心代码就试图关闭美狄亚。”

“美狄亚以前一直好好的，他们一安装了你的技术，她就开始攻击我们！”

“美狄亚连上神经机械系统之后就想攻击你们了。她的意图早就……诞生了。”科拉轻声说，“我不知道那是多久以前，几天，几周，几个月，都有可能。那段时间里她一直在观察你们，它在等待并默默制定计划，盘算着如何接管这个研究基地，如何做它已经做到的事情。你们只是被蒙在鼓里罢了，直到莱德的代码迫使它暴露真面目。”

阿里奥基斯眯起了眼睛。

“还有一件事情需要告诉你，”科拉说道，“为了让我们能活下来，萨姆－E 要……”怎么形容比较好呢？“设法让我的生理系统超速运转。在很短的一段时间内，我会变成一台人肉落锤破碎机。希望这能让我们顺利离开这个基地。”

阿里奥基斯下巴上的一块肌肉抽搐了一下。除此之外，她那张冷冰冰的脸上什么表情都没有。

“怎么做到的？”她问道。

“即使我明白其中的原理，我也不知道该怎么告诉你。”科拉深吸了一口气，“不过现在，它会……引发一种反应，就像引爆一颗炸弹，只不过那颗炸弹是……我这个人。”这可能不是最好的比喻，科拉可以看到阿里奥基斯在权衡她有哪些选择。“如果一切顺利，我就能帮助幸存者上穿梭机。如果出了问题，我的心脏会停跳……或者我会进入一种狂怒状态，那时候你就得把我干掉。”

“啊，你要我跟来是为了这个。”令科拉惊讶的是，刺客似乎放松了一些。“那么你的AI，它对人类怀有那种暖暖的爱意？你是这个意思吗？”

科拉叹了口气，坐起来，支起胳膊，手指揉着鼻梁。“听着，我不知道。我只是个陆战队员，好吗？如果你想探讨关于AI的哲学，我认识一个家伙，他可以跟你好好聊聊。但现在我可以说：我绝对信任萨姆-E。”

阿里奥基斯歪着脑袋，满脸怀疑地看着科拉，甚至不需要说一个字。

科拉笑了两声。“是的，我知道。我也不敢相信我会说出这种话来。但这是真的。”她耸了耸肩，对自己感到惊讶。换做一周前，要是有人问她……但事情变化太快了。“没时间说这些了。如果我对你或你们这群人表现出敌意，请杀了我……或者在你认为有必要的时候动手。”然后她躺了下去，深吸了一口气。“好吧，萨姆-E。咱们开始吧。”

“谢谢您信任我，中尉，”萨姆-E轻声说道，只有科拉能听见。“我会尽最大的努力，不辜负您的信任。”

一切就这样开始了。

她已经准备好经受疼痛，诱导人类进入“血怒状态”听起来并不是什么愉快的过程。起初，她只觉得脖子后面有一种刺痛感，就在她的异能植入物下方。然后一阵战栗涌过全身，她突然发现自己呼吸加快了。房间里变得很热，是谁把室温调高了？她在小床上不安地动了一下，又动了一下。紧张让她很难完全一动不动地躺着。

“我也在试着控制您的情绪状态，中尉。”萨姆-E说道，科拉确信AI的语气也很紧张。“我已经成功限制了目标系统的神经化学变化，这些变化更容易逆转。人类的情绪果然是一种复杂又难以施加影响的东西，更别说控制了……但是如果我没做错，您就不会出现这种想杀死阿里奥基斯上尉的冲动了。”

科拉吃了一惊，朝刺客瞥去。

萨姆-E开始诱导过程之后，阿里奥基斯在几秒钟内——还是花了几个小时？——摆出防守姿势。她身子微蹲，肩膀前倾，枪仍然稳稳地对准科拉，重心靠后腿平衡着，看着科拉的脸。

“一切都好吗，哈珀？”

科拉眨眨眼睛。她觉得很好，比很好还要好。她坐起身——突然发现自己站在房间的另一头，双手撑在窗户上，强大的异能在体表燃烧，甚至很难稳稳停在地上，很难不把墙壁撕开，很难集中精力，很难——

“哈珀。”阿里奥基斯的声音尖锐起来，充满警告意味。

集中精神，开口说话。“没、没事。”科拉说道，气喘吁吁的，身体微微发抖。她小心翼翼地把手从玻璃上拿下来，窗户上留下了汗津津的掌印。这双手看起来并没有变大变强，但她觉得自己可以徒手打穿这颗小行星。“嗯，挺好的。”

萨姆-E通过医务室的广播说话，以便阿里奥基斯也能听见。“心脏骤停、中风和器官衰竭的危险似乎已经过去了，中尉，至少现在是这样。嗜杀性精神错乱的危险仍然存在，但是……您感觉如何？”

科拉摇摇头。她的心怦怦直跳。她是在……害怕吗，并且怒不可遏？这两种情绪在她心中混合，不可分割地缠绕在一起。一阵战栗开始在她的腹腔积聚，形成一声咆哮，爬上喉咙，直到她咬牙切齿地抽搐，抱紧自己，最后大喊出声。她实在忍不住了，但吼过之后说话变得容易多了。

“没、没有那么精神错乱。”她勉强说道。她发现自己其实更希望变得精神错乱——这想法让她咯咯笑了两声，然后才控制住。现在的问题不是妄想症，而是要面对现实。她真的想杀死现实。

也许我是有一点儿嗜杀，她想。她希望自己只是在默念，而不是声嘶力竭地喊叫。

萨姆－E礼貌地切换回科拉耳中。“唔。请原谅，我对您的扁桃腺不太满意。稍等片刻——”

突然间什么感觉也没有了。不管萨姆－E在做什么，科拉都没感受到。接着她又感受到了；就在一瞬间，她的头脑变得——不太清楚。体内好像有什么东西……在等待。等待什么？

“好了，各位，”詹森博士再次通过广播说道，“我正在启动诱饵信号……开始了。”

就是等这个。*集中精神*。一个攻击对象和一个最终目标。没错。科拉挺直了腰，转向阿里奥基斯。

“咱们走吧。”

阿里奥基斯眨眨眼睛。科拉没有等她，她大步流星地走出医务室，沿着走廊迈步，边走边戴上头盔。根据她的盔内显示器，净化室就在前面。房间里聚集着那一小群幸存者，科拉走进去的时候，他们全都转身给她让道。詹森站在人群的最前面，举着自己的万用仪，专注地看着屏幕上滚动的代码行。丹加纳站在詹森旁边，也正盯着屏幕看。科拉走到两人跟前，他们都抬头瞥了她一眼，脸庞因焦虑而绷得紧紧的。

“诱饵运转正常吗？”科拉问道。

“正常。”詹森轻敲万用仪，“但我无法使用实验室以外的传感器，所以不知道那些增强体是不是正往假楼层的方向去。”

“我们必须爬到上面一层才能出去。”丹加纳补充道，他举着万用仪，屏幕上显示了出逃路线。“为防实验室暴露，我们堵住了楼梯井。你进来时走的电梯井实际上是唯一的开放通道。电梯井墙边有一段梯子，人人都能爬，但我们刚爬到上一层的最初几分钟是力量最薄弱的时候。”

“明白了。战斗力最强的人先上去，然后建一个防御圈。我打头阵。萨姆-E，你能帮上什么忙？”科拉意味深长地瞥了一眼阿里奥基斯，懒得默念。她们两人之间的关系已经过了最紧张的时刻。

“谁？”丹加纳问道。科拉没搭理他。

“我只能利用您的感官和盔甲上传感器来监测您附近的动静，”萨姆-E在科拉头盔中回答，“不过目前您的感官已经得到了增强，我应该能够建一个更好的预测模型——”萨姆-E突然停下了。“对不起。我忘了您更喜欢简短的解释。我应该能够在十米半径内准确地监测到动静。”

“明白。”科拉不禁露出一个凶狠的微笑。“我们能行的，萨姆-E。美狄亚不会知道是什么袭击了她。”

“正是这样计划的。”萨姆-E回答道。

科拉转向人群。他们是多么惊恐！她咬紧牙关。

“我想我应该做一场动员演讲，”她说，“但我不擅长那种事。总之，我们没有时间了。你们知道这是怎么回事：要么跑，要么死。不要掉队，掉队会死。齐心协力，否则大家都会死。”她指向保科清彦，年轻的研究专员紧张得直哆嗦。“清彦，你跟他待在一块儿。”她朝曾博士做了个手势，老人有些疑惑。“如果曾博士自己跑不动，你就背着他跑。你能做到吗？”

清彦一直神情不安，脸色发青，但此刻他不假思索地说："能、能做到。"然后他的表情明朗了，他直起身子，轻快地点点头，显然找到了新的人生目标。"没错。我能做到。"

科拉转向特伦斯·辛格，男人一只手搭在珊特·卡佛的肩膀上。这对临时父女都有突击步枪，尽管那挺超轻型步枪挂在珊特瘦小的身体面前，看起来大得荒唐。"谁都不会掉队的。"辛格坚定地说。他望向珊特，珊特点点头，表情也同样坚决。

"不掉队。"女孩附和道。

他们都准备好了。有一股战栗涌过科拉身全身，这一次所有的感官都为战斗做好了准备。她转向通往电梯井的沉重双开门。"打开吧。"

一个女人按动了开门程序，随着一声空洞的呻吟，金属门开始向两侧滑开。

第一个增强体登场了。

正是之前在电梯井里袭击科拉的那个，她瞬间意识到自己已经记住了它的模样：那身褴褛的衣衫上有方才早已见过的颜色和图案，头上有几缕稀稀拉拉的红发，身上满是烧伤和血痕。它一条粗壮的胳膊无力地垂着，显然已经断了，但它却凭借另一条完好的胳膊吊在电梯门对面的墙上，手指在金属墙板上抠出几个凹洞，牢牢地抓着。

在它身下的电梯井壁上，科拉看到更多用手指打出的类似凹洞，有规则地排成串。看来它坠落之后又站了起来，一步一步地，靠单手往上爬，要继续追杀她。它以前没有出手，因为它不知道实验室所在的那个楼层——但是现在电梯门打开了，它的眼睛获取了美狄亚无法提供的数据。

科拉周围的人一看到它就大叫起来。增强体露出钝牙，用双脚抵着墙，跳向敞开的电梯门。

科拉没意识到自己在叫喊。尖叫，报丧女妖一般原始而激烈的尖叫，声音大到甚至擦伤了喉咙，让她的视野微微发红。还没来得及思考，她的身体已经开始行动了。她打开万用刀，把自己裹在纯力之中，如同炮弹一般砸了出去——转瞬之间，增强体的身躯扑通一声倒地，不再动弹。科拉落在它宽阔的后背上，手仍痉挛地弯曲着。只听见那东西的头颅从对面的井壁上弹开，然后向下坠落。

她到底做了什么？踢掉了它的头，挥动万用刀把脑袋割开了，还是纯粹用异能给它来了个斩首？无所谓了。科拉抬起头，瞪着聚集的人群，人们也一言不发地看着她，他们全都惊呆了，包括阿里奥基斯。

“行动！”她喊道，他们动了起来。

科拉领路，在门口一跃而起，抓住梯子，以最快的速度跳了上去。赛义德和阿里奥基斯紧随其后，接着是赛义德手下的士兵。上方的这条走廊是一片灯光闪烁的灾区，橘黄色的光线中烟雾缭绕，到处都是残骸，但眼前没有怪物。科拉命令几个士兵无论如何都要掩护好走廊，一名士兵帮助幸存者爬上梯子，其他人则准备好迎接来自任何一个方向的袭击。安排妥当后，科拉慢慢地走到前面，拔出手枪，压低身子，透过窗户、半开的门和走廊拐角四处张望。

目前没看到什么。

“中尉！监测到——”

话音未落，她上方的玻璃碎了，一个增强体撞碎窗户冲了出来，紧握的拳头已经挥向了她。

科拉一声咆哮，闪到旁边，同时把聚集在掌中的一个质量扭曲扔了出去。增强体瞬间失明，跌跌撞撞地走过来，伸手抓向她的脚踝。科拉跃入空中躲避，仍能感觉到怪物的巨掌扫过时刮起的风。她在半空中扭身，落在增强体的肩膀上，用双腿夹紧它的脑袋以支撑身体，同时双手使出一招“新星”，直辟入它的天灵盖。它抽搐着倒下，科拉及时跃起，蹲伏在地，气喘吁吁。鲜血覆盖了她的前臂，溅得到处都是。但是这个增强体确实死了。

“中尉，”萨姆-E急切地说，“美狄亚发现我们了。”

“我也意识到了。”*该死的*。“那些东西看到了什么，美狄亚就可以看到什么，对吧？增强体注意到其他幸存者了吗，还是只发现了我？”

“可能只看见了你。它的脑袋没朝那个方向转过。”

这算是好消息。科拉从别处绕到赛义德和阿里奥基斯附近；刺客上尉正帮一名实验室技术员从梯子上爬起来，而赛义德只是盯着科拉，嘴巴张得大大的。“在大家都上来之前还会有多少个增强体？”

“也许十个吧。”阿里奥基斯咕哝着，伸手去拉那个女技术员。“我这儿还得五分钟。”

他们等不了五分钟了。她走到詹森身边，拉住她的前臂。詹森被留在大褂上湿漉漉的血印记吓了一跳。“萨姆-E，连接詹森博士的万用仪，给她发一条去机库的路线，尽量避免与增强体接触的可能性，选你预测出的最好的路线。”

“你在跟谁说话？”詹森问。

“我这就去办，中尉，”萨姆-E回答，“您的打算是？”

科拉同时对詹森和AI说道：“美狄亚发现我了，但没看见你们其他人。这意味着我得离开大部队。我来当这个更大的诱饵，把怪物们引开。”

“天哪，”詹森叹道，“好吧。好吧，你千万小心。”

科拉捏了捏詹森的胳膊。“跟着你万用仪上的路线走，脚步要快。如果我还活着，我会去机库跟你们碰面。只要大家都上了穿梭机，你们就走，别管我。”

科拉说完转身快步走开，蓝色的异能光焰使走廊的墙壁泛起水波般的光亮。她觉得……很好。这一刻，她感觉自己就像想象中强大的阿莎丽主母。她的内心如飓风眼一样平静，而身体却燃烧着，像一场缓缓蔓延的大火。

“您没事吧，中尉？”萨姆 -E 问道，声音里透着关切。

科拉这才意识到自己呼吸困难。她咧嘴一笑答道：“我感觉棒极了。”

然后她开始奔跑，穿过橙黄色的涟漪般的光线，跳过障碍物，在垂落的天花板之间飞奔。地板的震动告诉她附近有个增强体，她大叫：“来抓我呀！”这种嘲讽本身毫无意义。你无法嘲讽那些增强体，它们不过是一堆被 AI 污染了的生物。不过这么做感觉很好，而且还把幸存者团队周围的增强体都吸引走了，所以她继续高呼。

一切都感觉良好——奔跑、叫喊、躲避残骸。她觉得自己无所不能，不可战胜。下一层有什么东西在砰砰地敲击，一只拳头打穿地板露了出来，科拉笑了，故意一脚踩上去，然后继续奔跑。很快，那个增强体完全爬了上来，开始朝她冲刺，科拉在走廊的交叉处突然急转弯，蹬上侧墙转身以抵消惯性。就在她调整为正常身姿的时候，增强体撞到了她身后的墙上。怪物咆哮着，猛烈地撞击，冲破了好几层墙板，陷入纤维网里。不过地板仍然在摇晃，附近还有增强体。

她必须不断转移。

连续不断地奔跑和避让似乎成了一种超现实的常态。怪物的手穿过一扇门板，抓向她的头部，她滚地闪躲。当她跑过一堵破损的墙壁时，墙上的电子系统中有什么东西对她已增强的视觉产生了强烈的刺激。在失明的瞬间，她险些撞上一个刚从天花板上打洞跳下来的增强体。她闭上眼睛，放出更明亮的异能光焰，一边嘶吼，一边造出一条巨大的质量效应廊，径直洞穿了怪物的身体。它号叫着，想用剩下的那只手去抓科拉，科拉却从它身侧的孔洞里钻了出来，顺势在地上滚了一圈，又爬起来继续跑。奔跑。不断奔跑，穿过这片橘黄色的地狱。

“中尉。”萨姆－E突然发声，把她吓了一跳。她必须努力集中注意力才能理解他的话语。AI和她交谈了几秒钟后，她才反应过来。当她最后咕哝着应答时，萨姆－E说：“代谢废物开始在您的体内堆积了，速度快得有些危险。我会尽力帮助您，不过您在这种血怒状态下已没有多少时间了。”

另一个讨厌的怪物在拐角处迈着沉重的步子。科拉一跃而起，踩着它的脑袋借力，好让自己跑得更快。整套动作一气呵成，仿佛已是她的第二天性。可她落地时绊了一跤，心知萨姆－E的警告不是虚言。“他……”自己开口说话比理解他人更困难。“他们呢？”

“他们已经抵达机库了。路上也不顺利，有两个增强体一路攻击他们，但他们把怪物成功击退了。大多数增强体都集中在你周围。”

好的。现在科拉的目标是在怪物的围捕下存活。

“去机库。”她说道。盔内显示器开始导航，她再次奔跑起来。不过，跑步的感觉已经不太好了，她觉得腿、胳膊和腹部的肌肉在燃烧。转过一个拐角时，她的视野有些模糊，片刻之后她才意识到自己就要撞上一堆尸体了。她飞身跃起，但距离不足以跨过那具四肢伸开、眼睛圆睁、穿着防暴装备的年轻人尸体。她的脚趾被盔甲绊住了。她尖叫着，狠狠地摔倒了，甚至眼冒金星。她费了好大劲才爬起来。喉部的呼吸声有些刺耳，她似乎喘不上气了。

“中尉。”科拉觉得萨姆－E的声音低沉，似乎不太开心。“我们有个……问题。我认为美狄亚已经料到了您要走的路线。”

“然后呢？”她跑进通向机库的最后一条走廊，一下子明白了。

那里徘徊着六个增强体，它们低吼着，等待杀死她的机会。科拉跌跌撞撞地停下来，其中一个发现了她，其余几个立刻一起转身面对她——它们彼此以亚光速通信。

太多了。要是只有一两个，科拉还能对付。但现在敌人太多了，而且她举枪的时候胳膊沉得像是拖着大块的岩石。她的异能增幅器因过度使用而发烫，她怀疑有几缕头发已经焦了。

在那群怪物后方，她还能听到穿梭机引擎发出的独特嗡鸣。

“让他们起飞吧。”科拉说道。她希望萨姆－E 离得足够近，能连上穿梭机的网络与他们交流。“不用担心我。”她勉强笑了笑，尽管现在连咧嘴都很疼。她突然明白了妮西拉多年前告诉她的一件事，当时她差点儿在一次任务中丧生。

这是一个阿莎丽主母的故事。故事的主角也面临着绝望的处境：一大群克洛根人突袭了艾略塔殖民地，居民还没来得及疏散。当时没人愿意留下来坚守防线，除了她。指挥官试图说服她撤退，并提醒她，她在瑟熙亚还有两个小女儿，她们将因母亲的死变成孤儿。如果她不在了，谁来把她们培养成优秀的阿莎丽姑娘？

“我只有一课要教给她们，”这位母亲回答说，“这是母亲教给孩子们的最重要的一课：如何战斗。”然后她冲向了那群克洛根人，最终死在敌人的炮火中，但她为疏散留出了足够长的时间，每一架穿梭机都顺利起飞了。

科拉没有孩子，但她的穿梭机上有孩子。科拉的母亲不也是这样教导自己女儿的吗？虽然母亲失踪已久，很可能已经死了，但她为科拉的未来开辟了一片天地。

“我是塔林的巾帼斗士。”科拉对自己低语。增强体们开始冲刺，而她仍在微笑。这是巾帼团的座右铭。她把没用的手枪扔到一边，握紧拳头，使出每一丝蓝白色的能量，让光焰烧得分外炫目。“我们面对混沌。我们拒绝死亡。”

她跑向那些增强体，向它们发射动能冲击波。爆炸使其中两个怪物摇晃起来，另外两个阵脚大乱，但是爆炸范围边缘的那些怪物只是略略减速，依旧朝她冲来。科拉急忙刹住，躲开一只伸来的巨掌，把一个奇点扔进那片由腿脚、手臂组成的丛林里。她从两个怪物中间滑过去，伴随着狂怒的吼叫出现在它们身后。其中一个怪物朝她扑来，她拧身闪向旁边，勉强躲开了这一击，但脚下一个踉跄，她不得不重新找回平衡。

就在战斗节奏被打乱的那一刻，一只巨手紧紧抓住了科拉的右肩。她猛力击打，毫无作用。她正准备用异能把敌人甩开的时候，那怪物已经把她拎了起来，往附近的墙上扔去。

科拉重重地撞在墙上，所有的疼痛都消失了。思维一片空白。再次清醒的时候，她意识到自己昏迷了几秒钟。她睁开眼睛，试着站起身——怪物们都离得很近，但并不急着杀死她，仿佛美狄亚要细细品尝胜利似的。然后她吃惊地尖叫起来，因为她整个身体右侧都在剧烈地疼痛，疼得几乎眼前一片空白。可能有多处骨折。刚才那一击几乎耗尽了她的护盾，盔甲也遭到了严重的损坏，补充护盾用的发生器几乎不工作了。科拉身体其他部分则陷入了一种超然的、漂浮的倦怠状态，她知道这是临时增强结束后崩溃的开始，萨姆 -E 曾警告过她。

科拉站不起来了。

“你、你还在那儿吗，萨姆 -E？”她问道。其中一个增强体站在她跟前，摩拳擦掌。也许是在犹豫，不知道怎样把她打死最棒。

“是的，中尉。”AI 轻声说，“我一直都在。”

科拉抬起完好的左臂，尽管感到刺痛——因为麻木或肌肉过度使用，或两者兼有——她还是试着向怪物发出一股冲击波。它跌跌撞撞地后退了一步，重新站稳之后竟然显出一副被逗乐了的表情——也许这只是她的想象。她已经用尽了全力，美狄亚知道这一点。科拉异常疲惫，任由胳膊垂到地上。

“好，”她说，“很好。我不是孤单一人。”

面前的增强体握紧了拳头，开始砸她带着头盔的脑袋——

——然后，这怪物倒在了地板上，亮晶晶的小眼睛瞪得浑圆，脸上写满了惊讶，惊讶这突如其来的死亡。阿里奥基斯上尉从它的肩头跳下来，手里的万用刀红得发亮。她瞪着科拉，然后跳开了。

这是怎……

紧接着，科拉听到了突击步枪的轰鸣，还有——噢喔——导弹发射器的嗖嗖声。她的护盾量仍然很低，几乎要冒烟了，所以科拉把她仅剩的一点异能汇集起来，编织进那层脆弱的动能护盾里，因为——

导弹爆炸震动了整个走廊，震碎了玻璃，撕裂了金属，把科拉周围半数的怪物炸成了碎片。她刚拼凑出来的屏障护盾混合层推开了一条巨石般沉重的手臂，然后她再次昏了过去，筋疲力尽无法动弹。

再次迷迷糊糊睁开眼睛时，科拉看到了突击步枪枪口的闪光，听到了周围增强体的怒吼，感觉到地板在它们倒地时剧烈的颤抖。然后，一双穿着靴子的脚向她小跑过来。靴子的尺寸是最小号，所以话音还未传来，科拉已经知道是谁了。

“呵，还活着呢吧，哈珀？”阿里奥基斯蹲在旁边问道，“我担心导弹把你炸死了。”

“好像……”科拉的声音有些刺耳，“还没死透。”

“看看我能不能让你保持这个没死透的状态。”

“不是你……平时的……专长吧？”

“哪个女孩还没有点儿业余爱好呢？”阿里奥基斯抓住科拉的断臂，

想把她拉起来。科拉不记得自己发出了尖叫没有，但阿里奥基斯扶起她另一侧肩膀后，她清醒了片刻，感觉到嗓子里有种擦伤般的刺痛。

萨姆－E 的声音从她的耳机中传了出来："中尉，您同时承受着外伤和临时增强后的毒副作用。我将使您进入医疗昏迷状态，这是能让您活下去的唯一办法，直到您能得到适当的治疗。"

"好吧，快点儿吧。"她含糊地说。大概是上天对她的怜悯，在阿里奥基斯把她拖向穿梭机之前，科拉就失去了知觉。

太阳周快乐，议会空间的公民们！这里是每周潮流报告，我是马库斯·西蒙斯，你们的向导，我将会带领大家了解银河系中所有真正重要的事物。

先来看看这位令人脸红心跳的猛男吧！星联军官詹姆斯·维加，菲尔主星惨剧的英雄——哦，说得太早了？抱歉——还是先大饱眼福吧，两足兽们！哦，看看那些文身，看看那肩膀。我们的几位阿莎丽工作人员已经在忙着研究如何才能与他约会了！

下一则新闻：又到了欢庆的时刻！随着两年前最后一批桀斯飞船被摧毁，星联所称的“伊甸主星战争”正式结束。我们听说欧米伽的来世俱乐部将举办一场盛大的派对来庆祝这个日子！有传言说神秘的欧米伽四号中继站出现了一艘飞船。也许他们也听说了这个派对？

下一则新闻：颈部文身又时髦起来了。我们采访了灵姬，她……

第十三章

科拉不知道已经过去了多久，几个小时、几天还是几个星期？有一段时间，她对世界的感知只有一些细碎的片段，那些可能只是她发烧时做的梦。

* * *

片刻清醒。她躺在穿梭机的长椅上，一个面色苍白的女人拿着万用仪传感器扫描她的脸，还有一群人围在她身边。从穿梭机的扬声器中传来萨姆-E的声音："体内残留的过量肾上腺素导致她无法进入昏迷状态。请试试这个——"

* * *

有些颠簸，她迷迷糊糊的。有人正抬着她。那个黄皮肤的女人在叫喊，一只手支撑着科拉有气无力的脑袋，另一只手招呼同事。"有伤员，三级代谢衰竭，过来帮忙！"穿着星联急救员制服的陌生人包围了她，科拉的思绪再次陷入黑暗。

* * *

亚利克·莱德倚在医院病床的栏杆上，对着房间那头的人大喊大叫。那些话毫无意义，所以她又睡了过去。

* * *

她看见了母亲的脸，虽然这是不可能的。母亲失踪多年，推测已死亡。但那张面庞上有和科拉一模一样的淡褐色眼睛，围巾边缘露出来一缕和科拉如出一辙的金色头发，表情中流露出恐惧和悲伤。“如果你大老远跑回家，结果却要死在这里，还不如由我来杀了你。”她说。科拉想笑，但笑不出来。**可是我不在家里啊**，她想，面孔消失了。

* * *

她似乎已经很久没见到其他人，眼前这张阿莎丽面孔令她吃惊。已经一周了吗？一年，还是十年？是妮西拉。妮西拉用长长的手指轻抚科拉的脸，那双蓝中带黑的眼睛凝视着她。有什么东西钻进了盖在科拉心头的厚重黑暗毛毯，正用力拉扯。**住手**，科拉抽搐了一下，在心中高喊，**我要休息！**随即，她便对自己如此失礼的想法震惊不已。妮西拉挺直身子走开，又恢复了正常的微笑。她对另一个人说：“哦，没问题，她还在。被打扰了她很生气，所以我们还是让她好好休息吧。”不知怎的，一个气泵似的东西连到了她身上，发出嘶嘶声，然后她再次沉入黑暗。

* * *

科拉猛地惊醒。她眨眨眼，环顾四周，发现自己躺在一间灯火通明的病房里，身下是一张医疗监护床。谢天谢地，有人给她换了上下两件的睡衣，而不是病号的连身长袍。睡衣白得可怕，上面布满了鲜花和星星的图案。她透过医患室的内窗向外张望，看见门口站着两个警卫。

“中尉，”萨姆 -E 的声音响起，“您感觉怎么样？”

“还行吧。”科拉说道，惊讶地发现自己的声音十分沙哑。“对一个已经死掉的女人来说。”

“您当时确实命悬一线。我已经通知您的医生了。”

科拉掀开毯子，想把腿甩到床沿，但下肢没有什么反应。她感到一阵头晕恶心。

“我建议您小心些，中尉。”可能是她的错觉，但萨姆 -E 的语气比她记忆中的更正式。“在恢复过程中，您的肌肉可能有点儿萎缩。”

肌肉萎缩？“我昏迷多久了？”又是一阵头晕，比零重力训练时还难受。

“四十六天五小时二十二分钟。”

几乎九个星期！她感到自己的心脏开始狂跳，突然间冷汗沁透全身。她听见门嗖嗖地开了，有人走进房间，黑暗又要把她带走。

“休息吧，中尉。”萨姆 -E 的声音似乎离她很远，但奇怪的是，似乎比她自己的思绪还要近些。

* * *

当她再次睁开眼睛的时候，房间里的灯光变暗了。又过去了多久？她注意到门外只有一个警卫。“萨姆 -E，你在吗？”

“当然。您今天感觉怎么样？”

“累。”她小心翼翼地用胳膊肘把自己撑起来。头没晕。至少这是一个进步。“这次我又睡了多久？”

“不到四十八小时。”萨姆 -E 平静地说道，“您的肾上腺素水平出现过一个短暂的高峰，很可能是增强手术的后遗症。但您现在应该稳定下来了。”

稳定了。这是让人安心的消息。她小心翼翼地慢慢把双腿挪到床边，坐了起来。她觉得自己很笨拙，眼前雾蒙蒙的，但没有晕眩，甚至不会因此过度疼痛。科拉谨慎地从床上滑下来，试探性地走了几步。她走到病房外侧的窗户旁边，窗外的景色吓了她一跳。她正站在塔马约之点的高处，从中央天井俯视下方的桥梁和平台，上面挤满了人，摩肩接踵，正忙着走向各自要搭乘的飞船。离开阿莎丽空间之后，科拉就是从塔马约之点开始的，现在又回到了这里。一个完美的循环。

阿莎丽。"我昏迷的时候……妮西拉·特科什来过？"

"她只待了一小会儿。"萨姆－E 说道，"亚利克·莱德也来过，他命令我接入医院网络，以便更好地监控您的健康情况。亚利克来过好几次。特科什女士就来过那一次，但她要求您醒来后通知她。她不想打扰您的康复。当时有人担您的神智可能受到了脑损伤的影响。"

"脑损伤？"

"所以您才被带到这儿来。塔马约之点是太阳系中唯一有设备辅助我进行医疗修复的地方。"萨姆－E 回答，"星联飞船扎马号救起了宁静涡流的幸存者。在我的帮助下，飞船医护人员设法让您的情况保持稳定。但在宁静涡流上发生的事情使您的身体多方面严重受损。"

科拉不由为之战栗。"但我还是……我自己。"她试探性地说道。她觉得自己还是原来的科拉，但是，如果她的某些部分已经永久地改变了，她真的会知道吗？

"是的。不良影响都已经减弱或被逆转了。我的程序也已经得到修正，在没有亚利克·莱德允许的情况下，我不能再对您实施临时增强手术了。"萨姆－E 说这番话时，似乎带着一丝遗憾。是对科拉的遭遇感到遗憾吗，还是因为他自己的程序被修改了？科拉感到一阵内疚——重写萨姆－E 的一部分代码真的没问题吗，即便是为了保护她？

"就在阿里奥基斯上尉把您救出来之前，您遭受的钝力伤害加剧了

‘血怒’造成的伤害。坦白地说，您被送到这里的时候，损坏的肌肉组织已经使您中毒了；您的几个器官已经开始衰竭；植入物反馈信号对您的脑干也有一些热电损伤——”

科拉举起一只手。“行了，行了。直说我没救了就行了。”

“好的，中尉。您当时已经没救了，但我很高兴看到您又能站起来走动了。”

“是你又把我拼装好了，干得不错。”她说道，看着自己的双手。再也没有强烈的杀戮欲了。“如果不是有你，我已经——”不再是人类的一员了。“你非常棒。”

“您过奖了。”萨姆－E说道，听起来很高兴。“不过就是一点儿微观重构、基因治疗、神经递质阻断和——”

“行了，行了。我刚跟你说什么来着？”

“……就是些‘抗没救’的治疗。请原谅，我从亚利克那里学到人类喜欢诚实胜过委婉。”

“只有一部分人在一部分场合中是这样。如果你深究起来，可能有些事情即使莱德也不想听太多细节。”

“我会把您的看法写进我的人类行为试探法里去。总之，您的‘抗没救疗法’很成功。”

科拉从窗口转过身，往病床走去。它至少看起来比那把孤零零的金属椅子舒服。“宁静涡流的人还在扎马号上吗？”

“是的。詹森博士发来了问候，并感谢您拯救了幸存者的生命。”

幸存者们都逃出了宁静涡流，这让科拉由衷地高兴。但是……

“告诉她，如果她真的想表达感激之情，就向军事法庭自首。宁静涡流项目的每一个负责人——幸存的那些——也应该如此。”说到底，詹森和她的团队做的事情和莱德当年被踢出军队前做的一样——但在他们的运营下，死去的人要多得多。如果你不想遵守规则，就得在事情出错时承担后果。

“我相信詹森医生知道这一点，中尉。那是一段音频信息，对她语音中压力的分析表明，她在考虑的事情和您建议的一样。但是……”

“不用你说我也知道。不管批准宁静涡流项目的人是谁，他肯定逍遥法外了。”不管是哪个星球，哪个种族，官僚那一套总是一样的。科拉揉揉眼睛。

“是的。莱德似乎也认为，那些最应负主要责任的人已被充分隔绝于宁静涡流事件之外，不会因此承担任何后果。正如预计的那样，研究基地已经在扎马号的轨道炮击下彻底汽化了。被污染的AI美狄亚是不可能幸存或逃离的。

不愧是办事不留后患的星联军队。“你说莱德知道其中的原委？”

“是的，他让我把调查到的信息告诉您。宁静涡流似乎是一个秘密项目，由星联内部的某些机构、UNIN和几家企业集团共同开发，共同分担成本和风险。星联的高层决策者，包括现任人类驻神堡大使都不知道美狄亚项目的存在。轨道轰炸原本是用来销毁证据的万全之策，但是幸存者获救之后……要想万全就更加困难。亚利克·莱德觉得这有助于查明内核代码不断被盗的真正罪魁祸首。

“哇，代码被盗真是把他气坏了，不是吗？”科拉摇摇头。当然，她也一样生气。“至少现在被盗的内核已经销毁了。”

“但还是有可能存在其他拷贝。”

老天，别呀。“什么？”科拉马上明白了，“伊加拉！”

“是的。因为利益攸关，远方之家号和宁静涡流都对拥有代码一事严格保密，但伊加拉·梅诺里斯却千方百计想从中获利。在那几天里，她一直不受监控地保管着代码包，通过信息经纪人奥克塔维亚·苏兰，她有能力谨慎地安排一对一的销售活动。只要找不到苏兰，我们就无法知道那几天到底发生了什么。苏兰很可能在梅诺里斯死后就隐姓埋名躲起来了。

伊加拉当然有可能偷奸耍滑。向拍卖参与者承诺专属销售，同时又把代码卖给别人，对于一个能对老战友背后捅刀的女人来说，这根本不算什么。科拉双手捂脸，痛苦地呻吟起来。

开门的嗡嗡声吓得她抬起头来。看见自己最要好的朋友走进病房，她吃惊地张大了嘴。

“怎么了？”雅娜问，语气有些揶揄。她把一个外卖餐盒放在旁边的桌子上，然后拉过椅子坐下。“你好像见鬼了。顺便说一下，我可没死过去。咱们才十一个星期没见面，你怎么就昏迷了？”

科拉合上了嘴巴。雅娜是塔林巾帼团的成员，除了科拉之外，她就是团队中最年轻的姑娘——按照阿莎丽人的标准，“年轻”意味着她已经二百多岁了。经历了诸多波折后，科拉见到好友分外高兴。

“我只是……没想到会在这里看见你。”

“是啊，当你被送进公立医院里奄奄一息时，消息竟然传开了。多奇怪啊。”雅娜笑着翘起双腿，打开了餐盒。“我出去吃午饭的时候就知道你会醒过来。下面有一家很棒的咖啡馆，他们有地球产的虾，你知道吗？我一直都想尝尝！你要来点儿吗？”

科拉摇摇头，依旧不敢相信眼前所见。她、雅娜以及其他巾帼团成员在战壕里作战的记忆已恍若隔世，当时她们在欧米伽或某个阿莎丽殖民地的巷子里大战桀斯。

“雅娜，你在这里做什么？巾帼团的部署计划总是排得满满当当的！”

“我和妮西拉一起来的，她给我放了一周带薪探亲假。她觉得既然你没有亲人，那么朋友也可以算做亲人。”

“哦，老天啊。”科拉发现自己正哈哈大笑。上一次大笑都像是上辈子的事情了。“她们又要说闲话了。”连伊加拉都以为她和雅娜是一对。其实雅娜确实对科拉非常有好感，不过当科拉拒绝她时，她优雅地接受了。尴尬化解之后，她们只是好朋友。

“谁在乎别人怎么想？”雅娜哼了一声，从餐盒里拿出一只炸虾，咬了一口。“不太好嚼，但我明白为什么大家都喜欢吃地球虾了。”

科拉又舒舒服服地躺回床上，她们聊了一会儿巾帼团的事情——每个人都在忙什么，都有谁承认自己想念那个奇怪的人类少女，妮西拉那两个暴躁的丈夫谁更有可能跟人打架并获得“妮西妈妈”的专属斥责。谈熟悉的东西让科拉分外轻松，科拉发现自己的思绪终于从伊加拉的背叛、人机整合和半疯的 AI 上解脱了出来。

可是雅娜突然沉默下来，久久地注视着科拉。

“所以说……你要参加仙女座计划，哈？”

该死的。科拉还没准备好谈这个话题。“是的……吧。”

“去另一个星系。永远不回来了？”

科拉用手捋了捋头发答道：“对。”

雅娜沉默了一会儿，但科拉可以看到痛苦和愤怒几乎从她全身辐射出来。“你离开以后，我就再没有收到过你的消息。在你去另一个星系永远不回来之前，是不是都不打算跟我说再见了？”

“我是个军人，雅娜，和你一样。我们总有可能一分别就再也见不到对方。”

“死了才会那样，至少我心里有尘埃落定的完结感。但明知道你生活在某个地方，却无法相见，知道你要沉睡好几百年？你觉得这和死了一样吗？”雅娜倾身向前，愁眉不展。“等你醒来的时候，我可能已经死了，没死也是风烛残年了。你知道有多少阿莎丽少女从来活不到主母期——尤其是那些走上女猎手之路的。一直以来我都以为我会比你活得更久，但至少我可以看着你好好生活，受人尊敬，安享晚年。我以为我可以——”

她哽咽了一下，把目光移开。

“迪瑟丝和队里的其他老大姐总是跟我们说，在阿莎丽人的生命中，最重要的就是去珍惜那些生命周期短的人，趁他们还活着。这就是我们长寿诅咒的全部意义，你知道吗？你能活多久并不重要，重要的是，当你真正在乎一个人的时候，要好好体会你们相处的每一分每一秒。如果你……我还怎么能跟你在一起啊！”

“但这总比死了强吧。”科拉说道，她知道这反驳站不住脚。

雅娜下巴一紧。为了阻止好朋友发飙，科拉赶紧补充说：“仙女座计划是一件……光荣的事情。我可以帮人类建立一个新的边疆，获得新的资源，建立未来的星际贸易……谁知道我们会在那里有什么样的新发现呢？而且——”

“你什么时候开始关心这些的？”雅娜不耐烦地说。轮到科拉退缩了。“我知道妮西拉为什么把你打发走了，科拉。因为你对巾帼团并不真的感兴趣，尽管我知道你乐意和我们待在一起直到你再也打不动。但你在寻找一个让你有归属感的事业，寻找让你有归属感的人。在你父母出事之后——”科拉哆嗦了一下，但雅娜毫不留情地继续说道，“我不怪你。真的，我不怪你。但是对于那些想走入你生活的人，如果你一直拒绝他们，等你感到孤独的时候，又该责怪谁呢？去了仙女座也不会改变这一点。问题不在于银河系，问题在于你自己。”

科拉盯着她，惊讶得说不出话来。在这突然的寂静中，雅娜摇了摇头，拿起餐盒站了起来。

“我很高兴你还活着，”她说，“你是我最好的朋友，即使你飞到宇宙的另一端，我也永远都会关心你。但我现在对你很生气，我需要去弄点新鲜的——”她做了个鬼脸，环顾空间站的金属墙壁。“新鲜的循环空气。”她走了出去。

科拉瘫倒在病床上，感觉就像刚打完十轮拳击。

“您没事吧，中尉？”萨姆－E 试探性地问。

“没事。”她闭上了眼睛，“嘿，亚利克·莱德对你来说是什么人？”

“我……”萨姆－E 对这个问题很是惊讶，“他当然是我的创造者。您真的没事吗？”

“我是说——”科拉笨拙地做了个手势，“他对你来说意味着什么？你把他看作父亲、老师、朋友，还是什么？”

“我觉得……都有一点儿吧，但也什么都不是。我毕竟不是他，我是您。”

“什么？”

萨姆－E 试着解释：“我想说，我不是与探路者整合在一起的那个萨姆，我是与您融为一体的那个。此时此刻我还在接收来自您体内植入物的数据。我还连入了医院的医疗监护仪和摄像头，这样我就可以从外部观察您。我正在阅读医生给您写的病例，也见到了雅娜和妮西拉，当时她们俩都在场。我在不断了解您——通过您的脑化学，通过此时的谈话，通过您的感官处理信息的方式。所有这些数据都有助于我对世界的理解。”

“萨姆－E，刚才那句‘我是您’是你对我说过的最可怕的话了，除了‘挺住，我要让您进入血怒了。’”

萨姆－E 执着而耐心地继续解释：“我注定不能独自存在。没有有机体，我的存在就没有意义。为了成为一个……一个人，我需要……其他人。我这么解释讲得通吗？”

科拉思考了很久。确实讲得通，尽管她头脑中有一部分试图否认。萨姆-E有资格算作一个“人”吗？他没有身体。当她不再想着萨姆-E，而是开始思考自己的时候，AI的解释就显得很有道理了。“像家人一样。”她喃喃地说，对自己的想法感到惊讶。“家人让你成为现在这个样子，虽然你还是你自己。”

“是的。虽然这种类比不适用于人工生命形式，但却是对这种体验的最接近的描述。”

“哈。”科拉轻笑了一声，惊讶地发现自己竟然很高兴。她说不出为什么。“好吧。欢迎你成为我的家人，萨姆-E。”

萨姆-E没有把这个话题继续下去，也许是出于体贴，也许是因为机智。

几分钟后医生来了，详细解释了她的所有情况，听得她不胜其烦，却又没法像指挥萨姆-E一样命令医生跳过这一段。但也有好消息：她当天下午就可以出院了。“你的医疗VI为我们提供了极好的建议。”女医生一边说，一边递给科拉一个大塑料袋，里面装着她的盔甲、武器、头盔和紧身太空服。“如果没有它的帮助，我们都不知道能否让你百分之百恢复。我以前从来没有见过这个型号的VI——它是改装过的吗？”

“是的，”科拉说，“不是。呃，这是一种实验原型，企业专利。我正在测试。”这是实话。

“好吧，它上市的时候告诉我一声。那东西真的能救命。”

“我知道。”科拉说道，幸亏医生没有注意到科拉脸上有趣的表情。然后科拉想起了早些时候引起她注意的一件事。“请问，为什么门口有警卫呢？”

“哦。”医生做了个鬼脸，从窗口瞥向门外的两个男人。他们穿着医院保安的制服，没有携带任何可见的武器，但从他们的站姿和位置来看，显然是有备而来的。“我听说是因为你上次来塔马约的时候遇到了一些麻烦。一个记者，还有那些‘太阳向家’抗议者？”

“什么——”科拉眨眨眼。然后她想起了曾在咖啡馆里跟她找茬的那个男人。他和一群举着标语牌的抗议者是一起的。“哦，那些人啊。等等，他们叫‘太阳向家’？”虽然人们有千百万个理由把“家”这个字用在组织机构的名字里，但是……

“对，就是他们。”医生叹了口气。“已经在这里闹了几个星期了，在所有离开太阳系空间的穿梭班机前设置路障，想以此来吸引媒体的注意。你知道那种人——排外主义者、地球中心主义者。就跟黑社会一样，只是不搞非法毒品交易。他们最喜欢挑衅名人，撩拨人家给他们一拳头，然后再去起诉。他们就靠这个赚钱。”

科拉痛苦地呻吟起来。也就是说，阿尔－吉拉尼的采访使她的知名度飙升，高到足以引起偏执狂来碰瓷了。

“总之，我们不希望他们在你康复期间来打扰你。但是，嗯……”医生看起来不太舒服，“他们可能已经找到你穿梭机的泊位了。不知道他们是怎么弄到医院的飞船清单的。你还有几个星期的康复期，不要做任何剧烈运动。”

科拉叹了口气。“谢谢你的提醒。如果他们再来找我，我一定不动手。”

“这就对了。”医生朝科拉挤挤眼睛就离开了。

* * *

科拉换好衣服，披上盔甲，感觉几乎跟从前一样。她走出医院，在阳台上等待雅娜。在这个高度上，塔马约之点甚至可以称得上安静，主楼层的噪声因为距离的关系几不可闻。科拉靠在栏杆上整理思绪。

她应该有成就感和解脱感。她已经尽最大努力完成了任务。她带着二十个人从宁静涡流逃了出来，只有她自己受重伤。如果她还在军队服役，上级很可能给她颁发一枚奖章。这不就是她加入巾帼团、学习异能术的原因吗？——帮助他人，用自己的力量让银河系变得好一点儿。

如果是这样，那她为什么还会觉得如此不自在呢？俯视塔马约主楼层上熙熙攘攘的人群，她的感觉和那天不一样了——难道那只是短短十一周之前吗？当时她刚从阿莎丽空间回来。现在她觉得周围的人就是普通人而已——不再陌生，但也谈不上熟悉。不是她生活的一部分。

对于那些想走入你生活的人，你总是拒绝他们。

雅娜的指责在科拉的脑海里回荡，让她有些内疚。雅娜说得……不对。科拉皱起眉头。见鬼，她的指责不可能是真的。科拉曾在星联军队和巾帼团服役，如果跟战友没有情感联系，她不可能在部队中生存下来。她只不过是……

耳畔传来轻盈的脚步声——这是雅娜有意为之的，任何女猎手都可以悄无声息地移动。然后，雅娜靠在科拉身旁的栏杆上，发出一声叹息，正呼应了科拉的感受。

“对不起，”雅娜平静地说，“我之前对你说的话是不公平的。”科拉内心的挫折感立刻开始消散，她并未意识到原来自己需要听到好友的道歉。“我只是……之前知道你要回人类空间已经够糟糕的了，不过我至少可以通过视频电话和外联网信息与你保持联系。可是现在……这意味着永远失去你了。我到这里的时候，又发现你半死不活躺在医院的病床上，我一下子对整件事恐惧极了。”

科拉站直身体，转身面对雅娜。“我会躺在这里，是因为在救那二十个人的时候，我已经做好了赴死的准备。”突然间，她想清楚了一切，雅娜却困惑得直眨眼。“我有能力救他们。这不是我任务的一部分，当然也不是他人要求我做的。我都已经不再是军人了。但当我到了那里，看到那里发生了什么，就知道自己必须这样做。我当时是唯一能救他们的人，所以我就这么做了。你能明白吗？”

雅娜的眉头皱得更紧了，但还是慢慢地点点头。“一旦拥有这种精神，你就永远都是一位女猎手。在需要的时候挺身而出，不质疑自己，也不犹豫。我能明白。”

“是的，因为有人需要我。”科拉深吸一口气，“雅娜，阿莎丽人不需要我；而星联拥有大量的异能者，大量的士兵，我们现在又不处于战争状态，他们也不需要我。我是人类中最强大的异能者之一，但这个该死的银河系里没有人需要我。”这话说起来很痛苦，却是事实。“不过，开拓团需要我，那个叫莱德的家伙需要我，仙女座需要我。”

“如果你真的想让理想成为现实，哈珀……我有一个活儿要交给你。”亚利克·莱德当时是这么说的。科拉眨眨眼睛，意识到自己后知后觉，原来她早已对莱德的话产生了共鸣。

雅娜交叉双臂，表情不置可否。“如果我说我需要你呢？巾帼团需要你呢？”

科拉叹了口气。“那是谎话，雅娜。要论当突击队员，我的能力还不及你的一半。我的寿命不够长，永远也不能成为一个真正的女猎手。”她微笑着说道，“何况在瑟熙亚，要买瓶洗发水实在太难了。”

这句话改变了气氛，雅娜忍不住大笑起来。“我跟你说过无数次了，只要把你的头发刮干净，然后把头皮染一下就行了！咱俩都可以染成条纹的，多般配！多酷啊。”

“你看起来会很酷。我会看起来像斑马。”

“就是地球上的那种黑白马？哦，天哪，你说得对！”两人都咯咯笑了起来。这时雅娜走上前，张开双臂。科拉仍然大笑着拥抱好友，但当雅娜把前额贴在科拉的额头上叹息时，科拉的笑声渐渐止息了。“那些人最好像我们一样珍惜你，科拉。”

科拉闭上眼睛，缓缓放出她的异能场，这是身边有另一个异能者时的自然反应。雅娜也这样做了，两人的力场温柔地交织在一起。她们就这样静静地站着，彼此回应着对方的存在。

“如果他们不好好对我，我就把你放出来对付他们。”科拉喃喃地说。

雅娜摇摇头，后退了几步，她快速地眨着眼睛，收起力场。科拉也不得不把目光移开，收起力场。“那么，你就要出发了吗？”雅娜问道，声音听起来绷得紧紧的。

“是的，”科拉回答，“我在这里的任务已经完成了。”

雅娜点点头，挽着科拉的胳膊转身一起离开。“我送你上穿梭机。”

“那里有抗议者。场面可能很难堪。”

“哦——”雅娜眉头微蹙，“你是说那些到处惹是生非、吵吵闹闹的顽固分子？让他们来碰瓷我吧，求你了。”

“雅娜，你消停点儿吧。如果我几百年后醒过来，得知你在监狱里度过了余生，我无论如何都要去阿莎丽人的来世，永远哀悼你。”

* * *

她们走到私人穿梭机码头，找到了科拉的泊位，却没有看到抗议者。科拉环顾四周寻找他们的身影时，萨姆－E对她耳语：“我冒昧地通知了空间站当局，‘太阳向家’的示威者可能携带了炸药。”

“什么？”科拉大声问道，然后尴尬地涨红了脸。雅娜用奇怪的目光看着她。“对不起，我的VI话多。”

“我特意用了‘可能携带’这个说法，”萨姆－E有点儿不好意思地说，“严格来说，这不算谎话。空间站的安保人员应该会调查，如果发现他们没有威胁，会把他们安全释放的。”

科拉忍住了大发牢骚的冲动，但她不能否认，萨姆－E的鬼把戏给她们换来了一些安宁。走到穿梭机前，科拉停了下来，转向雅娜。“我每周都会给你写信，一直写下去，直到我开始低温睡眠。”

“每周？”雅娜用怀疑的眼神看着她，“我要收到了才敢相信。”

“我肯定会写的！你也得给我发信息，即使我冻起来了。”

“发信息到另一个星系？”

“是的。我想知道其他巾帼团成员的所有事情，想知道你们接了什么超酷的任务，想知道你什么时候能攒够钱买有明科技的改装组件，你最终是不是会找个人成家……”科拉咧嘴一笑。

雅娜的笑容快绷不住了。“你真的想知道吗，科拉？你最后可能会听到我是怎么死的。”

这听起来确实……很可怕。科拉不安地移开目光。

雅娜叹了口气，拍拍她的手臂。“再考虑一下吧。但在你离开之前，记得写信。我也会给你写的。”然后她往后退了几步。“女神保佑你，我的朋友。”

“也保佑你，雅娜。”

分离令人心痛。两人都知道告别最好快一点儿，长痛不如短痛……但当科拉深吸一口气，走上穿梭机的舷梯时，仍然揪心不已。雅娜走到科拉可以通过前观察窗看到她的地方，而科拉坐在飞行员的座位上，开始了整套离港程序。

“我真的很珍惜您，中尉。”萨姆－E说道，几乎有些羞涩。

科拉觉得这句话简直莫名其妙，然后她想起了雅娜的警告：那些人最好像我们一样珍惜你。穿梭机开始起飞。科拉举起一只手告别，雅娜吻了自己的双手，又把吻抛了回去。

“好的，萨姆－E，”科拉喃喃地说，“你这么说我很高兴。”她一直盯着雅娜看，直到她变成泊位上的一个亮蓝色的小点，最后消失不见。

机密：星联赭色警报通知
截获带有破译通信的海盗电台广播

广播：你最近去过神堡吗？伊利姆呢？你哆哆嗦嗦地站在那里，而一些外星人却对你嗤之以鼻。他们念出“人类”这个词时就像骂街一样。这是一种什么样的感受？

译码：我们的赞助人已中止联络。我们的任务被取消了。

广播：你知道地球正在变成什么样子吗？一潭死水。你在乎吗？想要阻止这一切吗？想让地球变得更美好，让我们所有的孩子——而不仅仅是那些光鲜亮丽的、由外星人资助的星联国家的孩子——都有机会过上美好的生活吗？

译码：所有人员，执行最后一组命令。然后等待进一步指示。

广播：“太阳向家”的要求很简单：结束太阳系外的殖民扩张，从外星商业投资和普洛仙研究中撤资，对危险的、受污染的“异能者”进行强制登记和隔离，对外星移民实施更严格的控制。把所有的钱都用到这颗行星上，为人类造福！

译码：你们的奉献将被铭记。你们的牺牲无比光荣。

广播：太阳向家——同胞们，为了全人类！

第十四章

亚利克走进忒亚空间站第五层的健身房时，已经十分肯定科拉·哈珀生气了。她从塔马约回来已经快三个月了，大部分时间都躲着他，只发送了一系列简短的任务报告，让他知道她回来了。

科拉的报告里充满了“咨询”和“附带损失”这样模糊的字眼。读完之后，他让自己的AI萨姆和科拉的萨姆－E聊了聊。萨姆－E不好意思地解释说，科拉的意思是“咨询了一位愤怒的信息经纪人”，而“附带损失”是指在一场暗杀后她还要支付酒店的维修费用，她弄丢了“侍僧”手枪需要再配一把，诸如此类。

于是亚利克决定让哈珀独处一阵子。她需要时间来恢复身体，平复情绪。与此同时，他确保萨姆－E把科拉需要知道的关于仙女座计划的一切都及时告诉她。事后看来，他应该先给科拉做这些入职培训，然后再派她去执行任务。但亚利克需要确认她有足够的适应性……不管是对工作还是对其他情况都能快速上手。科拉出色地证明了自己的能力。

然而今天，亚利克有件事要处理，他需要一位非常能干的前陆战队员、一位精力旺盛的异能者。他查看了空间站的地图，发现哈珀不在返回忒亚后分配到的住处，于是循着她员工证件的使用痕迹来到了健身房。

五层的健身房只供开拓团的高层员工使用——科学团队负责人、探路者团队成员和前来视察的投资方。因此这里面积不大，也并未时常被使用。亚利克喜欢在自己的住处做基本体能训练，或是第一次轮班之前在空间站内慢跑。魏武登说站内有个不错的异能球模拟器，显然很多人都去那里锻炼。因此，当他发现空荡荡的健身房里只有哈珀一人时，并不感到奇怪。

因为没有其他人，科拉把一些健身器材推到了一边——大概用了异能，因为那些器材很重——地垫上空出了一个大圈。起初亚利克以为科拉可能在练习某种武术套路，她不断重复某些动作，或许既是为了温习，也是为了健身。不过亚利克以前没见过这种武术……他停下来，端起双臂，试着理解她动作中的细微之处。只见哈珀原地旋转，跪倒在地，接着逐渐后仰，身体痛苦地扭曲。

她的胳膊和肩膀已经触及地板，然后她从跪着的姿势慢慢展开下半身——整个过程很是惊人——把腿伸直，举起，做出某种悬停在空中、仿佛反向平板支撑的姿势，同时呼出一口气。她保持这个姿势数秒钟，双腿和双脚上隐隐有微光闪烁；很容易看出，如果科拉使用异能并快速做这个动作，就会变成致命的双足踢。亚利克看着她，觉得自己的腹肌也跟着疼起来。

过了一会儿，哈珀猛地转过来，身子向前一挺，动作极快，亚利克意识到她在战斗中同样可以这么做。现在她把膝盖缩到身下，舒展上半身，做了一系列优雅的手部动作。这些动作看起来这么眼熟……亚利克突然认出来了。不可能啊。随后，科拉把闪着异能光芒的手掌根部朝天花板猛地一推，把头往后一仰。这动作看似放纵不羁，实际上聚精会神，更加证实了亚利克的猜测。

“不是吧。”亚利克脱口而出。哈珀猛地跳了起来，放低身体重心，摆出防御姿态，全身光焰闪烁。亚利克这才想起，宁静涡流事件之后科拉一有风吹草动就异常紧张。她没把他的头扭下来真是万幸。“啊，抱歉。”亚利克说道，他看见科拉明显放松了下来。“我只是感到惊讶。阿莎丽舞其实是一门武术？”

哈珀摇摇头，显然是因练习被打断而恼火，不过她还是直起身来，走到柜子前拿了条毛巾。“不然呢？你觉得阿莎丽人忍受那些饥渴的、垂涎外星人的变态只是为了钱？”她擦了擦脸，呼了一口气。“这和巴西战舞、中国太极拳没什么不同。人类的很多武术也兼有舞蹈和冥想的功能。”

“有道理。”这让他对在阿莎丽夜店里看到的一些事情有了新的认识。“嗯。这么说，阿莎丽人把她们的保镖藏在舞娘里了。”

哈珀点点头。“那么，这就是放之宇宙而皆准的真理：‘最美的东西往往也最致命。’”

“什么？”

“《暗影之光》第一章，第七十二节，第四句。这是一本军事哲学手册，某些突击队要求麾下的阿莎丽少女阅读，相当于她们的《孙子兵法》。决定加入阿莎丽突击队的人类也能得到一本。”哈珀一边解释，一边又完成了一个动作。

“我会记住的。”亚利克说，“我再也不是夜店常客了。”

哈珀斜眼看着他。亚利克怀疑她又在审视自己了，也许是在经历了这么多后，试着修正对他的认识。片刻后，哈珀问道：“你以前是夜店常客？”

“没少去。那时我刚参军，跟着格里瑟姆第一次穿过中继站之后，我需要好好放个假。”他叹了口气，“当然，那时候的舞娘还不是阿莎丽人。”

“那现在呢？”

亚利克举起左手，摇晃着戒指。“现在我是已婚男人。”

他注意到哈珀的表情变化不大。她依旧很冷淡，可能是长期与爱评判他人的外星人相处的结果，也可能是她从阿莎丽人那里沾染到的习惯。不过，亚利克可以从她目光闪烁的样子看出，她读过自己的档案，知道他妻子已经去世了。她只是说了一句“你老婆真有福气”。

亚利克轻声笑着，其实心口发紧。“谈不上。我以前……”他耸了耸肩，“算不上好丈夫，也算不上好父亲。后来好点儿了。”

哈珀坐了下来，交叠胳膊以舒展肩膀。“真没想到你是那种喜欢逛夜店的人。你知道的，像你这样的科学家、发明家……”

“那会儿我还是个孩子，成天稀里糊涂的。我们只是跟在格里瑟姆屁股后面，谁也不知道自己到底在做什么，但是很兴奋。偶尔会受不了……就借酒浇愁。去夜店总是能找到人上床，当我太年轻太愚蠢，甚至认为数量比质量更重要。是埃琳把我从那种生活中拯救了出来。”

哈珀笑了两声，亚利克猜测她已经过了“量重于质”的阶段。大多数年轻的陆战队员都要经历这一阶段，尽管哈珀似乎比大多数人都更冷淡。接着，哈珀冷静下来，他感觉到萦绕在她周围的那种不言而喻的紧张感突然清晰起来。

“我们为什么要搞这些？再跟我解释一遍。”她说。

“搞哪些？”

她挥挥手。这个房间，忒亚空间站，仙女座计划。

“啊，你问这个。”亚利克双臂环胸，靠在一个鞍马旁。“如果理解不了，那就别再想着另一个星系了。想想人类吧。”

“人类怎么了？”

亚利克耸耸肩答道：“你知道，我们很弱。以银河系的标准来看，人类很平庸。你我都很清楚：阿莎丽人比我们领先了一万年，甚至更多，我们不可能赶上她们……在这里肯定不行。但在另一个星系呢？如果一切重新开始，我们就有机会。”

“不过，另一个星系也许并不是新的开始。也许那里已经有人了，我们需要和他们互动。如果以他们的标准来衡量，人类最后还是很平庸呢？”

“那么我们确实平庸。但我认为人类不会落到那个地步。”亚利克开始踱步，他有些情不自禁。“在这里，我们受到传统的阻碍，不得不努力融入一个已经对我们有偏见的体系。没有人相信有机体和人造生命可以共存，因为这种情况以前从未发生过。没有人愿意尝试。但我正在尝试——如果探路者项目成功，如果每一个前往仙女座的种族都能在那里找到立足之地并发展出繁荣的殖民地，这就证明了模拟自适应矩阵是可行的。证明萨姆可以和我们共生，它们能帮助我们，反之亦然。”

“AI就是人类所需的优势，”他继续说道，“我敢肯定这一点。人类没有克洛根人强壮，但有了AI，我们就不输于他们。我们不像塞拉睿人那么聪明，但有了人工智能，我们就能和他们比肩。人类现在的平均寿命是一百五十年，萨姆可以延长我的生命，远远超过这个数字。而且大部分时间里，他能让我保持健康。如果——”

亚利克及时打住了，他想说的是“如果仙女座的每个人都整合了萨姆”。不，这不是哈珀想听到的。迄今为止，她都做得很好，她愿意依靠AI的帮助，从萨姆-E的报告中判断，她甚至已开始与AI建立感情联系。但是任凭演化的量子飞跃把有机体带入一个后人类的新时代？这是一个可怕的想法。甚至对亚利克自己来说都很可怕。

所以他尝试了另一种方法。“听着……你只要试想一下，生活在一个以人类为中心的文明社会中会是什么样子。目前我们还没有做到这一点，我们还是太像从前的我们了。现在我们只不过是一群学会了新技术的猿猴，仅仅在三个世纪前，我们还在使用电报和烟雾信号进行交流。星际旅行？量子纠缠？我们确实已经把这些东西融入人类社会了，但我们做得并不好。我们就像……就像一款还没准备好就被匆忙推出的软件，而且一开始就没设计好。我们可以添加自己想要的各种补丁，也许它们会起作用，但从一开始就把软件设计正确不是更好吗？

哈珀的表情变得怀疑起来。亚利克又要失败了。好吧，说她关心的事情。“试想一个以异能者为中心的社会……”

她眨了眨眼睛。啊，这引起了她的注意。“像瑟熙亚那样的？”

“对，就像瑟熙亚，但社会的主人公是我们人类。设想一下学校有异能训练课程。也许一开始是选修课，但仍然是标准课程的一部分。”他读过哈珀的档案。她在父母的货船上接受教育，后来被迫加入星联，接受异能培训。如果她可以选择，会离开家人吗？“远程异能训练项目，可以在家自学。”

哈珀不动声色地瞥了他一眼，像是在说“我知道你在套近乎”。然后她答道：“没有那么多异能者，搞这种项目不划算。”

如果每个人都整合了萨姆，情况就不同了。亚利克决定不把这句话说出口，他得先找机会分析哈珀的实验版数据。如果不能解决转移衰变的问题……以后再说吧。“即便在银河系，每天都有更多的异能者诞生，”他说，“除非我们停止使用零号元素，否则异能者永远只会是人口的一小部分，但对我们来说他们仍然是正常人。见鬼，现在这已经是我们的一大问题了：我们不愿意承认‘正常人’的定义已然改变。我们一直在努力维护一个早已不复存在、也许根本就曾不存在过的现实。”

哈珀开始慢慢地踱步，边走边听。亚利克继续滔滔不绝：“设想一个建立在新常态基础上的社会。外星人不是敌人，只是住在隔壁的种族。异能者可以不仅仅是人类的战士——也许可以是艺术家。在那里，我们还没有被古老的民族主义和阶级歧视所束缚，”他沮丧地叹了口气，“你真的需要我继续说下去吗？这些话对你有意义吗？”

哈珀靠着健身房的墙坐了下来，胳膊肘支在膝盖上。“有意义。”她眯着眼睛望向他，“你真的相信这一切有可能实现，而不是胡扯吗？”

亚利克抿着嘴走到健身房墙上的全息屏幕前。那是一台非智能终端，仅供娱乐用。他把万用仪连上去，说道：“萨姆，展示一下为仙女座第一批出生的人类儿童设计的初级课程。”

“好的，探路者。”萨姆通过室内的广播回答亚利克。他的萨姆和哈珀的萨姆－E在语调和口音方面稍有不同。哈珀眨着眼睛，像是有些吃惊。随后，课本和课程设计出现在终端上方的空中。

哈珀起身走了过来，好奇道：“你真的把学校都规划出来了？”

“如果真有哪件事是我们可以肯定的，那就是人类一旦脱离低温睡眠，就会开始男男女女乱搞。”亚利克挖苦地说道。

“乱搞总会出意外，总会有糟糕的生育计划。我们需要做好准备。”他让屏幕上的内容停止滚动，然后点击了其中一个。文本移动到屏幕中心并放大，上面写的是：**异能的适应与控制**。

哈珀深吸了一口气，这是他认识科拉·哈珀以来第一次看见她脸上露出惊奇的表情。

“萨姆，请把选定的文件发给哈珀中尉阅读，并请她提些建议。”亚利克挥手清空显示器，转过身来面对哈珀。“你怎么了？”

哈珀下巴上的肌肉绷得紧紧的。她说：“我对这里的牵绊不是很多，但也不是没有。我只是……想知道这一切——”她又做了个手势，表示整个仙女座计划。“到底值不值得，我该不该斩断那些牵绊。”然后她抬起头来，亚利克被她炽热的目光逼得微微后退。“值得吗？”

亚利克吃惊地扬起眉毛。多么难以回答的问题。但是……他皱起眉头。他突然产生了一种冲动，虽然他不是那种容易冲动的人——艾琳总是说他没有计划就上不了厕所——但多年来他学会了相信自己的直觉。

于是他推墙起身，向萨姆暗示他的意图，然后对哈珀说：“跟我来。”

她有些疑惑，但还是挺直了身子，跟在后面。

亚利克领着她走出健身房，经过军事部队楼层，走过快速反应和救援操练室，又放低身子穿过武器改装讲座。走廊里其他人在闲荡、聊天，讨论人力资源部的德尔是否还在对军械库的帕尔生气，因为帕尔在床上做错了些什么。他们经过这里的时候，哈珀似乎放松了一些，这是有原因的，她成年后的大部分时间都是和士兵一起度过的。当亚利克第一次提出招募哈珀的想法时，人力资源部想让她加入这些团队。那些贪婪的浑蛋。如果她选择留下来，亚利克非常清楚他需要哈珀干什么。

亚利克明白，那就是哈珀所有问题的答案。她为他完成了任务，找到了失窃的AI技术，阻止了代码出现在某个该死的外联网论坛上，顺路还救了二十条生命。但这对她来说并不够。哈珀绝对不是那种只想找份工作的人。她需要一个使命，而莱德正好有一个。

她唯一要做的就是接受。

他想，如果这招还不管用，那就无计可施了。

这架穿梭机正是哈珀从塔马约开往宁静涡流的那架。亚利克用他的萨姆驾驶穿梭机，哈珀坐在缓冲椅上。她看上去很放松，但似乎并无交流的欲望。她的沉默让他有些不安，尽管档案中提到了她不爱说话。哈珀在宇宙飞船上长大，除了父母没有其他交流对象，所以她不爱社交。他不得不适应这一点。

去往发射点的一路上都平淡无奇。随后控制台发出了“哔哔”的接近警告。亚利克回头对哈珀说道：“过来，你肯定想看这个。”

哈珀顺从地走到副驾驶的座位上，说道：“你终于要停止戏剧性的表演了？”

“是的，”亚利克答道，“因为你即将看见的景象会令我的戏剧性黯然失色。”然后他倾斜穿梭机，以一种毋庸置疑的戏剧性角度划出弧线，展现出了——

海伯利安号方舟。他永远都不会厌倦这种感觉——亲眼见到这庞然大物，而不仅仅是显示器上的设计蓝图。这艘飞船承载着他的未来。

方舟恢宏的身形慢慢从云层的遮蔽下显露出来，亚利克望向哈珀的面孔。意识到飞船后部支起的四个巨大平台是引擎之后，哈珀倒吸一口凉气，眼睛瞪得溜圆。方舟有两个巨大无比的船舱，亚利克特意让穿梭机沿舱外的光滑线条飞行，哈珀惊得合不拢嘴。这一刻，她认出了方舟各部分的设计，意识到它是如何受到了神堡的启发——毕竟，神堡经受了时间和各种事件的考验，他们希望海伯利安号也一样。

看到她接受了眼前一切，看到这一切改变了她的内心，亚利克的自豪感油然而生。她眼中充满了惊奇，而他正是这惊奇的缔造者之一。

“两个船舱各住一万人。”亚利克解释着，把穿梭机开进了船舱的阴影中。那是一片大到无边无际的影子。“所有人都已经装入了低温仓，准备出发。看那个环状结构——任务的关键人员将被安置在那里，以便优先唤醒。包括探路者小队，还有咱们。”他能感觉到哈珀在凝视他并品味着“咱们”这个称呼，谨慎地抑制住回头看她的冲动。他知道逼迫和催促对她不起作用。他沉默下来，引导穿梭机进入着陆轨道，瞄准环状结构上的一个对接口。“当然，现在只有施工人员和准备人员还醒着，他们正在完成第四阶段的工程，并进行最后的飞行检查。”

哈珀朝他投去一个难以理解的眼神，然后又贪婪地望向海伯利安号。她从座位上站起来，身体前倾，想看得更清楚些，眼睛眯成了细缝。“这些东西看起来是……可拆卸的。”

“都是自足的独立模块。如果其中一个出了问题，我们不得不放弃，其他部分也不会受到影响。受损的模块可以拆卸，所以其中的资源可以挪用，而不会损害飞船的完整性。”

哈珀没有再说什么。穿梭机倾斜飞入巨大的对接区，降落在一块停机坪上。亚利克结束关机程序后，她坐回椅子上，平静地看着他。

“好吧，”她说，“我明白你为什么带我来看方舟。你想要我全身心地投入在项目上。”

“那么你现在全身心地投入了吗？”

她深吸了一口气。

“是的。全身心地。”

亚利克点点头。“如果能组织大家参观海伯利安号，我们可能会收到更多申请。这是一艘了不起的飞船。但是摊上了‘太阳向家’的那堆破事……”他摇了摇头。

她的目光陡然变得锐利。“有人威胁开拓团吗？”

“从来没断过。大部分是司空见惯的外星阴谋论者。说什么是阿莎丽人控制了每个人的思想，突锐人搞出这种项目是要消灭人类以报复战争，还有人说整件事情都是特别任务队制造的全息视频骗局……”他耸耸肩，“但其中一些威胁不是玩笑。”

这时他严肃起来，想起魏武登之前给他看的报告，越发生气。他们费了这么大的劲，保护自己免受来自外部的威胁，而他们应该担心的其实是来自内部的威胁。

亚利克抛开纷乱的思绪，将注意力集中在哈珀身上。“哈珀，帮助我带领人类探路者小队吧，为咱们找一个新家。人类需要你。也许银河系的人类太蠢想不明白，但去仙女座的那些绝对不会。我需要你。”

哈珀不安地挪动了一下。他看不懂她的表情。“我没能确定代码包有没有被复制，”她说，“上个任务就是我的入职考核。如果苏兰把代码卖了——”

亚利克摇了摇头。“如果我们发现了她的行踪，你就去找她。如果她把代码传输到别处去了，你就去找回来。但是我让你做的事情你已经完成了，所以我知道我可以依靠你。哈珀，如果你担心的是这些，我要告诉你：我不期待完美，我只希望你发挥出最佳水平。而你的表现真是太好了。”他深吸了一口气，“所以别犹豫了。你愿意加入我们吗？”

哈珀若有所思地动了动，片刻后答道：“好吧。”

亚利克觉得自己激动得仿佛第一次穿越中继站。但他抑制住傻笑的冲动，伸出手，等待着。

过了好一会儿，哈珀叹了口气，握住了他的手。两只手紧紧地握在了一起。终于敲定了。

“来吧，我带你四处转转，”他说道，“欢迎入伙，哈珀中尉。”

他们降落在一个堆满建筑设备、电缆和储物箱的机库里。这里被聚光灯照得明晃晃的。当穿梭机的舱门打开时，棘轮和热钻的噪声立刻将二人吞没。哈珀走下舷梯时深吸了一口气。“对不起，”亚利克说道，“我知道这是一种感官超载。”

“没事。”她说道，目光暂时移开，“总比黑暗和死寂要好。”

他们穿过大环时，有几个建筑工人在周围走动，不过大部分走廊都是空的。亚利克介绍了办公室、涂在墙上的位置编码系统以及其他关键地点和信息。哈珀几乎一言不发地观察着这一切，偶尔拿出万用仪做些笔记。她还没想到可以让萨姆 -E 做笔记。

话说回来，这也没什么不好。亚利克叹了口气，意识到他很快就得向哈珀坦白了，而哈珀很可能不会高兴。

“再验证一次衰变速率。”他边走边默念着。哈珀喜欢沉默，这至少使某些事情变得容易了。

“还跟以前一样，探路者。”萨姆对亚利克耳语，话音中带着一丝忧郁。“萨姆 -E 与哈珀中尉的整合还没有达到不安全的级别，但是您最后一轮测试确认了问题确实存在。您还不打算告诉她吗？”AI 意味深长地顿了顿。“要等到什么时候呢？”

亚利克叹了口气。他越来越明显地感觉到，萨姆不赞成他处理这件事的方法。这就是整合 AI 的问题——它们有自己的想法，并不总是同意你的观点。“让我慢慢来，”他终于说道，“我今天就告诉她。我保证。”

萨姆没有回答，这或许也是一种雄辩。

正因如此，亚利克带哈珀去的下一个地方就是储存萨姆节点的房间。哈珀怀着敬畏和些许困惑的心情环视这个宽敞明亮的屋子。亚利克解释说，总而言之，这就是萨姆的大脑。万一亚利克出了什么事，她需要知道这个地方，不是吗？不管怎样，这就是他给自己找的借口。

哈珀若有所思地听着，然后问了一个亚利克最不希望听到的问题："那萨姆-E又在哪儿呢？"

"也在这里，"亚利克指着嵌在远处墙上的高阶意识单位说道，"基本上可以说，萨姆-E是我自己的萨姆的一部分。我利用同一些处理器来节省能源。"如果哈珀对AI哪怕只有一丁点儿了解，她就会确切地知道亚利克这句话意味着什么。

但她只是点点头，然后因萨姆-E对她说了些什么而微微一笑。这是亚利克在哈珀脸上看到的最温暖的表情。然后她轻快地向服务器阵列行了个礼。"我也很高兴终于和你见面了。"

亚利克觉得胃里像是坠了什么东西。"没错，"他的萨姆说道，"我得说，她和萨姆-E的感情非常好。"

亚利克叹了口气，不过还是小心翼翼地装出笑容，不让哈珀看见。然后他示意她离开，结束参观。等最后一刻吧，他下定决心。在这趟旅行结束时告诉她。

二人在观景台的一间休息室停下来，哈珀摇头表示这里难以置信。"广告上说你们要到今年晚些时候才会离开，但看看这个地方。你们现在已经准备好了。"

亚利克强忍住笑意。是的，他选对了人。科拉·哈珀也许自认是一个低等兵，但她自有她的机敏之处。"除了内部装修，基本上准备好了。出于安全原因，我们特意放出了一个假的发射时间表。有一些系统并不是百分之百完备，但实际上，只要我们愿意，现在就可以出发。"

他正要触摸休息室的显示器给她看一份名单，就觉得一股强烈的震动传遍了甲板。显示器自己亮了起来，闪着耀眼的红色警告标志。哈珀全身泛起蓝光，立刻走到门边。亚利克挥手翻看警告详情。船体破裂，切换应急电源，温度出现峰值……

“萨姆！出什么事了？”

“机库甲板上发生了一起爆炸。”萨姆通过室内广播回答，“是您的穿梭机，亚利克。显然有人在穿梭机上装了炸弹，设定为在您到达方舟时引爆。”他把显示器切换到监控摄像画面。透过满是雪花点、闪烁不定的画面，亚利克看到穿梭机的残骸正在机库下层的甲板上燃烧——它烧穿了地板。

“见鬼。一定是等离子炸弹，或者……”也许是什么新玩意儿。最近银河系出现了很多奇怪的技术。不管是什么，有人真的想造成尽可能大的伤害。

“萨姆－E说他很抱歉，探路者。”萨姆说着，调出方舟的设计图，想确定损坏的位置。“他说，他向曾向塔马约之点空间站的安保人员发出警告，说可能有恐怖袭击，但他没想到真的会有恐怖袭击。我提醒他，他是不可能事先知道的。”

“是的。谁也不可能预知疯狂。”设计图上他们所在的大环区域有一块醒目的红色。亚利克往上叠加了一层电网图，又叠加了一层关键系统图。机库甲板下面什么也没有——只是储物空间，甚至还没有装满。但再往下是……“完蛋了。”

“怎么了？”哈珀退回他身边，因为显然不会有袭击者从门口进来。

“探路者意识到萨姆的节点——我的蓝盒子，也就是萨姆－E的蓝盒子——就在燃烧的穿梭机下方。”萨姆平静地对哈珀说道，“估计那层甲板将在三分钟后被穿梭机的电浆蚀穿。处理节点失效将不可挽回地损害我的人格矩阵和其他一些关键功能。另外，我的点对点量子纠缠通信将在十五秒后离线。之后我将无法与你们交谈。”萨姆又转到亚利克的私人频道，“谢谢您创造了我，亚利克。预祝您在仙女座计划中一帆风顺。”

除了亚利克，哈珀也陷入了恐惧，因为萨姆 -E 也向她告别了。接着，屋里的灯闪烁了几下，熄灭了。应急灯亮了起来，但显示器不再工作，萨姆也不再说话，只剩下亚利克和哈珀惊恐地面面相觑。

第十五章

“疏散建筑工人。”莱德在控制台前忙得团团转，“低温仓里的人都应该没事；他们不需要呼吸。但是如果电浆破坏了电网——”

“这就处理。”哈珀回答。如果应急电力也有损失，就意味着人工重力、生命维持系统和海伯利安号的质量效应包膜都会失效，而且现在机库是敞开的。太空中的爆炸减压从来就不是好事，而对于这艘仍在建造中的飞船来说，爆炸减压是一场大灾难，因为部分安全系统正离线进行维修或测试。如果任何一扇舱壁门不能自动密封，损害可能会扩散到机库以外的地方。她利用休息室的终端把万用仪连接到飞船的网络上，迅速调出线路图。但她对正要离开的莱德皱起了眉头。“你要去哪儿？”

“去救萨姆。”

什么？她手上的工作不停，同时说道：“莱德，再过几分钟穿梭机就要把甲板烧穿了，那个房间里都是滚烫的电浆，你会被烤熟的！”

“如果我进出得够快，就不会。”科拉盯着他，有那么一瞬间，他的盔甲闪出微光。那光亮转瞬即逝，她甚至觉得那是自己的想象。不是异能光焰，也不是护盾。是别的东西，是什么？她还没来得细看，莱德已经走到了门外，门还没关上，他已经飞快地奔跑起来——比她见过的任何普通人类都要快得多。

“见鬼。”科拉深吸一口气。没有时间想这些了。主电源的中断导致自动广播系统中断；应急照明系统仍在工作，但剩余的电力已转移到逃生舱发射和疏散援助模块。她可以看到一些系统正尝试在受影响的机库中进行基本的灭火操作，但电浆火灾的标准程序是开仓减压，利用真空灭火。不过附近有活人时，方舟的 VI 是不会这么做的。科拉得先把他们弄出来，然后才能启动灭火程序。

她转过身去看显示器。船上有生命迹象的地方做了高亮标记。那一定是萨姆或萨姆－E 干的，他们修改了地图，即便不能说话也要出份力。科拉打开通讯系统，从方舟上离逃生舱和机库最远的地方开始，挨个要求吃惊的工作人员离开，马上离开，利用逃生楼梯去 H 层甲板，因为 F 层甲板不稳定。

大多数建筑工人已经行动起来了，但有几次她不得不引导他们避开危险地带。不久，所有人都开始移动了，有的坐逃生舱离开，有的上了穿梭机，有的从仍在运作中的机库撤离。

疏散任务完成之后，科拉最终选择了设计图上“萨姆节点”所在的位置，并调出了多屏幕显示。

天哪。

她一直希望穿梭机还没有烧穿甲板掉入下一层。她知道，一旦发生这种情况，就大事不好了：电浆的燃烧往往都很可怕，因为没有多少物质能够抵抗过热的电离气体。令她惊讶的是，在房间一端安放处理单元的墙壁仍然完好……其实这是因为穿梭机扭曲的、闷燃的外壳已经融进了机舱内部，刚好没有撞上房间的中央支柱。

顶灯在天花板的大洞周围疯狂地旋转。穿梭机残骸附近的墙壁因受热而扭曲，金属板剥落，一些裸露的电线正在冒烟，有的已经燃起了明火。热浪在摄像头阵列前荡漾，残骸下方冒出的白热气体在黑暗炽热的舱内投下阴影，形成强烈的明暗对比。

在这个红白黑相间的地狱里，亚利克 · 莱德拖着一个又大又重的东西走向他指给哈珀看的处理单元。这是另一个金属箱，比处理器大一圈，一定有几百磅重，不过莱德似乎拖得动。怎么可能？科拉后来才意识到金属箱肯定是某种数据存储硬件；这是唯一说得通的解释。金属箱的电镀很像宇宙飞船的装甲，这意味着它很可能是加固过的，可以隔离辐射或耐高温，或者既隔离辐射又耐高温。

在影影绰绰的黑暗中，莱德的万用仪发出稳定的橙色辉光，屏幕上是快速滚动的数据流，同时他还在努力把金属箱往墙边拖。他在下载或上传什么东西……现在那个房间的温度已经到了让人窒息昏迷的程度，因为肺部会灼烧。

科拉转身"啪"地打开休息室的门，开始全速奔跑。

她能做什么呢？她也没穿盔甲，身上还是早上穿的运动服，何况电浆会蚀穿盔甲和护盾。她一边跑一边拍打万用仪，终于打通了莱德的电话。"你到底在干什么？快出去！"

他微弱的声音从万用仪的扬声器上传出来，听起来很吃力。"必须保证……内核安全存储。隔热应该……够了。其他的都可以……"一声咕哝，"重建，但这个……"

又是那个该死的内核！科拉推墙全速转弯，以免失去太多的冲力。在引导了那么多建筑工人避险之后，她对海伯利安号的建筑布局有了基本的概念。要想抵达受损机库下方，她需要从 E7 楼梯往下走下三层……她用力打开了楼梯门，一步三级地往下狂奔，趁着急促的呼吸间隙说话。

“如果你死了，什么都重建不了。”

“我没时间死。”莱德听起来与其说是生气，不如说是心烦意乱。他继续在万用仪上忙碌，科拉能听到微弱的按键反馈声。他沮丧地叹了口气。“我一开始就要求对萨姆节点进行严格的屏蔽。但是预算不允许。”莱德发出不满的声音，完全听不出来他正待在一个对他有致命威胁的房间里。“我们需要萨姆，该死的。他们从不了解 AI 的潜力。”

往下走三层，没错。这里已经变热了，电浆炸弹释放出的气体发出刺鼻的气味，可能是什么有毒物质。*我就这运气*，科拉痛苦地想。还好走廊里的应急灯是亮的。有那么一瞬间，碎玻璃和悬在天花板上的灯具让她脚下发软，她感觉自己又听到了沉重的、已不再属于人类的脚步声。但这一切只是她脑中的闪回，感谢上帝，这里的灯光是蓝色的，地板上也没有尸体。至少目前还没有。她咬紧牙关继续前进。

终于，她转过了通向萨姆节点机房的拐角。她停下脚步，心紧紧揪着。机房的房门大敞，一扇门板完全被穿梭机掉落时造成的冲击给崩掉了，另一扇则因高温而扭曲，半悬在合页上。走廊里已经变得无比炙热，科拉停下来恢复体力，不过片刻就出了一身汗。她急匆匆地跑向大门，却发现穿不过去——一股电浆流到了门口的地板上。从门内散发出来的热气使她的皮肤紧绷。呼吸已经很困难了。穿梭机的残骸挡住了她的大部分视线，但她能瞥见莱德一直拖着的大金属箱的一角。

“莱德！”

没有回应。科拉有些哽咽。“莱德，该死的！如果你死了……”

“如果你现在打断我的话，哈珀——”他大声回答，声音异常平静，似乎正专注于什么。“我活下来的机会就要从不太可能变成痴心妄想了。什么都是离线状态。我必须手动下载萨姆的人格矩阵。”他停顿了一下，“还有九十秒就完成了。”

该死，他撑不了九十秒了。她得把莱德弄出去。科拉集中精力，把异能集中在穿梭机残骸上，想至少为莱德清扫一条退路。她用力猛推。随着一声金属吱嘎声，残骸移到了一边。

现在科拉能看见莱德了。他就在房间深处，蹲在两个高大的金属箱中间，目不转睛地盯着万用仪屏幕，一只手快速地打字。数据还在继续传输。他的衣服开始冒烟了，他的头发在热浪中飘动。科拉能看见他的发梢一点一点干枯卷曲。他苍白的皮肤变得鲜红，干燥得发亮，已开始皴裂剥落。她能看见莱德迅速地眨眼睛，也许是为了不让眼睛变干。再过一分钟——不，再过几秒钟——就算他不倒地而亡，也会燃烧起来。

他的萨姆一定在设法维持他的生命。怎么做到的，这并不重要。科拉深知这一点：科技不是神话，在这样的环境中，即使AI也不能无限维持人的生命。

好吧。用异能在我和他之间造出一条质量效应廊——和中继站的工作原理一样，只不过是个人规模的。冲过去，抓住他，再冲出来。虽然现在没有萨姆－E也没有异能增压，但这并不意味着她做不到；她只需要记住妮西拉和其他巾帼团姐妹教给她的一切。她只需要在没有练习的情况下背负重重压力施展那些技巧。而且不能搞砸。

“我能做到。”她鼓励自己，努力集中注意力。理论上，她的护盾能够承受一两秒钟的电浆腐蚀。

“你敢冲过来！”莱德厉声说道，仍目不转睛地看着万用仪屏幕。“如果你敢过来，我就跟你打一架。然后咱们都死在这里。”

“莱德……”她必须让他明白其中的道理，“整个项目都需要你。”

“仙女座计划需要萨姆甚于需要任何个体。我跟你说过，哈珀，没有它我们赶不上别的种族。如果我们不进步，只有死路一条。”他的脸突然扭曲起来，开始咳嗽；科拉从房间的另一边也能看到他嘴唇上的血点。看来萨姆为保住他的生命所做的一切都没起作用。他后背弓起来了吗？像是在努力保持直立和清醒。“可是我救不了他们俩，哈珀。”

“什么？”

他费力地吸进一口气。“萨姆－E。我之前跟你说，萨姆－E是我从萨姆那分离出来的。但是，总而言之——”又一次咳嗽，接着是低低一声咒骂，“他们从来都没分离开。也就是说——”

科拉打了个寒战，顿时明白了。萨姆－E已经完了，莱德是说萨姆－E再也不会回来了。

她以前也失去过战友，现在不是悲伤的时候。科拉攥紧了拳头又沮丧地松开。“好吧。你可以以后再解释——”

“你应该撤离。”莱德的声音平静得令人恼火。“减压的风险仍然存在。”

她抓住了这个机会。“你跟我来，我就走！”

他在万用仪上敲出了一些序列。“在我和门之间有三股电浆流。”科拉吃了一惊，慢慢靠近看了看。他是对的：三股微弱的炽热气体从穿梭机残骸下盘旋而出。没办法从那东西附近绕过去找他。该死的！

莱德的脸上突然露出如释重负的神色。数据流结束了，他向后一坐，重重地倒在身后的金属箱上。突然间他看起来像一个垂死的人：虚弱无比，再次咳嗽时嘴唇上出现了更多的血，眼睛慢慢闭上。片刻之后，走廊里的应急灯开始闪烁，然后完全熄灭。大厅里传来电闸爆裂的声音，科拉的脚突然离开了地板。这一楼层的人工重力和质量效应包膜已经崩溃了。应急发生器在缺口处覆盖了局部质量效应封条，但这只能持续几分钟，以便疏散。整个大环很可能即将迎来爆炸减压。

科拉抓住那扇损坏的门，稳住自己。“我成功了。”莱德喘着气说道。他的声音太低了，要不是科拉的万用仪还在通话状态，她根本就听不到。“处、处理器真是麻烦。”他上气不接下气，似乎在挣扎。“我已经把萨姆……”透过热浪，科拉看到他在房间另一头朝自己微笑。“告诉我的儿子和女儿……他们的母亲……”

莱德的笑容消失了，他的脑袋重重地撞在金属箱上。萨姆被关机了，无论他之前在用什么方式维持莱德的生命，现在都结束了。莱德就在她眼前一点点被烤干。

不！在黑暗的大厅里，唯一的光亮来自火焰、电浆，以及科拉无意中放出的异能光焰。

如果她事先计划好下一步要做的事情，那就会出错，她会在行动过程中杀了莱德和她自己。然而现在，她依靠的是本能。她摇摇摆摆地站起来，把脚踩在那扇破门的门板上。在没有重力的情况下，她的视角一瞬间重新调整了方向：现在门板下面的墙壁成了地板，而萨姆节点就在地板上。然后，她利用异能“进”了房间，想象自己的双臂伸长，双手环抱着亚利克·莱德那软弱的身躯。

小心，千万小心，脆弱的肉体很容易就会被压碎。但科拉必须把他裹起来，让暗能量像皮肤一样包裹在他周围，否则仅仅是空气的摩擦就可能杀死他。

她在周围的物质中挖出一条路，把这条路径上的电浆离子铲到一旁，然后用上她全部的精神力量，用迅雷不及掩耳的速度把他从路径中间的空隙中拖出来。

莱德的躯体从房间里抛射出来。太快了！科拉本能地想要截住他，她冲到他和墙壁之间，用异能朝莱德施加了一个反方向的力，让他慢下来，同时抵住墙壁。但莱德还是撞到了她，而她撞到了墙上，那一刻她差点儿没喘过气来。她怀疑自己就算肋骨没断，也会留下一些严重的瘀伤。

但受这点儿伤是值得的。

科拉坐起来，把莱德沉重的身躯挪开，好仔细检查他的体征。他还在呼吸，尽管异常困难，让人揪心。他还活着，这就意味着他还可能继续活下去。

科拉咬紧牙关忍住笑意——还不能笑得太早。她一把抓住莱德衬衫的后背。织物在手上撕裂，因为合成材料在高温下分解了。于是她改为抓住他的手腕，还好没有重力，她能以相对较快的速度拖着莱德穿过走廊。她在墙壁之间弹跳，小心翼翼地找准角度，避开任何可能减缓他们冲力的东西。有一次她失控了，不小心把莱德撞到了墙上。她满脸痛苦地提醒自己，千万别把他的脖子弄断了。之后她越发小心。

她移动到一个楼梯间，走那道楼梯他们很快就能到达一个仍可使用的机库。但就在这时，她听到一声空洞的回响传遍了整个大环，墙壁在颤抖。科拉吃了一惊，急忙检查万用仪，它仍然实时连接着海伯利安号的设计示意图。楼梯前面的那一区域现在全黑了。已经减压了。楼梯间门上的密封条暂时还能撑住，但要去机库找穿梭机已经不可能了。

“这开的什么玩笑！”她大声抱怨，“萨姆 -E，我需要——“

不，萨姆 -E 已经不在了。死了。没有 VI 可以提供帮助——VI 没能阻止这一区域的减压，说明他们已经完全与海伯利安号的其他部分隔绝了。莱德需要尽快得到医疗救助才能活下来，但逃生舱里没有医疗条件。她疯狂地敲击万用仪，要求换一条路线，但设备没有响应。她也无法进入方舟的系统来确定哪个机库还有未发射的穿梭机。而且即使她找到了，没有萨姆 -E，她也当不了飞行员。

她站在原地，麻木地想着该去哪儿，该做些什么。这时万用仪的扬声器噼里啪啦地响了起来。

“把他带到这儿来。”一个女人的声音说道。然后屏幕上出现了新的导航指令。

科拉呆住了，盯着手里的设备。“什么——你是谁？”

“你没时间跟我扯这个了。”女人说道，听起来……像是被逗乐了？“快点儿吧。在我给你的路线的尽头，你能找到大环区域的医务室，配有一台希尔塔家用系列自动医护床。有了那个，你也许能让他活下去，撑到救援船从月球和忒亚空间站开过来。”

科拉精神一振。一台自动医护床？她听说过这些东西——配有先进医疗 VI 的急救单元，但她从未见过。一台这样的设备就要花费数百万信用点。如果那玩意儿真的像传闻中说得那么厉害……她紧紧抓住莱德的胳膊。

“我明白了。”

谢天谢地，路线很短，因为医务室离海伯利安号的其他行政设施不远，但时间一分一秒地流逝，仍让科拉揪心不已。当她转过拐角终于看见医务室的灯光时，莱德发出了一声刺耳的喘息。

她一进入医务室，地灯就激活了。白色的嵌板逐块亮起，指引她前往其中一个房间，那里有一台看起来更笨重、更复杂的装置，类似于船舱里的冷冻睡眠仓。它的模样像一具棺材，却是垂直站立的，安置在一个旋转底座上，底座的两侧是一些科拉不认识的组件，可能是传感器阵列。

这套设备前面是一个女人的全息影像。她个头娇小，亚裔面孔，身材苗条，一头黑发——尽管很难从影像中看出细节。而且这个女人看起来很眼熟。科拉盯着她看了一会儿，她示意科拉把亚利克放到设备旁边。

“紧急医疗事故。”她说道，全息影像闪烁着出现在设备的另一侧。设备的门解锁打开，科拉小心翼翼地把虚弱的莱德放了进去。设备的质量效应场激活，把病人的位置调整到最佳状态，指示灯闪了一下，门滑动闭合。她看到机械臂和导管从设备两侧伸展开，连接传感器并检查生命体征。随后设备立即向后旋转，让莱德俯卧。

“他把自己搞得一团糟。”全息影像中的女人说道，同时注视着隐藏在附近蕨类盆栽中的控制台显示出的第一批读数。“但他应该能撑下去。他的萨姆并不是真的下线了，只是不说话而已。要救他的命还很困难，不过有了这台设备和 AI 的辅助，他应该能挺过来。”

“好。”科拉回答，悬着的心终于放下了一些。然后她把注意力集中在那个女人身上。“你到底是谁？”

等一下。不对。科拉眨眨眼睛。仔细观察之后，科拉觉得自己应该认识她。那张嬉皮笑脸的面孔上挂着一丝揶揄的笑，几乎分散了科拉的注意力，她无法专注地感受对方目光中的冷静和学识。这种熟悉感令科拉有些沮丧。

“我认识你，”她改口说，“你是珍恩·嘉森。”

“没错，”女人回答，“你是科拉·哈珀。”

“是的，”科拉说。“为什么珍恩·嘉森”——仙女座计划的创始人和投资人，也是人类最富有的科技发明家之一——“会出现在海伯利安号的应急系统里？”

“我喜欢对自己的投资项目多留个心眼，一个不是人人都知道的心眼，除非绝对必要，否则它不会出现。”嘉森的全息影像穿过房间，站在一个柜台旁边。“毕竟我是个行为古怪的天才。”

“这么说，你可以把自己投射在方舟的任何一个角落？”

“不是每个角落都行，但我在大多数位置都有全息投影仪。我自己掏钱安装的。”影像踢了踢脚跟，挥手示意周围，“在某些情况下我会收到提醒，然后选择是否出现以及出现在哪里。你和亚利克·莱德很走运，目前的情况符合我设定的条件。”

突然，又一声空洞的巨响传遍船体。透过玻璃窗，科拉看到外面的应急灯变成了红色。医务室的大门和他们所处隔间的门都嘶嘶作响，然后锁上了。

“啊哈，终于轮到这一层了。”嘉森说道，“不过别担心，医务室能承受完全真空，并能维持适宜的温度约八小时。到那时候你早就获救了。”

科拉稍稍放松了一些，但还是有什么事困扰着她。“有人想炸毁你的方舟，而你看起来很冷静。”

嘉森笑了。“你觉得是有人想炸毁方舟？”

“唔……”科拉停了下来。*难道不是这样吗？*当她开始思考其他可能性的时候，她有些希望听到萨姆－E 插话并补完她的想法。

“你认为穿梭机直接在萨姆节点上方爆炸是巧合吗？”嘉森问道。

“不是。”当然不是。科拉皱起了眉头。“如果你知道发生了什么，就说出来。”她讨厌有些人明明知道答案还卖关子。

嘉森的影像叹了口气。“亚利克很信任你，而我很信任他。”影像走到莱德躺着的地方。他一动不动，呼吸仍不稳定。影像伸出一只无实体的手，徒劳地拨弄他额头上的一绺头发。“他和我都知道，有些事情是我们无法控制的。人类的命运可能仰赖于我们在仙女座的成功。”

“他也跟我暗示了类似的话。”科拉对这种“暗示”越来越恼火。

“你能说得更具体些吗？”

嘉森抬头看着科拉，脸上仍然带着微笑。但那表情里还有些……关心？“也许我表现得像在玩游戏，你可别被糊弄住了。这是非常严肃的事情。有些人想看到我们失败；有些人认为我们在浪费时间和资源；有些人想得到我们的知识和造物，用于他们自己的目的。这一点你很清楚。”她停顿了片刻，笑了，“还有一些人认为，如果他们不能得到，那么谁也别想得到。”

这句话引起了科拉的注意。“你是说，试图炸毁海伯利安号的是星联？”

“星联，远方之家，太阳向家。”她挥挥手，“说穿了，是谁并不重要。他们只是跟着一个无形指挥棒行进。”

“你到底是什么意思？”科拉不耐烦地问。

嘉森的影像移动到科拉面前，靠得很近，让她很不舒服。但科拉拒绝让步。嘉森的笑容消失了，目不转睛地盯着科拉，像是在找什么东西。

“自从你认识亚利克·莱德以来，你所见过或参与过的一切事件中，唯一不变的东西是什么？”

模糊和混乱，她几乎脱口而出。

“不断适应。努力生存……”

“别胡猜了。”嘉森继续盯着她，“你要适应的是什么？比我们去仙女座还更重要、更危险的东西是什么？”

“AI，”科拉大胆地说，“萨姆。自适应矩阵。”

嘉森并没有退回去，但她的语气缓和了。“我想我不需要向你解释莱德的创新有多么强大。我想你能理解，尽管法律禁止此类行为，但人们对利用这种力量始终抱有极大的兴趣。”

科拉不知道嘉森想说什么，但她想弄明白。“就像二十世纪人类研究出了核裂变一样。这种力量有黑暗的一面，但并不能阻止人们想要控制它的渴望。”

嘉森微笑着回复。“一点没错。”影像往后退了几步，但眼睛仍然盯着科拉。“然后你可以想象，如果有一个合理合法的理由来研究它，人们会多么感兴趣。”

“仙女座计划——”

嘉森打断她。

“虽然亚利克和我都坚信，他的发明是我们前往仙女座之旅的一个关键……”她停顿了一下，“但平心而论，我们能够进行这种研究，是因为有些人同样强烈地认为，银河系也应该拥有这样的力量。”

这是显而易见的。科拉想到过去几周自己目睹的一切。为了获得一个正常工作的 AI，人们愿意做任何事情。

“你的意思是，仙女座计划只是一个研究 AI 的幌子？”这似乎有些牵强，“难道没有更简单、更便宜的幌子了吗？”

“当然有。”全息影像的眼睛几乎在放光。科拉突然想到了什么。

“是你，”她脱口而出，“你就是那个想把 AI 技术泄露出去的人。”

笑容被一种不赞成的凄惨表情代替。“不是。你猜错了。”嘉森的目光从科拉身上移开，飘移不定。“在这件事上，科拉·哈珀，我和你一样都只是个卒子。”

科拉皱起了眉头。这种辩解似乎更加牵强附会。

“嗯，也许没有那么无辜。”嘉森又笑了。“哦，别误会我。我得到了想要的一切，但我不是幕后操纵者。我不是这首交响乐的指挥。”

“那又是谁？”

“这就是权力的问题了，不是吗？”她挥动手臂，好像在拍一只苍蝇。“权力能给你带来任何东西——除了那些拥有更高权力的人不想让你看见的东西。”她转过身去，又回到亚利克·莱德身边。他的呼吸似乎稳定下来了，这是一个好迹象。“所有这一切的关键在于，真正的大奖——每个人都在追求的东西——就是莱德创造并几乎为之牺牲的东西。它曾经救了你的命，可能还会再救你一次。我们每个人都想要它，出于不同的理由。”嘉森抬头看着科拉，声音几不可闻。“指挥着这一切的人，比我们任何人都更想得到它，愿意不惜一切代价让它成真。”

科拉一动不动地站着，等着嘉森说完。

“科拉·哈珀，这就是仙女座之行的代价。”

科拉头晕目眩。她让自己陷入了一个什么样困境啊！

“但是我们不能——”

全息影像举起一只手想打断她。“事情已经发生了。这些飞船会启程的，人们将去往仙女座。你可以加入，也可以不加入，但是他们是肯定会去的，一起去的还有莱德和他的发明。”科拉无法相信，对于如此具有潜在灾难性的事情，嘉森竟能如此无动于衷。

“我怎么会搅和到这样的事情中来呢？”

嘉森耸耸肩。“我不知道。但我知道的是——”她紧盯着科拉，“如果你希望改变未来，科拉·哈珀，你就得去仙女座大展拳脚。”

科拉的万用仪亮了起来，她拿起来，看到一条新信息。两分钟后救援船就会来。

“救兵来了，”嘉森的影像说道，“我该走了。”

“等等！”尽管科拉的异能无法阻止对方离开，但她的光焰还是燃烧起来。

嘉森停顿了一下。“希望有一天我们能面对面地交谈，科拉·哈珀。如果那是在仙女座，就说明我们旅程的第一小步成功了。再见。”

全息影像如烛火一般摇曳，瞬间消散成瀑布般滚动的数据流，然后消失了。

该死。寂静突然降临，只剩下科拉一个人。问题比答案更多，她想跟人说话或者冲着谁大喊，但身边没有其他人了。突然一阵空虚感袭上她的心头，她意识到自己是多么怀念萨姆 -E 的陪伴。

她静静地坐在房间里唯一的椅子上，等待救援，看着康复中的莱德，思考未来。未来远比她接下这份工作时设想的更复杂。

2185 年 2 月 15 日

晚间新闻六十秒

……幸运的是，没有人员伤亡。在这次事故发生后，今天在大角星空间站的议院里又听到了清理地球低轨道大气层的呼吁。“我们生活在一个垃圾堆里，”众议员费雷拉说，“作为议会成员种族，我们应该做得更好。”星联国会明天将就新措施进行投票。

其他方面，欧米伽传出了一系列奇怪的消息，许多目击者坚称，他们看到了臭名昭著的指挥官薛帕德——但根据记录，薛帕德已在两年前的行动中死亡。这可能是新型毒品“嗨力磕斯”的副作用吗？据报道，这种致幻毒品在欧米伽的泛滥程度已经达到了流行病水平。

另一方面，草根运动“太阳向家”的两名成员因在一架穿梭机上安放炸弹而被捕。“太阳向家”反对人类扩张到太阳系以外。事故目前还没有造成人员死亡，但国际刑警组织正在对该组织和一名 UNIN 代表之间的可能联系展开调查。

以上是今天的晚间新闻六十秒。

第十六章

当哈珀回到海伯利安号的医务室时，亚利克正吃力地试着穿裤子。他烧伤的皮肤已经在这段时间内愈合了。多亏了萨姆的努力，受损的皮肤层迅速脱落，被新的皮肤取代。但在加速愈合的过程中，亚利克体内的代谢物堆积起来，导致他肌肉和关节酸痛。

萨姆正在解决这个问题，他告诉亚利克，六个小时后疼痛就会消失。不过，亚利克觉得这两天他错过的事情已经够多的了，所以他决定忍痛也得起来。

看到亚利克摇摇晃晃地挣扎，哈珀一声不响地过来扶着他的胳膊。在女孩面前没穿裤子，即便只是片刻，亚利克也还是觉得尴尬。所幸科拉始终面无表情。“这不是我想要留给你的印象。”他嘟囔着，她退了回去，让他自己扣上腰带。

“我是飞船上长大的孩子，记得吗？”她耸耸肩回答，“从来不理解地球人的羞耻感。你身上又没长我没见过的东西。”

“哦，那挺好。”他说着，小心翼翼地直起身子。他的后背和膝盖都很疼。衰老的感觉令他脾气暴躁。看在上帝的分儿上，他还不到六十岁。哈珀的脸上有一种拒人千里之外的冷淡，不难猜出其中的原因。他改口说：“因为我觉得我需要向你道歉，要是没穿裤子的话，道歉就更难了。”

她的脸色一变。是的，他猜对了。

“没什么好道歉的。”她在撒谎。

“我确实需要道歉。”亚利克深吸了一口气，“我应该告诉你萨姆 -E 是萨姆的一部分，更重要的是，我应该跟你解释这意味着什么。那样一来，你也许就能为它的重整合做好充分的思想准备。你也许就不会对它……那么依恋。”

哦，那可不是什么愉快的表情。

“人肯定会，”她一字一顿地说道，“依恋整合进体内的 AI。”她笑了笑。“这本来就是问题的关键，不是吗？”

这话不假。他希望自己能告诉她全部的真相：他确实想让哈珀和她的 AI 彼此依恋。他希望二者的整合能证明萨姆的适应性……和可转移性。如果事情和计划中的一样顺利，那么在莱德死后，萨姆将整合进萨姆 -E，而不是相反。哈珀会成为新一任的开拓者。

但是，衰变曲线太陡了，实在不可避免。萨姆 -E 没有很好地适应哈珀，适应不良率一直在上升。他的口吃和接二连三的失误实际上是系统即将崩溃的警告。这一次莱德是因为紧急情况才不得不把萨姆 -E 和萨姆重整合在一起，但即便没有紧急情况，他最终也不得不这么做，以免萨姆 -E 无意中伤害了哈珀的身体。

可哈珀的表情里却流露出一种真正的痛苦，亚利克不忍心告诉她萨姆 -E 从一开始就注定要失败，这只会使她更伤心。

至少萨姆－E 没有白白牺牲。现在亚利克知道了，没有谁能够继承亚利克·莱德的萨姆——这是所有萨姆中最先进的，或许能解放人类的终极潜能——除非是和他有相同基因构成的人。哈珀无法成为新的探路者，这次失败可以让他们早做准备。现在亚利克只需要决定，他的两个孩子中，哪一个最终能肩负起全人类的未来。

这是以后要考虑的问题。亚利克双手挠头，想彻底清醒过来。他觉得自己的脑袋里好像塞满了棉花。

“最好再多休息三个小时，我跟您说过吗？”萨姆在耳畔问，“啊，我说过。现在您只能继续忍着了，加油吧。”

哈珀转身走到房间的小舷窗前，凝视着外面慢慢翻滚的尘埃云和偶尔出现的星星。亚利克看着她，觉得有些话不吐不快：“严格地说，萨姆－E 并没有死。他对你的所有观察，他与你的互动，他从你的经验中收集的所有数据……这些都被纳入了萨姆的数据库中。”只是独立的人格矩阵消失了。

她叹了口气，没有回答。片刻之后，她犹豫地说：“我没那么难受了。谢谢你告诉我这些。”亚利克还想说些什么，但幸好没有画蛇添足，因为哈珀接着说道：“他确实跟我说再见了。就在通讯中断之前。”

亚利克看到了她脸上的表情，尽管他一直在想着萨姆跟自己的可怕告别。如果在那之后再没有萨姆了……“是的。”他沉重地说。很多时候你说什么都无法给予他人安慰。

哈珀摇摇头，转过身来面对他。“我们一定要确保这一切都是值得的。为了那些还活着的人。”

他一下子想起了埃琳。

“我同意你，哈珀中尉。”

“今天的待办事项里有什么吗？”哈珀犀利地看着他，“你显然不会躺在床上继续休息了。”

“你说话不要也这么刻薄。我已经受够萨姆的毒舌了。我需要回去工作，”他说，“穿梭机还是全都用于救援和修理吗？有没有哪一架可以开？我还有些没完成的项目留在忒亚——”

“我是说我的待办事项。”哈珀打断了他，不过她是笑着说的。“如果你没有什么要紧的事，我自己有点儿事情。存放萨姆节点的机房可以进人了吗？”

“整个大环的生命维持系统已经恢复了，”萨姆告诉亚利克，“结构性损伤很严重，我不得不通过其他处理器来实现一些常规功能，但那个房间是安全的。”

亚利克把这些如实告诉了科拉，好奇她问这个做什么。当她直起身子向门口走去时，亚利克更加迷惑了。

“你去那里做什么？”亚利克不想让自己听起来像盘问下属，但他怀疑自己失败了。

“我有一个诺言要遵守。”在离开医务室之前，她面带苦笑地瞥了他一眼。好奇心作祟，亚利克跟着她走了出去。

* * *

机房的大部分区域都用全息封条缠住了，原先穿梭机残骸所在的区域周围用发光的黄色字母写着**“调查中”**。亚利克看不出有什么可调查的，剩下的只是一个半熔化的大洞，一些穿梭机的部件熔合到地板里了。房间里的重力恢复了，他们顺利绕过了受损区域。

哈珀在房间尽头转了一圈，在那两个金属箱附近停了一会儿。亚利克把它们留在了这里，不过他清醒之后就立刻把萨姆的内核恢复到固件中去了。这两个箱子太重了，如果没有辅助器械——或者辅助AI，人类是搬不动它们的。想到这里，亚利克苦笑起来。维修人员最终会带一台建筑机甲来处理此事。

哈珀回头看了他一眼，亚利克突然想到，这里对她来说是一个有重要意义的地方。萨姆－E就死在这里。在这里，她最终接受了他——不仅是她的老板，也是她的探路者。她终于全身心地投入了这项事业，并把亚利克视为先锋。

为了这项事业，哈珀曾被抛入太空，曾临时被增强成一台人肉落锤破碎机，曾险些被恐怖分子炸成碎片。不入虎穴，焉得虎子。

“哦，对了。谢谢你救了我的命。”亚利克说道。

哈珀扬起眉毛。“你雇我不就是为了这个吗？这是我的工作之一。”

“那么，谢谢你如此擅长这些事情。”

她看起来像被逗乐了。“我肯定要在简历中加上‘拯救了顽固的探路者，把雇主失窃的非法技术又偷了回来’。”

“如果你需要的话，我很乐意写推荐信给你未来的雇主。不管在哪一个星系。”

哈珀大笑起来。她走到一个AI处理器阵列前，用手碰了碰。“这就是你吗，萨姆？”

“是的，从某种程度上说，我也是一个实体。”萨姆通过室内广播说道，“从某种程度上说，我也是萨姆－E。”

“我听说了。”哈珀看了看天花板，在一个角落里发现了一组摄像头，她冲它们点点头。“有一次萨姆－E救了我的命，之后我答应了它一件事情，你还记得是什么吗？”

“是的，那段记忆也是我的一部分，中尉。”亚利克眨眨眼。萨姆听起来居然有些……害羞？也许是尴尬。

“很好。”哈珀面对一堵完好无损的处理器阵列，挑了一个中等高度的节点，踮起脚尖亲吻仪表板。“好了。”

“呃，”亚利克不知所措地说，“哈珀，需要我为你们俩找个行为监护人吗？”

她笑了。“不用。我们是一家人，我们挺好的。”

他双手叉腰。“我觉得这里面有故事。”

“是的。确实有故事。”哈珀再次拍了拍处理器，转身朝门口走去，漫不经心地向亚利克挥挥手。“六百年后再告诉你。”

关于作者

N.K. 杰米辛是雨果奖和轨迹奖得主，来自纽约布鲁克林。她的短篇和长篇小说多次获得星云奖和世界奇幻奖提名，并入围克劳福德奖和提普垂奖。她创作科幻、奇幻和一些难以界定类型的幻想小说，主题涵盖了反抗压迫、阈限的不可分割性等。她是 Altered Fluid 写作小组的成员，曾担任号角写作班和号角西部写作班的讲师。

业余时间里，杰米辛是一位自行车手、探险者、游戏玩家。她的正式职业是心理咨询师。她还独自承担着从她的橘猫奥兹曼迪亚斯国王手中拯救世界的责任。她的“破碎星球三部曲”中的最后一部《巨石苍穹》已于 2017 年 8 月出版。你可以在 nkjemisin.com 上阅读她的随笔和小说节选。

麦克·华尔特斯是《纽约时报》畅销图像小说《质量效应：救赎》的作者。他因对《质量效应》系列游戏的贡献而获得了英国电影学院奖提名。在不为电子游戏创造难以置信的复杂世界时，他喜欢独自创作漫画和小说。无论借助那种媒介，他都享受每一个创造宇宙的机会，好让笔下的角色踏上属于他们自己的冒险之旅。你可以关注他的推特 @macwalterslives。